시니어 신무협 장편소설
ORIENTAL FANTASY STORY & ADVENTURE

일보신권
6

dream books
드림북스

일보신권 6
전설은 진행 중

초판 1쇄 인쇄 / 2010년 3월 29일
초판 1쇄 발행 / 2010년 4월 9일

지은이 / 시니어

발행인 / 오영배
편집장 / 김경인
펴낸 곳 / (주)삼양출판사 · 드림북스

주소 / 서울특별시 강북구 미아8동 322-10호
대표 전화 / 02-980-2112 팩스 / 02-983-0660
편집부 전화 / 02-980-2116 팩스 / 02-983-8201
블로그 / blog.naver.com/dream_books

등록번호 / 제9-00046호
등록일자 / 1999년 3월 11일

© 시니어, 2010

값 8,000원

(주)삼양출판사 · 드림북스의 서면 허락 없이는 어떠한
형태나 수단으로도 이 책의 내용을 이용하지 못합니다.

ISBN 978-89-542-3620-1 04810
ISBN 978-89-542-3281-4 (세트)

* 지은이와 협의하에 인지는 생략합니다.
* 잘못된 책은 구입한 곳에서 바꾸어 드립니다.

시니어 신무협 장편소설
ORIENTAL FANTASY STORY & ADVENTURE

일보신권 拳

6

전설은 진행 중

一步神

dream books
드림북스

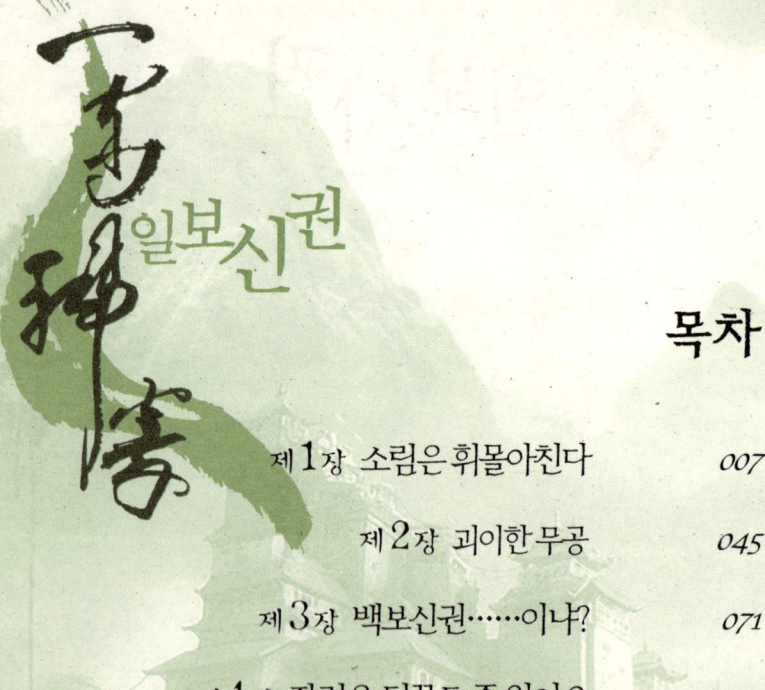

일보신권

목차

제1장 소림은 휘몰아친다 · 007

제2장 괴이한 무공 · 045

제3장 백보신권……이냐? · 071

제4장 장건은 뒤끝도 좀 있어요 · 097

제5장 혼인은 과연 인륜지대사요 · 139

제6장 화합의 장, 분열의 장   *167*

제7장 화촉의 장, 분노의 장   *205*

제8장 소년의 사춘기   *239*

제9장 정체불명의 도인   *265*

제10장 한밤의 음모   *293*

제1장

소림은 휘몰아친다

　당예와 제갈영은 허겁지겁 장건의 뒤를 쫓아 정문까지 뛰어갔다.

　장건이 부친을 기다리고 있던 건 진작부터 알았기 때문에 지나가는 사람들이 백리가와 한 상인이 시비가 붙었다는 걸 들었을 때, 장건이 달려 나간 것도 이해할 수 있었다.

　그러나 정문에 도착해 보니 상황은 좀 더 심각했다. 상인과 그의 호위무사들이 백 명은 더 되어 보이는 청년들에게 둘러싸여 집단으로 구타를 당하고 있었던 것이다.

　게다가 장건은 이미 그 집단 사이로 뛰어들고 있었다.

　제갈영이 자기도 모르게 소리쳤다.

"저, 정말 시아버님이 맞나봐!"

당예는 제갈영의 '시아버님' 소리가 귀에 거슬렸지만 그것보다도 장건이 걱정되었다.

정문에서부터 길게 이어진 사람의 벽을 거의 뚫듯이 지나가는 장건의 엄청난 신법이야 둘째치고서라도 그 상대가 백리연과 그녀를 따르는 무리들이라는 것이 문제였다.

그들과 시비가 붙으면 어찌될지 장담할 수 없었다. 백리연의 곁에 머물기 위해서는 무공이든 학문이든, 또는 그 외의 재주든 어느 하나가 뛰어나야만 했다. 그 중에서도 칼 좀 쓴다 하는 무인들의 수가 거진 기백이니, 중소 문파 하나의 무력과 맞먹는다고 봐야 한다.

그런 이들을 상대로 장건이 뛰어든 것은 무모했다. 대화를 하려 해도 그들은 백리연의 말을 따를 뿐, 장건의 말은 귓등으로도 듣지 않을 것이다.

아차하면 장건까지 해코지를 당할 수 있는 상황이다.

'소림에서 도와줄 때까지 기다렸어야지! 혼자서 어쩌겠다는 거야.'

당예는 발을 동동 굴렀다.

그런 당예의 마음을 모르는 제갈영이 중얼거렸다.

"저게 강호제일미야? ……예쁘긴 예쁘네."

당예도 예전 세가의 모임에서 잠시 백리연을 본 적이 있었다. 처음엔 백리연이 강호제일미가 될 거라는 말만 듣고 '제까짓 게 예뻐봤자지'라고 생각했었으나, 막상 얼굴을 대하고 보니 그런 질투도 나지 않았다. 너무 미인인 까닭에 질투할 마음조차 들지 않는다.

그러니 제갈영을 타박할 수도 없는 입장이었다.

그 사이에도 장건은 바람처럼 백리연의 집단으로 파고드는 중이었다.

'대체 어쩌려고……'

아무리 봐도 대화를 하려는 모양새가 아니다.

당예는 더 불안해졌다.

그 순간.

제갈영이 비명처럼 소리를 질렀다.

"아아앗!"

당예도 소리를 질렀다.

"아앗!"

백리연의 추종자들 무리 안으로 깊숙이 파고든 장건이 그대로 백리연을 날려버린 것이다.

퍼—엉!

당예와 제갈영, 둘은 모두 입을 다물 수 없었다.

'여자를 때렸다!'

'그것도 강호제일미를!'

어지간한 사람이라면 때리려고 마음을 먹었다 하더라도 멈칫할 수밖에 없을 텐데, 장건의 행동에는 조금의 망설임도 없었다.

"죽었나?"

"죽였나?"

그러나 백리연이 주섬주섬 일어나는 걸 보니 죽은 건 아닌 모양이다.

'이러니까 미인계가 안 통했지.'

왠지 모르게 소름이 끼치면서도 속이 시원한 그런 상반된 느낌이 동시에 든다.

당예도 솔직히 통쾌하긴 했다. 그러나 대놓고 좋아할 수가 없었다.

곧 장건을 둘러싼 이들의 눈빛이 흉흉하게 빛나는 것을 본 까닭이다.

*   *   *

멍······.

백리연은 아주 잠깐, 자신에게 무슨 일이 일어났는지 알지 못했다.

누군가 달려오는 건 보았다. 자신의 또래로 보이는 듯한 소년이었다. 그러나 그 소년이 자신을 어떻게 할 거라고는 생각도 하지 못했다.

몸에서 뭔가 깨지고 뒤틀리는 듯한 느낌이 나더니 머리가 멍하다.

주르륵.

코에서 뜨거운 것이 흘러내린다.

"코피……."

백리연은 자신의 손에 묻은 새빨간 피를 보면서도 자기가 맞았다는 사실을 믿을 수가 없었다.

"나…… 날 때렸어?"

이제껏 누구도 그녀를 때린 사람은 없었다.

심지어 부친조차도.

그런데 얼굴을 맞고 코피를 흘린다.

있을 수 없는 일이었다.

더구나 주변에는 그녀를 보호하던 수많은 추종자들까지 있지 않았던가!

그러나 그들은 소년 한 명을 막지 못했다.

몸에 힘이 하나도 없어서 손가락 하나 까딱하기도 힘들었지만 백리연은 어떻게든 고개를 들어 앞을 보려고 노력했다.

차가운 눈으로 자신을 내려다보고 있는 소년이 보였다. 아니, 그마저도 흐릿하게 보인다. 소년의 몸이 둘로 갈라지고 세상이 빙글빙글 돈다.

몸이 오싹하다. 무공을 익힌 후로 춥다는 생각이 들지 않았는데 한기가 뼈까지 파고드는 듯하다.

장건의 주먹질에 위기(衛氣)가 상한 탓이다. 위기는 모든 것으로부터 몸을 지키는 기운이다. 추운 날씨에는 몸을 덮은 털외투가 되고, 더운 날씨에는 몸의 열을 식혀주는 역할을 한다.

그 위기가 무너졌으니 백리연은 차가운 겨울 공기가 피부 속까지 저며 드는 것을 생으로 느낄 수밖에 없는 것이다.

그럼에도 백리연이 버티고 있는 것은 장건이 힘 조절을 잘 하지 못한 탓이었다. 위기를 타격하는 수법은 섬세한 내공의 조절이 필요하다.

사심이 들어가 주먹은 세게 쳤는데 내공은 그만큼 들어가지 않았다. 그래서 코피는 터졌지만 위기가 완전히 파괴될 정도의 타격은 입지 않은 것이다.

백리연은 이를 악물고 몸을 일으켰다. 금방이라도 쓰러질 것 같았지만, 그래도 억지로 참고 일어났다.

'누가 뭐래도 난 강호제일미야. 남들에게 초라한 모습을 보일 순 없어.'

백리연은 코피를 닦고 헝클어진 옷매무새를 가다듬었다.

그녀의 추종자들이 환호를 질러댔다.

"일어섰다!"

"소저가 일어나셨어!"

장건이 제대로 때리지 못했다고 해도 백리연이 벌떡 일어선 것은 그래도 대단한 일이었다. 거의 초인적인 의지라고 할 수 있었다.

백리연은 왠지 기운이 나는 것 같았다. 감히 자신을 건드린 건방진 아이를 똑바로 노려보며-사실 제대로 보이지는 않았지만- 당당히 섰다.

'그래……. 넌 잠깐 실수했던 거야. 내가 누군지 몰랐고, 제대로 보지 못해서 그랬을 뿐이겠지. 좋아. 봐. 네가 건드린 사람이 누군지. 자 어때? 이제 제대로 보니까 슬슬 후회가 밀려오지? 이 백옥 같은 얼굴에 손을 댄 것이. 그럼 당장 무릎을 꿇고 사과를 해야 할 거야. 아, 물론 내가 쉽게 용서해 줄 거라는 착각은 하지 않는 게 좋아. 하지만 지금 용서를 빈다면 조금 죄를 덜어줄 수는 있어. 난 마음이 넓은 여자니까.'

백리연은 살짝 오만하게 보이도록 턱을 들고 장건을 내려다보았다.

장건은 가만히 그녀를 보고 있다가 그녀의 앞으로 걸어왔다. 백리연은 회심의 미소를 지었다.

'역시. 진작 그랬어야지. 자, 어서 무릎을 꿇어. 그리고 죽여주십사 빌어. 처참할 정도로 짓밟아줄 테니까.'

그러나 장건은 무릎을 꿇지 않았다. 마치 이상한 물건 보듯 백리연을 보았다.

'뭐야! 그 눈초리는?'

백리연의 눈썹이 치켜 올라갔다. 당장에라도 그녀를 따르는 청년들을 시켜 사지를 부러뜨리라고 소리를 치려했다.

하지만 백리연은 그러지 못했다.

장건이 다시 주먹을 내민 것이다.

소림은 휩쓸아친다

뺑―!

"꺄아악!"

갑자기 하늘과 땅이 빙글빙글 돌아갔다. 백리연은 공중에 뜬 채 온갖 저주와 욕설을 퍼부었다.

그러나 말은 입 밖으로 나오지 못했다.

쿠당탕.

등이 딱딱하고 차가운 지면에 닿고 나서는 그런 생각마저도 쏙 사라졌다.

'내……가 왜 이러지?'

눈이 절로 감겼다. 나른함이 지나쳐서 땅에 녹아드는 것 같았다.

'아…… 피곤해. 복수고 뭐고 그냥 이대로 잤으면 좋겠다…….'

백리연은 깜박거리다가 눈을 감았다.

여기저기서 들려오는 비명소리조차 그녀의 귓가에는 아련했다.

늘 도도하고 조금의 빈틈도 보이지 않던 백리연은 또다시 코피를 줄줄 흘리며 팔다리를 늘어뜨린 채 흙바닥에 널브러지고 말았다.

* * *

"아아아악!"

"이럴 수가!"

"한 번도 아니고 두 번이나!"

"어떻게 두 번이나 백리 소저를 때릴 수가 있어!"

"저놈은 인간도 아냐!"

아무도 없는 하얀 새벽에 소복이 쌓인 눈을 보면, 사람들은 저마다 다른 생각을 한다. 그 중에서도 가장 많은 사람들이 하는 행동은 자신의 발자국을 남기는 것일 터다.

잡티 하나 없이 새하얗게 반짝이는 세상에 자신의 흔적을 낸다는 것은 남녀를 불문하고 묘한 쾌감을 동반하는 일이다.

정복욕이라고 해도 좋고, 잔인하게 비틀린 마음씨 때문이라고 해도 좋다.

하지만 사람들은 자신이 감당할 수 없는 이상의 아름다움을 보았을 때에는 함부로 하지 못한다. 기가 질려서 바라보는 것조차도 부담스러워한다. 그러한 것을 더럽힌다는 건 상상도 하지 못할 일인 것이다.

백리연이 바로 그런 존재였다.

그녀는 가만히 서 있는 것만으로도 주위 백여 장을 정화시키는 존재였다. 멀리서 바라보기만 해도 행복하고, 말을 건다거나 혹은 함께 있는 거리가 조금 더 가까워진다거나 할 때마다 가슴을 터지게 만든다.

하물며 그녀를 더럽히겠다는 생각을 하는 것은 죄악이고 패륜보다도 더 천인공노할 죄업이요, 악행이었다.

백리연은 우상이었다.

그녀를 따르는 추종자들은 가문을 버리고, 사문을 등지고 그녀 하나만을 보고 살아왔다.

한데…….

그런 그녀가 잔인하게 얻어맞고 궁상맞게 나동그라졌으며, 머리는 산발이 되고 하늘거리던 백의는 흙과 눈으로 범벅이 되었다.

오똑하고 미려한 선을 가졌던 코는 벌겋게 되어 쌍코피를 줄줄 흘려대고 있었다.

늘 장강보다도 깊고 그윽한 눈빛을 보내던 그녀의 눈동자는 흐리멍덩하게 초점이 풀려 게슴츠레하다.

장건은 그들의 우상을 무너뜨리고, 그들의 보석에 흠집을 냈다. 백리연이 원래의 미모를 되찾는 데 오래 걸리지 않는다 하더라도, 이미 더럽혀졌다는 사실만은 되돌릴 수 없을 것이다.

이 끔찍한 일에 추종자들은 경악했다.

"어, 어떻게 하지?"

일부는 이를 갈았다.

"저 조그만 놈의 자식이 감히!"

그들의 마음속에는 무언가 '자신의 것'이 더럽혀졌다는 것에 대한 분노가 서서히 끓어오르기 시작했다.

누구라도 그럴 것이다.

너무 맛있어서 먹지도 못하고 아껴둔 떡을 누군가 홀랑 먹어 버린다면 말이다.

연모(戀慕)라는 감정조차 사치여서 바라보기만 하던 백리연이다.

그런 그녀를 웬 잡놈이 나타나서 쌍코피가 나도록 오지게 팼다!

한 번도 아니고 두 번이나!

선녀처럼, 그토록 고고하던 백리연이 팔다리를 쭉 뻗고 널브러지는 모습을 보이고 말았다.

이게 말이나 되는 일인가!

그러나 그때 그들은 자신들이 백리연을 따라 소림에 온 이유를 떠올렸다.

백리 소저가 다른 놈에게 시집가게 만들 수는 없다!

모두가 한 마음으로 백리연의 소림행에 동참했다. 기회만 된다면 무슨 수를 써서라도 방해할 것이라 생각하던 참이다.

'지금이 바로 그 기회다!'

어떻게 보자면 장건의 행동은 그들에게 빌미를 제공한 것이 되고 말았다.

'어차피 소림은 빈껍데기나 다름없어. 지금 우리의 힘을 보여 준다면 어떤 놈이든 백리 소저를 함부로 넘보지는 못할 거다.'

백리연의 혼삿길에 정당하게(?) 깽판을 놓을 수 있는 이유가 생긴 셈이었다.

'가뜩이나 소저를 소림의 잡놈에게 시집보낸다 해서 기분도 더럽던 판인데.'

'저놈도 보아하니 소림의 속가 제자인 듯한데? 그래, 내친 김에 어디 한번 죽어 봐라.'

가족과 사형제까지 버린 마당에 늙어서 이빨 빠진 호랑이라는 소림이 두렵지는 않았다. 아니, 그런 생각이 있었다 해도 곧 머리에서 지워졌다.

그들이 해야 할 것은 완전한 분노의 표출이었지, 그 뒷감당이 아니었다.

우상이 누군가에게 넘겨질 수는 없다.

그들의 온 정신은 한 푼의 여지도 없이 분노의 감정, 그 하나로 가득 찼다. 분노해야 할 이유가 생기니 굳이 감정을 억누를 필요가 없어졌다.

때문에 생각이 행동으로 옮겨진 것도 그만큼 순식간이었다.

채채챙!

쇳소리가 따갑게 귀를 울린다.

수백 명이 동시에 무기를 꺼내든 모습은 장관을 넘어서서 섬뜩하기까지 했다. 하늘을 찌를 듯한 살기와 함께 청년들의 눈과 날카롭게 벼린 병장기의 날들이 장건을 향하기 시작했다.

* * *

 장건은 부친 장도윤을 바라보았다.

 장도윤은 가쁜 숨을 내쉬며 장건을 멍하니 바라보았다. 아이들은 일 년만 보지 않아도 훌쩍 자란다고 하는데 8년이나 지났다.

 그렇다고 자신의 아들을 알아보지 못할 아비는 없는 것이다.

 장도윤이 떨리는 손으로 장건의 얼굴을 만졌다.

 어리광을 부리던 작고 통통한 아이는 없고 그 자리에 어른이 되어가는 사춘기 소년이 남아 있다.

 "너……냐? 정말 네가…… 맞느냐?"

 어느새 장도윤의 눈에 눈물이 들어찼다. 장건도 눈물이 왈칵 쏟아져 나왔다. 목이 메어서 말을 할 수가 없었다.

 장건은 고개를 세차게 끄덕였다.

 실로 오랜만에 만나는 아빠였다. 그렇게도 보고 싶던 가족이었다. 그런데 왜 이런 상황에서 만나야만 했을까.

 장도윤은 장건을 끌어안고 싶었다. 그러나 그럴 여유가 없었다.

 상황은 너무나 무섭게 변해 가고 있었다. 정신을 차린 청년들이 살기를 뿜어내며 장건을 향해 다가오고 있었던 것이다.

 여기저기 얻어 터져 제대로 서 있기조차 힘든 장가장의 무사들이 이를 악물고 장도윤과 장건을 에워싸듯 호위했다.

"저희가 막을 테니, 두 분은 마차 밑으로 몸을 피하십시오. 곧 소림사에서 우리를 도우러 나올 것입니다."

"그동안은 저희가 목숨을 걸고서라도 막겠습니다."

무사들의 얼굴 표정은 결연했으나, 두려움이 깃들어 있었다. 이미 한 번 제대로 손도 써보지 못하고 당했는데 어떻게 막을 수 있을까.

말 그대로 목숨을 던져서 막아야 할 판이었다.

달아날 곳도 없었다. 백여 명이 넘는 청년들이 완전히 포위한 상태였다. 그러니 소림에서 구해 주러 나올 때까지 버티는 수밖에는 없었다.

청년들의 흉흉한 살기가 무사들의 머리에 진땀을 흐르게 만들었다.

얼마나 버틸 수 있을까?

일각? 길어야 이각?

장도윤이 장건을 잡아끌었다.

"건아, 어서 마차 밑으로 피해라."

하지만 장건은 가만히 서서 피하지 않았다.

장건이 눈물을 닦으며 대답했다.

"전 잘못한 게 없어요."

장도윤이 씁쓸하게 웃었다. 오랜만에 만난 아들을 위해서라도 자신이 참고 넘어갈 걸 하는 후회가 들었다. 마냥 기뻐야 할 재회가 동반 제삿날이 되고 말았다.

장도윤은 장건의 어깨에 손을 얹었다.

"네가 이리도 멀쩡하고, 또 건강하다는 걸 알았다면 그깟 줄이야 백 번도 양보했을 게다. 네가 너무 걱정스러워서 조급한 마음에 내가 실수를 했구나."

그러나 장도윤의 실수가 아니라는 건 장건도 알 수 있는 사실이었다.

"저 사람들이 뭔데⋯⋯. 자기들이 뭔데 아빠와 아저씨들을 때리나요? 그건 아빠 잘못이 아니에요."

이런 말을 하고 있을 여유는 사실 없었다. 그러나 장도윤은 실로 오랜만에 만난 아들에게 지금이 아니면 말을 남길 기회가 없다는 것도 알았다.

"우리 같은 상인들에게는 돈이 곧 힘이듯, 무림인들에게는 무력이 힘이란다. 힘을 이용해서 남보다 더 우월해지고자 하는 건 사람의 본성이지. 하지만 말이다."

장도윤은 단호하게 자신의 가슴을 치며 말했다.

"사람들은 잘못 알고 있다. 돈과 무력을 추구하는 것이 최고가 아냐. 협(俠)을 위해 돈과 무력을 추구하는 것이지. 협을 아는 상인은 물건 값을 속이지 않으며, 무인은 이해관계 때문에 무력으로 타인을 핍박하지 않는다. 그것이 협을 가진 자가 마땅히 해야 할 일이다."

장도윤은 어색하게 웃었다.

"그래서 이 아비는 평생 그리 살아오려 노력했다. 언젠가 너와 며느리가 될 아이를 앉혀두고 하고 싶은 얘기였는데, 어떻게 지금 이런 말을 하게 됐구나."

장건은 입술을 꾹 물었다.

"나중에…… 다시 얘기해 주세요. 지금은 안 들은 걸로 할게요."

"그래. 나중에 꼭 다시 말해 주마."

그러나 장도윤은 나중을 기약할 수 있다고 생각하지 않았다.

운이 좋으면 모를까, 오늘 살아나기란 백 번을 생각해도 정말 힘든 노릇일 터다.

그러나 장건은 전혀 그렇게 생각하지 않았다.

"아저씨들, 비켜주세요."

"어어?"

장가장의 무사들이 어떻게 할 틈도 없이 장건은 순식간에 미꾸라지처럼 그들을 비집고 앞으로 나아갔다.

"어어어?"

"건아!"

장도윤과 무사들은 눈을 휘둥그레 떴다. 거의 빈틈도 없이 딱 막고 있었는데 어떻게 지나갈 수가 있었을까?

그것은 말릴 틈도 없이 순식간에 일어난 일이었다.

"역시 소림에서 무공을 배우더니……."

그렇다 해도 저 어린 장건이 수백 명을 어떻게 할 수 있을 것 같지는 않다. 장도윤이 장건을 붙들려는 걸 무사들이 말렸다.
 "비키거라. 건이를……!"
 "안 됩니다! 그랬다가는 장주님도 위험합니다!"
 장도윤과 무사들은 모두 안타깝기만 하다. 특히나 장도윤은 장건이 수십 조각으로 나뉘는 끔찍한 상상을 하고는 다리에 힘이 풀려 주저앉고 말았다.

 장건이 걸음을 옮기자 그를 둘러싼 청년들도 무리지어 우르르 이동했다.
 장건은 살기의 기운을 감지하고 그것이 자신에게만 향해 있다는 걸 알았다. 자리를 멀리 옮길수록 부친과 무사들은 안전해질 것이다.
 장건은 언젠가 들었던 홍오의 말을 기억하고 있었다.

 "무공은 스스로를 지키기 위해 시작된 것이다."

 장건은 새삼 그 말이 가슴에 와 닿는다.
 '무공을 배우지 않았더라면 어떻게 되었을까?'
 하나같이 날이 시퍼런 무기를 치켜세우고 자신을 둘러싼 청년들을 보니 아찔한 생각까지 든다.
 무공을 배웠기에 장도윤을 구할 수 있었다. 자기 자신뿐만이 아니라 소중한 사람들까지도 지킬 수 있는 힘을 얻었다.

부조리한 핍박과 부당한 대우를 받으며 힘이 없다고 물러설 필요가 없다. 세상 모든 사람들이 다 정당하고 옳은 행동만 하는 것은 아니니까.

자기를 둘러싼 수백 명의 사람들이 무섭지 않은 것은 아니다. 싸워서 이길 수 있을 거라는 보장도 없다.

하지만!

적어도 무공을 배웠기에 아무것도 못하고 당하진 않을 수 있었다. 당당하게 맞서 싸울 수 있는 용기가 생겨났다.

"후우우……."

장건은 가슴에 손을 대고 속에서부터 길게 숨을 내뱉었다.

장건이 주먹을 쥐고 성큼 걸음을 내딛었다.

조금은, 아주 조금은 어른이 된 것일까.

장건은 이제 처음으로 누군가를 지키기 위해 주먹을 쥐었다. 그것이 자랑스러웠다.

장건의 주변으로 살기를 잔뜩 품은 청년들이 다가들기 시작했다.

"죽여 버릴 테다!"

"내장을 뽑아서 목에 걸어주마!"

장건은 호흡을 고르면서 청년들의 면면을 주의 깊게 보았다. 왜들 그렇게 분노했는지 얼굴이 시뻘겋다. 뿔만 달면 법당 안에 그려진 지옥도(地獄圖)의 야차 같은 얼굴처럼 보일 지경이었다.

　날카롭게 번뜩이고 있는 도검들은 보기만 해도 오싹했다.

　'내가 뭘 그렇게 잘못했지?'

　장건은 이를 꾹 깨물었다.

　'우리 아빠는 뭘 그렇게 당신들에게 잘못했지?'

　이마와 뺨에서 후끈후끈 열이 났다.

　장건의 순진하던 눈망울에 힘이 들어갔다.

　'사람을 죽이겠다고 칼을 들고 달려들 정도로, 누가 그렇게 당신들에게 잘못했냐고!'

　빠드득.

　오기 때문이 아니라 누군가에게 화가 나서 처음으로 이를 갈았다.

　주먹을 꾹 쥔 손이 떨려왔다.

　심장이 마구 고동을 친다.

　시야가 한순간 좁아지며 눈앞이 캄캄해지는 게 느껴졌다.

　정말로…….

　너무 화가 났다.

　　　　　*　　　*　　　*

　정문에서 손님들을 관리하던 승려들의 눈에 놀람의 빛이 떠올랐다.

"이, 이게 무슨!"

흉흉하게 병장기를 든 이들이 길게 늘어선 줄의 앞부분으로 모여들고 있었다. 하늘을 찌를 듯 살기가 거세어진다.

무승들이 몸을 날렸다.

그러나 그들은 사건의 현장에 미처 도달할 수도 없었다.

한 떼의 청년들이 그들의 앞을 가로막은 탓이다.

냉막해서 살수라고 해도 믿을 그런 표정으로 청년들이 무기를 뽑아들었다.

"방해할 수 없소!"

피를 토하는 외침이었다.

방해한다면 정말 소림의 승려들이라 해도 베어 버릴 듯했다.

무승들이 공력을 끌어 올리며 외쳤다.

"아미타불. 무기를 거두시오! 이곳은 소림이오!"

피식.

마치 모든 것을 잃은 듯한 한 청년의 자조어린 비웃음이 무승들을 소름 돋게 했다.

"소림? 그래서 어쩌라고. 우린 처음부터 소림이 안중에도 없었는데."

옆의 청년이 한 마디를 거든다.

"소림이고 뭐고, 우리 소저를 건드린 놈을 고깃덩이로 다질 때까지는 아무도 나서지 못할 줄 아시오."

지객당주 굉보가 바람처럼 나타나 청년들의 앞에 섰다. 청년들의 표정을 본 굉보는 낮은 신음을 흘린다.

생사를 도외시하고도 막을 거라는 건 태도만으로도 알 수 있었다. 아무리 설득한다 한들 소용이 없을 것이다.

"말이 통하지 않겠다. 무력으로라도 길을 열어라!"

수백의 무인들이 무기를 들고 설치면 엄청난 사상자가 발생할 터, 굉보는 빠른 결단을 내렸다.

무승들이 청년들을 향해 앞으로 나아갔고, 청년들은 맞서 검을 겨누었다.

당연히 소림의 무승들을 막고 있던 청년들도 결코 무공이 낮지 않은 이들이다.

상대하는 무승들 대부분이 무자배다. 소림의 무공이 그 뿌리가 깊은 만큼 강호에 나가면 당장에 청년 고수에 속하는 수준이다.

그럼에도 불구하고, 청년들은 물러서지 않았다.

피—잇!

한 청년이 검을 내지른다.

"어리석구나!"

굉보가 가장 앞선 청년의 검을 맨 손으로 받았다. 호조(虎爪)로 검면을 잡고 쳐내 순식간에 검을 부러뜨렸다. 맨손으로 검을 상대하는 고도의 수법이다.

챙강!

내력이 실린 검이 부러지자 청년의 코와 입에서 순식간에 피가 흘러내린다. 하나 포기하지 않는다. 부러진 검을 내던지며 맨몸으로 굉보에게 달려든다.

"으아아아!"

굉보는 달려드는 청년의 손목을 금나수로 뒤틀고 벽괘장(劈卦掌)으로 청년의 팔꿈치를 후려쳤다.

우득.

본보기로 험하게 손을 쓴 것인데 청년은 비명을 지르면서도 버둥거렸다. 얼굴과 목에 시퍼런 핏대가 돋았다. 청년은 팔이 부러진 채로 굉보의 사타구니를 걷어찬다.

"허!"

무림에서 금기시 된 등룡퇴(登龍腿)다. 말이 등룡이지 남자들의 급소인 고환을 차는 비겁한 수법이었다.

완전히 악에 받친 행동이다.

굉보는 놀라면서도 발바닥으로 등룡퇴를 막고 청년의 마혈을 짚었다. 청년은 끝까지 독기를 품은 눈으로 굉보를 노려보며 쓰러져갔다.

굉보는 그리 좋은 상황이 아님을 확실히 깨달았다.

무자배 무승들의 실력이 청년들보다 우위에 있다 하더라도 목숨을 걸고 덤벼드는 청년들을 상대하기는 쉽지 않았다.

더구나 소림은 지금 제대로 돌아가는 중이 아니다. 천 명이 넘는 환자들과 수용 한계를 넘어선 손님맞이 준비로 대부분의 승려들이 지쳐 있는 상태다.

혈을 짚는 것도 실력 차가 커야 가능한 일인데, 동귀어진으로 들어오는 상대를 단순히 제압하는 건 거의 불가능하다.

그렇다고 소림의 제자들이 함부로 살생을 할 수도 없는 노릇.

반대로 청년들은 자신의 안위에는 아무런 관심이 없었다. 일격필살의 자세로 검을 찔러온다. 심지어 엎어져서 버둥거리며 칼을 휘둘러대 발목을 베이는 무승들도 있었다. 무인의 자존심이나 체면 같은 건 안중에도 없다.

"죽어! 죽어!"

청년들은 악다구니를 쓰며 끝까지 물고 늘어졌다.

한번 깽판을 놓겠다 작정하고 나니 체면이고 나발이고 차릴 것도 없어진 마당이다.

"이 한 몸 바쳐서 백리 소저의 앞길을 막으리!"

듣기에도 무언가 이상한 소리들을 해대며 덤벼드는 것이다.

"허어!"

승려들이 살수를 쓰지 못하니 아예 맨몸으로 덤벼들어 팔다리를 붙들고 떼를 쓰듯 자빠진다. 독하게 손을 쓰지 못하는 무승들의 몸에 삽시간에 시뻘건 검흔이 생겨난다.

굉보는 치를 떨었다.

"물러나라!"

*   *   *

 순식간에 정문까지 다다른 원호의 얼굴은 극한의 분노로 시뻘겋게 달아올랐다.
 소림의 산문 안에서 무수한 무인들이 검을 뽑아 들고 있었다. 번쩍이는 날들에 눈이 부셨다.
 소림의 정문 앞에 검림(劍林)이라도 세워진 듯하다.
 "감히……!"
 원호의 두 눈에 핏발이 섰다.
 다른 곳도 아닌 소림의 앞마당에서, 그것도 수백 명이 검을 뽑아들었다는 사실에 울화가 치밀었다.
 "감히 본문을 안중에도 두지 않고 있다니!"
 소림에 대한 원호의 애정은 지극히 깊다. 그가 장건을 어떻게든 쫓아내려 한 것도 그만큼 소림을 생각해서다. 방법은 좋지 않았다고 해도 소림에 대한 마음은 누구에게도 지지 않는다.
 그런 그가 소림이 더러운 진흙탕 속에 처박히는 모습을 보고 있는 것이다.
 오늘 벌어진 일은 소림의 자존심과 명예를 크게 실추시키게 될 터다. 어떤 문파를 막론하고 문파의 세력권 내에서, 그것도 앞마당에서 싸움이 벌어지는 것을 막지 못한다면 비웃음거리가 되고 만다. 아니, 애초에 싸움이 벌어진다는 것 자체가 우습게보이고 있다는 뜻이다.
"원호 사형!"
뒤늦게 달려온 원자배들도 소림의 정문에서 벌어지는 광경을 보고 입을 다물지 못한다.
두터운 원을 그리고 있는 인벽(人壁)의 가운데에 장건이 있다. 피부로 느껴지는 따가운 살기가 누구를 향해 있는지 너무나도 뻔하다.
원호가 길게 늘어서서 정문을 막고 있는 무승들에게 소리쳤다.
"너희들은 싸움을 멈추지 않고 뭘 하는 게냐!"
평소 장건을 미워하던 원호라 할지라도 장건은 소림의 제자다. 무슨 잘못을 했던 간에 자파의 영역권에서 다른 사람들이 소림의 제자를 해치는 것은, 아니 해치려 한다는 것 자체부터 이미 소림의 추락한 위상을 보여주는 셈이었다.
뒤이어 나한승들을 이끌고 달려온 나한전주 굉소도 이 같은 상황에 크게 기가 막혀 했다. 하나 나한들을 움직이지는 않았다.
원호가 나한전주 굉소를 보고 소리쳤.
"굉소 사숙! 가만히 보고 있기만 할 셈이오?"
"원호 사질. 곧 방장 사형이 오실 테니 경거망동 하지 말고 기다려라."
"사숙에게는 소림이 중하오, 아니면 저 잡것들이 다칠까 그

소림은 휘몰아친다 33

게 걱정되오? 왜 나한을 움직이지 않는 것이오!"

나한전주 굉소가 마주 소리쳤다.

"원호 사질! 말이 심하다!"

"나는!"

원호가 가슴을 탕 하고 쳤다.

"나는 소림이 더 중요하오! 저 잡것들이 설치는 모습을 더는 보지 못하겠소이다!"

"원호 사질!"

원호의 승복이 팽팽하게 부푼다.

원호가 굉소를 무시하고는 정문을 걸어 나가며 진각을 밟았다.

쾅!

엄청난 진각이 울린다.

진각 때문에 부서진 땅의 흙이 튀어 오르기도 전에 원호는 수 장을 앞으로 나아갔다.

그리고는 한 청년의 목덜미를 잡아 뒤로 내던졌다.

길을 열기 위해서다.

허공으로 뛰어갈 수도 있지만 그러기에는 너무 인파가 몰려 있고, 하나같이 무기를 빼들고 있어 위험하다.

"으앗!"

뒤로 나동그라진 청년이 비명을 질렀다.

청년의 비명소리에 크게 흥분한 한 청년이 뒤를 돌아보다가 원호를 발견하고 소리쳤다.

"이건 또 뭐야!"

어찌나 흥분했는지 눈에 뵈는 것도 없는 모양이었다.

수양이 아무리 깊은 고승이라 하더라도 지금 같은 상황에서 그런 말을 듣는다면 인내심이 순식간에 동나고 말 것이다.

하물며 성정이 불같은 원호였다.

원호는 대번에 눈에 쌍심지를 켰다. 눈에 뵈는 게 없는 것은 그 역시 마찬가지인 셈이다.

"무엄한 놈!"

원호는 원자배에서 가장 강한 고수다. 젊은 시절 비정한 강호를 경험하여 실전적인 무공을 위주로 익힌 탓에 불가에 기초한 깊은 깨달음에는 이르지 못하였다.

그러나 그가 상당한 고수라는 데에는 누구도 이의를 달지 못한다. 특히 실전에 있어서는 가진 바 내공 이상의 실력을 발휘한다.

그런 원호가 마음을 모질게 먹고 권을 내지른다.

삼십사로흑호권(三十四路黑虎拳)!

몸을 웅크린다 싶더니 옆구리에서부터 쌍권이 튀어나갔다.

크어헝!

마치 호랑이가 크게 포효하며 앞발을 내지르는 듯한 모습이었다. 청년이 검을 내리치는데도 전혀 개의치 않는다.

쨍!

오히려 권과 마주친 검날이 부러져 나갔다. 검을 깨뜨린 권은 멈추지 않고 청년의 가슴과 복부를 동시에 가격했다.

엄청난 내가 공력에 청년의 배가 파도를 타듯 심하게 출렁였다.

"끄윽!"

청년의 코와 입, 눈과 귀의 칠공에서 피가 흘러나온다. 대번에 눈이 뒤집혔다.

이미 저항할 기력은커녕 선 채로 정신을 잃었다.

"그리도 원한다니, 내 오늘 크게 살계를 열리라!"

원호가 대갈하며 손날로 청년의 머리를 후려친다. 머리가 수박처럼 으깨지며 명을 달리하기 직전이다.

나무아미타불. 사질! 멈추게!

청량한 불호가 마치 전음처럼 원호의 귓가에 들려왔다. 원호의 내력이 진탕되며 손끝에서 힘이 빠졌다.

퍽.

청년은 원호의 손날에 맞고 주저앉았다. 원호의 공력이 흩어져 수도에 파괴력이 붙지 않았다. 청년은 겨우 목숨을 부지한 것이다.

원호가 불이 붙은 눈으로 고개를 돌렸다.

어느 샌가 나한승들을 몰고 온 굉운이 자신을 내려다보며 반장하고 있다.

"손에 사정을 두게, 원호 사질."

"방장 사백! 지금 이런 일을 보고도 그런 말이 나오십니까! 내버려두십시오! 따질 것 없이 다 쓸어버리겠습니다!"

굉운은 복잡한 심경이 담긴 눈을 하고 있었다.

몸이 아니라 마음이 힘들다.

그가 방장을 맡은 이후 벌써 몇 번째나 큰 사건 사고가 일어났다. 강호에서 소림이 가진 존재감과 무게가 몇 번이나 뿌리까지 뒤집힐 위기를 맞았다.

그런 일이 있은 지 얼마나 되었다고 또 이런 일이 벌어지는가.

굉운은 눈을 감았다.

끊임없는 욕설소리들.

"방장 사백!"

어쩔 도리가 없다.

굉운이 손을 들었다.

"나한육각진(羅漢六角陣)을!"

곧 굳은 얼굴의 나한들이 여섯 명씩 한 조를 이루어 앞으로 나아간다. 둘은 긴 봉을 들었고 둘은 짧은 곤을 들었다. 둘은 병장기를 들지 않은 적수공권(赤手空拳)이다.

굉운이 다시 낮은 소리로, 하지만 똑똑한 음성으로 외쳤다.

"일, 진(進). 이, 속(速). 삼, 방(放). 사, 위(委)!"

진을 구성한 나한승들에게 수칙을 전한 것이다.

자리를 지키는 것이 아니라 앞으로 나아가 난동을 제압하고 제압한 자는 따로 포박하지 않아도 좋으며 상대하는 방법은 각각의 조에 맡기되, 진압 속도를 최우선으로 하라는 뜻이다.

그것은 최악의 경우, 일체의 부상이나 생사에 대한 책임을 묻지 않겠다는 뜻이기도 했다.

척척척.

18개조의 나한들이 마치 한 몸처럼 걸음을 옮겼다.

"뭐, 뭐야!"

장건을 압박하던 청년들이 뒤를 돌아보며 당황한 외침을 내뱉었다.

압박감이 극심하다. 거대한 철벽이 다가오는 듯하다.

"소림이면 다냐!"

한 청년이 두려움을 감추려는 듯 도를 휘두르며 달려들었다. 그 순간 앞선 나한육각진의 조에서 두 개의 봉이 날았다.

"큭!"

청년이 한 개의 봉은 튕겨냈다. 그러나 왼쪽 무릎 바로 옆으로 떨어지는 봉은 막지 못했다.

딱!

청년의 몸이 휘청이자마자 기다렸다는 듯 곤이 날아든다. 쩍 소리를 내며 청년의 양어깨가 주저앉고 도를 땅에 떨군다. 한 명의 나한이 뛰어들어 금나수로 청년의 양손을 제압하고 다른 한 명이 목을 움켜쥐며 점혈한다.

다른 청년이 잡힌 청년을 구하려 했으나 이미 그 앞을 봉이 가로막는다. 아니, 가로막은 것이 아니라 공격하여 진 안으로 끌어들인다.

이어 곤이 날아든 것은 당연한 수순이다. 하나 청년의 솜씨도 보통이 아닌 듯 봉과 곤을 연신 쳐내며 막아낸다. 이 정도의 실력이면 구대문파에는 비할 정도는 아니라 해도 유서 깊은 문파의 후기지수감이다.

"덤벼! 덤벼보라고! 소림 나한이 이것밖에 안 되냐!"

청년이 곤을 쳐내며 악에 받혀 소리를 지른다. 그럼에도 나한승들의 표정에는 변함이 없었다.

적수공권의 나한승 둘이 공중으로 뛰어올라 퇴법으로 청년의 머리를 걸어차고, 봉은 양쪽에서 아래를 쓸어오며 단곤은 옆구리를 찌른다.

한 치의 틈도 없는 정확하고도 체계적인 공격에 청년은 더 이상 버틸 수 없었다.

청년은 십여 초를 대항하다가 옆구리를 얻어맞아 다리가 풀려 주저앉았다. 그 순간 나한승들이 뻗은 발차기에 청년의 머리가 크게 두어 번을 흔들렸다.

풀썩.

청년이 그대로 고꾸라졌다. 그러나 나한승들은 조금의 방심도 없이 쓰러진 청년을 봉으로 두 차례 가격했다. 청년이 반항하기 어려운 상태라는 것이 확인되자마자 그의 어깨를 제압하며 나한승들이 점혈을 가했다.

순식간에 두 명의 청년은 몸이 마비된 채 바닥을 구르게 되었다.

그야말로 냉철하고도 완벽한 제압이다. 본래부터 무력을 무력으로 대항하기 위해 존재하는 것이 나한승들인 탓에, 그들의 손속에는 조금의 사정이나 여유도 없었다.

극한까지 가지 않는 이상 그나마 목숨은 붙여둔다는 것이 다행이나, 부상 정도는 조금도 따지지 않는다. 현재 내려진 명령은 가장 빠르게 소란을 진압하는 것, 그것뿐이다.

나한육각진을 펼친 나한승들은 거침없이 전진했다.

그들이 지나갈 때마다 비명이 울리고, 점혈을 당해 쓰러진 청년들이 바닥에 남는다.

굉운은 그 모습을 보며 안타까이 불호를 읊조렸다.

"나무아미타불……."

다 늙어 이빨 빠진 호랑이…….

이것이 소림의 현실이다.

하다못해 화산이나 무당의 영역권이었다면, 아무리 철없는 무인이라 하더라도 함부로 무기를 빼어들지는 못했을 것이다.

그만큼 은연중에 소림의 위세가 강호에서 바닥을 구르고 있다는 증거다.

그래서 굉운도 진압을 명하지 않을 수가 없었다.

나한승들에게 진압되고 있는 청년들의 입에서 연이은 비명과 욕설이 난무하고 있다.

사태는 점점 걷잡을 수 없이 번져갔다.

백리연을 하늘처럼 떠받들던 청년들은 거의 이성을 상실한 수준이었다. 생사를 도외시하고 나한승들을 공격하니, 싸움의 양상은 점점 더 격렬하게 타오르기만 한다.

 간혹 나한승들 중에서도 피해를 입는 이들이 나오기 시작한다. 독선의 독에서 벗어난 지 얼마 안 된 몇몇 나한승들이 싸움을 버티지 못하고 있는 것이다.

 진압이 끝나고 나면 성한 사람이 몇이나 있을까.

 그때까지 나올 무인들의 사상자 수는 또 얼마나 많을 것인가.

 굉운은 속이 시커멓게 타들어가는 느낌이다.

 원호 역시도 마음이 편하지 않다.

 분노에 사로잡혀 눈에 보이는 모든 이들을 때려죽이고 싶었으나, 한 발짝 떨어져 상황을 보고 있으니 이후의 걱정에 눈앞이 캄캄하다.

 "내버려두지 그러셨습니까……. 그랬다면……, 내가 모든 책임을 지면 되는 거였습니다. 왜 방장 사백이 직접 명령을 내려 책임을 지려는 겁니까!"

 원호는 정말로 그럴 생각이었다. 다는 몰라도 반은 제압할 자신이 있었다.

 물론 그 대가는 참혹할 터다. 하지만 책임을 짊어지고 죽을 때까지 해를 보지 못한 채 참회동에서 면벽을 하더라도 상관없었다.

 소림이 아니라 그 혼자만 책임지면 될 일이었다.

그러나 방장 굉운은 고개를 저었다.

"자네는 지금이 아니라 앞으로 십 년……, 아니, 반백 년 동안 소림을 책임져야 하지. 그때까지는 내가 있잖은가. 내가 소림을, 그리고 자네들을 책임질 수 있는 날도 머지않았네."

굉운은 이번 일이 끝나면 당장이 아니더라도 슬슬 자리에서 물러날 생각을 하고 있다는 말투였다.

사실 그것이야말로 원호가, 원자배가 바라마지 않던 일이었다. 그러나 원호는 괜히 울컥했다. 그토록 바라던 일인데 왜인지 화가 나서 참을 수가 없었다.

"저를 무슨 아이 대하듯 하지 마시란 말입니다! 제가 언제 사탕을 달라고 졸랐습니까? 저도 혼자서 판단하고 행동할 수 있는데 왜 자꾸 간섭하시는 겁니까! 그깟 방장 자리…… 억지로 준다고 해도 싫습니다. 내가 스스로 자격이 된다 생각하면 주지 않는다 해도 달라 할 것입니다!"

굉운은 쓸쓸한 표정으로 원호를 바라보았다.

"시주 중에 한 분이 이런 말씀을 하신 적이 있네. 부모란, 자식의 나이에 관계없이 어리광을 무조건 다 받아주는 것이라 말일세."

굉운이 말하는 의미를 원호가 모를 리 없다.

사부와 제자는 부모자식간과 같다. 그것을 빗대어 말하는 것이다. 본래 한 배분의 차이는 그만큼이나 크다. 그럼에도 원호는 이제껏 그것을 인정하지 않았다.

굉운의 말이 이어졌다.

"그래서 내가 시주분께 물었네. 어릴 때야 그렇다 하더라도 커서까지 어리광을 받아준다는 건 틀린 말이 아닙니까, 하고. 그랬더니 시주분이 이리 대답하시었네. 다 큰 자식이 비뚤어지면 비뚤어지는 대로 그것 역시 본인 때문인 것 같아, 언제까지고 받아줄 수밖에 없다 말일세."

원호가 이를 깨물고 되물었다.

"부모의 잘못으로 자식이 피해를 입어 제대로 크지 못했는데, 무슨 부모의 자격이 있단 말입니까."

원호의 목소리는 떨리고 있었다.

사실은 원호도 안다.

세대교체를 운운하며 원자배들이 스스로 소림의 일을 결정했던 것은, 어쩌면 부모에게 인정받고 싶어 안달이 난 자식과 같았다는 것을.

나도 이제 다 컸으니 더 이상 상관하지 말라고 외쳐대는 비뚤어진 마음의 치기어린 외침이었다는 것을.

굉운은 더 말을 하지 않았다.

원호도 할 말이 없었다.

그 둘은 마치 사춘기에 접어든 아이와 그를 바라보는 아비와도 같았다.

"원호 사질……."

원호는 자조하며 실없이 웃었다.

멍한 눈으로 하늘을 보며 연신 웃음을 흘렸다.

"크크크……. 정말 우습군요. 따지고 보면 이 모든 일이 다 제 탓인데 누굴 탓하는 것인지요."

이젠 모든 것을 포기한 투로 원호는 통탄했다.

"제가 애초에 장건이란 아이를 내치려 하지 않았다면……. 독선을 끌어들이지 않았다면……. 그리고 남궁가의 검왕을 끌어들이지 않았다면……."

말끝에 지독한 자책감이 묻어 나왔다.

"그랬다면 오늘 같은 일은 일어나지 않았을 테지요……. 소림은 어제도 오늘도 내일도, 늘 한결 같았을 테지요."

원호의 가슴에 이제껏 맺혀 있던 말들이 연이어 터져 나왔다. 실수를 인정하기 싫어 가슴에 감추어 두었던 말들이었다.

"차라리 때려주시지 그랬습니까. 잘못하면 잘못했다, 틀렸으면 틀렸다. 왜 그냥 보고만 계셨습니까. 왜……."

자그마한 절규.

모든 것을 장건의 탓으로 돌리던 원호였으나, 그것이 자신의 어리석음으로부터 기인하였다는 것을 이제야 인정하는 것이다.

이토록 사랑하는 소림이, 자신의 목숨 따위 얼마든지 내어줄 수 있는 소림이 이렇게 나락으로 처박히는데……. 이런 상황에서까지 애써 자신의 잘못을 부인하며 책임을 회피하고 싶지는 않은 것이다.

제2장

괴이한 무공

 장건이 수백의 추종자들이 따르는 백리연을 때려눕힌 후, 추종자들이 장건을 둘러쌌다. 이 와중에 소림의 나한승들이 진압을 시도하자 장내는 순식간에 혼잡해졌다.
 행렬의 뒤쪽에 서 있던 문사명은 도저히 이 같은 일을 방관할 수 없다 생각했다.
 문사명은 허공으로 크게 뛰어 오른 후, 공력을 잔뜩 실어 고함을 쳤다.
 "모두 검을 거두시오!"
 쩌렁하니 문사명의 목소리가 울린다. 머리를 흔들 정도의 커다란 고함이었다.

하나 호수에 물 한 바가지 끼얹은 격이다.

오히려 문사명의 존재를 각인한 백리연의 추종자들이 문사명을 보고 가로막는다.

그들의 눈빛이 뿜는 지독한 살기에 문사명은 얼굴을 찡그렸다.

"다른 곳도 아닌 소림에서 이 무슨 짓들입니까! 어서 무기를 거두고……."

돌아온 것은 서늘한 검극뿐이다. 검극으로 문사명을 겨눈 청년들이 말한다.

"막지 마시오! 이건 우리 일이오."

"이 같은 일은 잘못된 것이니, 응당 무기를 거두고 소림의 결정에 따라야 할 것입니다!"

문사명의 말에 청년들은 다짜고짜 달려들었다.

"아무도 우릴 막지 못한다―!"

문사명도 검을 들었다.

무인은 무로 말한다.

무가 곧 법이다.

"물러나지 않는다면 부득이 물러서게 만들 수밖에 없겠소이다!"

"무, 문 형!"

힘들게 문사명을 뒤쫓아 온 남궁상이 막 끼어들었다가 날아오는 검에 급히 허리를 뒤로 눕혔다.

쉬익.

서릿발 같은 검세에 코끝이 아릿하다.

남궁상이 이를 갈았다.

"젠장."

남궁상은 뒤로 몇 걸음을 물러났다. 다가오지 않으면 청년들도 공격을 하지 않는 모양이다. 남궁상을 공격한 청년들이 문사명을 노린다.

그 와중에 문사명의 신위는 과연 놀랍기만 하다.

츠츳.

검극이 묘하게 흔들린다 싶더니 매화향이 퍼뜨려진다. 마치 검면에 아로새겨진 매화 문양에서 화사하게 꽃이 피어나는 듯하다.

화산의 3대 보검 중 하나인 매란화미검(梅亂花迷劍)이다. 매화검법이 극에 달하면 어지러울 정도로 매화꽃이 피어난다는 신검(神劍)이다.

문사명은 세 개의 매화꽃을 피워냈다. 세 방향에서 들어오는 검이 화형(花形)의 검기에 모두 튕겨나갔다.

촤라라락!

튕겨나간 세 개의 검 사이로 네 개의 검이 찔러 들어온다. 문사명이 몸을 돌리며 공중으로 떠오른다. 네 검이 서로 교차하며 문사명이 뛰어오른 빈자리를 메웠다.

문사명은 천근추의 수법으로 네 개의 검면이 만들어낸 자리에 눌러 앉더니 검광을 뿌렸다.

네 명의 어깨에서 핏방울이 튀었다. 청년들이 주춤거리며 검을 떨구었다. 문사명은 한 청년의 어깨를 밟고 재차 도약하여 처음 검을 튕겨낸 세 명을 향해 검을 뻗었다.

청년들이 악독한 기세로 검을 찔러오지만 문사명은 표정의 변화도 없다. 문사명의 검 끝에서 흐드러지게 매화가 피어난다.

청년들의 손목을 타고 짜라락! 혈선(血線)이 그려진다. 검을 놓칠 수밖에 없도록 손목을 그은 것이다.

그중 한 명만이 검을 놓치지 않았다. 제법 무위가 뛰어난 듯 보이는 한 명의 청년이 장을 뻗었다. 아무것도 없는 허공에서 문사명은 한 번 더 도약하여 몸을 돌린다. 아슬아슬하게 장력이 문사명의 옷깃을 스쳐갔다.

문사명의 검이 매화를 그렸다.

검이 닿을 거리가 아니었는데 무언가 번쩍 하더니, 버티던 청년의 가슴 옷자락이 줄줄이 찢겨 나가며 피가 튄다.

청년은 혈을 제압당했는지 선 자세 그대로 엉덩방아를 찧었다.

남궁상은 입을 다물 수 없었다.

"어, 엄청나군."

그래도 꽤 실력이 있는 청년들 일곱 명을 눈 깜짝할 사이에 제압한 문사명이다.

"검기로 공간을 격하고 점혈을 하다니……. 검기상인(劍氣傷人)은 예전에 뛰어넘은 건가?"

대단하다는 감탄밖에는 나오지 않았다.

실력 차가 너무 크다. 대체 어떻게 하면 저리 강해질 수 있는 걸까? 남궁상 역시 같은 우내십존의 일인인 검왕에게 지도를 받았는데 말이다.

"쩝. 역시 타고난 그릇의 차이는 어쩔 수 없는가 보군."

하지만 남궁상은 곧 눈을 휘둥그레 떴다.

"위, 위험하오, 문 형!"

검을 떨군 청년들은 포기라는 말을 모르는 것 같았다. 떨어진 검을 발로 차고, 손으로 집어 문사명을 향해 던졌다.

문사명도 놀랐다. 검을 놓쳤다는 사실 자체가 이미 무인에게는 패배를 의미한다. 통상적으로 무기를 놓치면 패배를 인정하고 물러서야 한다.

하나 이들은 그럴 생각이 전혀 없었던 것이다.

남궁상이 재빨리 끼어들어 날아드는 검을 쳐냈다.

문사명도 나머지 검을 쳐내고, 청년들에게 호통을 치려는 찰나.

덥썩.

누군가 문사명의 검을 손으로 잡으려 했다.

검을 휘두르면 상대의 손이 잘려나갈 것이다. 문사명은 차마 그것까지는 원하지 않았다.

괴이한 무공 51

문사명이 검을 거두고 상대의 가슴을 손바닥으로 쳐 뒤로 물러나게 만들었다.

그 사이 문사명은 발을 잡혔다. 쓰러져 있던 청년이 기어와 발을 잡은 것이다.

"못 가! 못 간다니까! 니가 막으면 우리 소저가 시집가야 돼!"

눈물을 질질 흘리면서 발을 붙들고 악을 쓴다.

문사명은 무슨 말인지 빠르게 이해하지는 못했지만 왠지 등줄기에 소름이 끼쳤다.

'이건 무공도 뭣도 아니고, 그냥 지독한 오기가 아닌가!'

우르르르, 청년들이 상하좌우에서 다 달려들어 문사명을 잡고 늘어진다.

문사명이 공력을 끌어 올려 청년들을 떼어내려는 찰나, 남궁상이 옆에서 달려와 검을 찔러오던 청년의 머리를 걷어찼다.

문사명은 크게 몸을 흔들어 달라붙은 청년들을 하나씩 떨쳐냈다.

"고맙소, 남궁 형."

남궁상이 끼어들지 않았어도 해결할 수 있었지만, 감사 인사를 잊지 않는 문사명이다.

남궁상은 꿀꺽 마른침을 삼켰다.

"고마워할 때가 아뇨, 문 형."

"그렇구려."

이젠 문사명도 안다. 단순한 비무나 대련이 아니라, 생사를 건 싸움이었다.

명문정파인 화산, 그것도 검성에게 직접 지도를 받은 문사명이었다. 이런 진흙탕 같은 싸움은 해본 적도 없었다.

몰려든 청년들의 수는 더 불어났다. 눈이 완전히 돌아간 청년들이 앞을 가로막는다.

문사명은 가볍게 호흡을 골랐다.

'사부님!'

검성 윤언강은 강직한 문사명을 늘 걱정했다. 협을 행하는 것은 좋으나 강호에서는 아무리 작은 일이라 할지라도 목숨을 걸어야 하는 법이라고.

그의 말은 틀리지 않았다.

그저 단순히 말리려 끼어든 싸움이었는데, 생사가 오가는 싸움이 되고 말았다.

문사명은 결정해야 한다.

살기 위해 죽일 것인지, 아니면 그가 죽을 것인지.

어쩌면 오늘이 그가 생애 최초로 누군가의 목숨을 앗아야 하는 날이 될 지도 몰랐다.

그러나 문사명은 오래 고민하지 않았다.

'나는 칼끝에 목숨을 두고 사는 무인. 무의 길에 사소한 동정은 없다!'

남궁상은 조금의 지체도 없이 자세를 가다듬는 문사명의 기세에서 서릿발 같은 한기를 느끼고는 크게 감탄했다. 살초도 마다하지 않겠다는 태도가 자못 당당하다.

'역시 검성이 심혈을 기울여 키워낸 제자답구나.'

남궁상도 공력을 재차 끌어올렸다.

아무리 검성의 제자가 곁에 있더라도 남궁가의 이름이 모자라도록 만들 수는 없는 노릇이었다.

    * * *

양소은도 상황은 문사명과 비슷했다.

말로 뭘 어떻게 설득할 틈이 없었다. 다짜고짜 달려드는 청년들을 때려눕히고 있는데 갑자기 고수 한 명이 튀어 나왔다.

부친인 양지득이 친히 챙겨준 백련창(白蓮槍)이 부지런히 움직인다. 하나 눈앞의 청년 고수가 펼치는 검세를 좀처럼 뚫을 수가 없다.

"이게!"

양소은이 창끝을 잡고 크게 흔들어댔다. 긴 창대가 휘어지며 정신없이 청년을 두들겨 댔다. 청년의 검과 백련창이 연신 맞부딪쳤다.

빠다다당.

양소은의 실력도 상당한데 청년의 무위도 보통이 아니다.

빠르고 날렵한데 검에 실린 공력도 적지 않아 무게감이 느껴졌다.

"아가씨!"

호위무사가 양소은을 돕기 위해 청년에게 뛰어들었다. 호위무사의 강맹한 권이 퍼부어졌다. 청년의 검세가 가닥가닥 끊어졌다.

청년이 인상을 쓰며 뒤로 물러섰다.

호위무사가 양소은의 앞을 가로막으며 말했다.

"분월검(分月劍)!"

청년이 흠칫했다.

양소은의 눈이 반쯤 찡그려졌다. 어쩐지 검세가 익숙하다 싶었다.

"분월검 모용전?"

모용전이 머쓱하게 웃었다.

양소은이 모용전을 쨰려보았다.

"뭐가 이렇게 빠른가 했더니 모용가의 섬광구검(閃光究劍)이었네. 이봐요, 모용세가의 둘째 공자가 강호제일미를 쫓아다닌다는 소문은 못 들었는데 말이죠?"

모용전은 이십대 중반의 수려한 미남자다. 말끔하게 차려입고 머리에 건을 둘렀는데 건의 중앙에는 옥까지 박혀 있었다.

모용전이 웃으며 검을 거두고 포권했다.

"아무렴 어떻소. 이런 때가 아니면 언제 또 양가창법을 견식할 기회가 있을까 해서 말이오."

"나 참. 정신 좀 차려요. 지금 이게 무슨 상황인지 몰라서 그래요?"

모용전은 외모에 걸맞지 않게 능글거리며 웃었다.

"난 저들과 아무 상관없소. 그저 평소 흠모해 마지않던 양가장의 소은 소저를 뵈었으니 한 수 가르침을 얻고 싶을 뿐이오."

양소은은 미간을 찌푸렸다.

호위무사가 조그맣게 귓속말을 했다.

"아무래도 예전의 그 일 때문인가 본데요?"

예전 세가의 회합 때 양소은은 자신에게 껄떡대는 청년 하나를 늘씬하게 패준 적이 있었다. 그런데 그게 하필이면 모용가의 막내, 그러니까 모용전의 동생이었다.

"쳇. 사내가 쪼잔하게. 그럼 어디 제대로 덤벼봐!"

양소은의 말에 모용전이 굳은 얼굴로 비릿한 웃음을 머금었다.

"그 말, 후회하게 될 거요."

모용전의 뒤에서 모용가의 무인들 몇이 더 튀어 나왔다. 호위무사는 한숨을 내쉬었다.

여기저기서 정신없이 싸움이 벌어지고 있었다.

그 와중에 양소은과 모용전처럼 다른 이유로 싸우는 이들도 생겨났다.

챙챙거리고 병장기 부딪치는 소리가 쉬지 않고 연이어 울린다.

이미 싸움은 걷잡을 수 없이 번지고 있었다. 단순히 백리연의 추종자들과 그를 막으려는 무인들의 싸움이 아니었다.

사방에서 검광이 난무하자 끓어오르는 혈기를 참지 못하고 자신들끼리 싸움을 벌이게 된 것이다.

사소한 원한이나 감정 때문에 시비를 걸다가 싸움이 일어난 경우도 있었고, 아무 생각 없이 칼을 뽑아든 이도 있었다.

소림에 온 목적이 애초에 깨끗하지 않았기에 기회를 틈타 무기를 든 경우도 있었다. 무인에게 인기의 척도는 강함에 있는 법. 조금이라도 무위를 자랑하여 남들의 눈에 띄고 싶은 까닭이다.

이유야 어느 쪽이든 간에 이대로라면 소림은 두 번째 참사를 맞게 될지도 몰랐다.

*   *   *

채채챙!
챙챙챙챙!
사방에서 들려오는 병장기 부딪치는 소리가 마치 전장의 북소리처럼 들려왔다.

장건의 가슴에 생겨난 불꽃이 금속성의 북소리에 점점 더 활활 타오른다.

사방에서 왜 싸움이 벌어지고 있는지, 장건은 알지 못했다. 관심도 없었다.

중요한 건 부친 장도윤과 호위무사들을 폭행한 이들에 대한 분노뿐이다.

아까부터 손의 떨림이 멈추지 않는다.

눈앞에 보이는 무수히 번뜩이는 칼들이 무서워서인지 아니면 너무 화가 나서인지 스스로도 인지할 수 없었다.

"야—! 이 새끼야!"

시작은 눈에 시뻘겋게 핏발이 선 이십대 초반의 청년으로부터였다. 청년은 살기를 잔뜩 머금고 장검을 크게 휘둘렀다.

장건의 시야는 한참이나 좁아져서 청년의 모습이 보이지도 않았다.

피해야 하는데, 라고 생각하긴 했지만 몸이 굳어서 움직이지 않았다.

'왜, 왜 이러지?'

장건이 겨우 몸을 틀었지만 제법 무공을 익힌 청년의 검을 완전히 피할 수는 없었다.

싹!

어깨부터 가슴까지 날카로운 검이 긁고 지나갔다.

화끈한 통증과 함께 장건의 가슴이 순식간에 붉게 물들었다.

'악!'

아프다.

장건은 정신이 번쩍 들었다.

불로 지진 듯한 통증이 장건의 머리를 깨끗하게 비우며 쓸고 지나가는 듯했다.

좁아졌던 시야가 조금 펴지며 검을 휘두른 청년의 얼굴이 보인다.

청년은 아직도 만족하지 못한 얼굴이었다. 정말로 끝을 봐야겠다는 듯 다시 검을 치켜 올리고 있었다.

장건은 이를 꽉 깨물었다.

'내가 그렇게 잘못했어?'

그런데 왜 몸이 움직이지 않을까?

"죽여 버린다!"

누군가의 고함이 등 뒤에서 들려온 찰나, 장건의 허리가 딱딱한 동작으로 돌았다.

싸악!

옆구리에서 등줄기까지 또 베였다.

뜨끈한 피가 엉덩이로 축축하게 배어드는 것이 느껴졌다.

등 뒤에서 공격한 것도 비겁한 짓인데, 날아드는 검은 그 하나뿐만이 아니었다.

팔방에서 날카로운 검이 날아들고 있었다.

싹!

허벅지를 또 베였다.

"쥐새끼처럼 잘도 피하는구나!"

몸을 비스듬하게 돌리고 선 장건의 가슴으로 섬광 하나가 파고들었다.

장건은 온 힘을 다해 몸을 비틀었다.

촤악!

자신의 피가 튀는 게 장건의 눈에도 보일 지경이었다.

쉬이익!

하나의 검이 코 밑으로 스쳐가며 예리한 바람을 일으켰다.

쉭!

뒤이어 머리카락을 쓸고 지나간 검이 허공에 장건의 머리카락 몇 올을 나풀거리게 만들었다.

장건은 몸에 칼자국이 생겨날 때마다 정신이 들었다.

이렇게 죽으면 아무것도 할 수 없다. 그냥 개죽음이 될 뿐이다.

순식간에 마음이 차분해졌다.

긴장 때문에 딱딱하게 굳어 있던 몸이 서서히 가라앉는 듯하다. 뭉쳐있던 근육이 부드럽게 풀려 움직임이 한결 수월해진다.

마음을 가라앉히고 나니 좁았던 시야도 어느 샌가 완전히 트여 있었다.

서릿발이 풀풀 날리는 듯한 무시무시한 검날도 두렵지 않다.

피할 수 없는 공격이 아니다.

다만 사방에서 공격이 이어지니 뒤통수에 눈이라도 달리지 않은 이상 모두 피할 수가 없을 뿐이다.

"이야아아아!"

"죽어라, 이놈!"

온갖 기합과 욕설소리가 터져 나오며 청년들이 장건을 공격했다.

사방에서 공격이 날아들었다.

등에서, 옆에서, 앞에서 청년들이 장건을 포위하고 마음껏 병기를 찔러왔다.

늘 일대 일로 비무만 하던 장건에게 다수의 합공은 전연 새로운 것이었다. 풍진의 수많은 살기 조각을 피해낸 장건이라 하더라도 보이지 않는 곳에서의 공격은 아찔했다.

장건은 극도로 감각을 끌어올렸다.

무진과의 위험한 비무가 큰 도움이 되었다. 어떤 예상치 못한 공격에도 대응할 수 있는 마음가짐이 생긴 것이다.

발가락과 발바닥의 근육만으로 몸을 움직이는 금강부동신보와 제마보를 이용해 제자리에서 순식간에 한 바퀴를 돌았다. 그리고 그 짧은 순간에 안법을 이용해 전체적인 윤곽을 머리에 담았다.

머릿속에 사방에서 쏟아지는 공격이 모두 입체적으로 그려진다. 어느 것이 빠르고 느린지, 어디를 노리고 있는지 파악해 냈다.

뚜둑.

장건은 양팔을 어깨에서 거의 탈구직전까지 뽑아 늘어뜨리고 등근육과 등뼈를 사선 모양으로 수축시켰다. 양 발목을 서로 반대방향으로 누르며 한쪽 무릎을 굽히고 뒤꿈치를 들었다. 그 상태로 한 발자국 내에서 나한보를 펼쳤다.

극히 세세한 근육들을 움직였기에 크게 몸을 움직이는 것보다 훨씬 빠른 시간에 취해진 동작이었다. 눈 깜짝할 사이에 말로 표현할 수 없는 기괴하게 일그러진 몸동작이 되어 버렸다.

마치 강풍에 부서진 허수아비 같은 동작이었다.

촤아악!

네 자루의 검과 창날, 두 개의 사슬이 얽히고설키며 장건의 몸을 지나갔다. 그러나 어느 하나도 장건의 몸에는 닿지 않았다. 펄럭이던 옷자락만이 조금씩 잘려나갔을 뿐이다.

"어어?"

공격을 해온 청년들은 말을 잃었다. 장건의 움직임이 너무 빨라서 그들의 눈에는 무기가 장건을 관통한 것처럼 보였다.

"이형환위!"

이형환위는 잔상을 남기고 반대쪽으로 돌아가는 상승의 신법이다.

청년들은 급히 무기를 회수하고 뒤를 돌아보았다. 당연하게도 장건이 그곳에 있을 리 없었다.

"어, 없다?"

청년들이 '아차' 싶어 다시 고개를 돌렸을 때 장건은 여전히 그 자리에 서 있었다.

장건은 '뭐 하냐?'는 눈빛으로 청년들을 보고 있는 듯했다.

"이 자식이 우릴 놀려!"

"내가 언제요?"

"빌어먹을 놈!"

청년들이 욕설을 퍼부으며 다시 장건을 공격했다. 하지만 이번에도 마찬가지였다.

장건은 가만히 서 있는데 누구도 장건의 몸에 손을 댈 수가 없었다. 아니, 계속해서 쉬지 않고 보법을 밟고는 있는데 남들이 보기엔 거의 발을 움직이지 않는 것처럼 보인다.

보법이라고 보기조차 어려울 정도로 소소하게 손가락 한두 마디 정도로 움직이고 있기 때문이다. 전체 반경이라고 해봐야 크게 두 뼘이나 될까 하다.

삭, 사삭.

사사삿.

수많은 검과 도가 장건을 베고 지나갔으나 장건은 한 번의 칼질도 몸에 허용하지 않았다. 옷자락이 베이고 잘려나가는 것으로 보아 환상이나 잔영이 아니라는 걸 알 수 있을 뿐이다.

"이게 무슨……!"

한 청년이 소리를 질렀다.

"사술(邪術)을 쓰는구나!"

장건은 조용히 대꾸했다.

"사술이 뭔데?"

"네놈이 쓰는 게 사술이다!"

장건은 입을 다물었다. 얘기가 통하지도 않을 뿐더러 할 생각도 없는 이들이었다. 어차피 장건도 지금은 말로 설득할 기분은 아니다.

"어디서 눈속임을! 죽어라!"

한 청년이 위로 뛰어오르며 희미한 도기(刀氣)를 몇 번이나 뿌렸다. 이십대의 나이에 적으나마 도기를 머금었다는 건 상당한 실력자라는 뜻이다.

더불어 좌우에서도 검날이 파편처럼 쏟아졌다.

거의 숨도 쉬지 못할 만큼 쉴 새 없이 공격이 퍼부어졌다. 조금만 방심해도 치명상을 입을만한 위험한 공격들이었다.

장건은 매 순간 공격을 피하기 위해 극한까지 몸을 혹사시켜야 했다.

장건의 체내를 흐르는 혈류가 빨라지고, 내공의 흐름도 함께 가속되었다. 움직이면 움직일수록 내공은 거침없이 몸을 일주한다.

극한의 상황에 장건은 더 몰입해 들어갔다. 집중력이 극대화되면서 평소에는 자기도 모르게 아끼던 내공을 모두 활성화 시켰다.

언제까지 피하고만 있을 수는 없다.

한 명이라면 모를까 수백 명의 인원을 상대로 피하기만 하다가는 장건이 먼저 지칠 것이다.

번쩍!

안법을 최대한으로 사용하자 장건의 눈에서 광채가 뿜어져 나왔다.

위기의 흐름이 보인다.

하나 사람마다 모두 그 크기와 색, 농도가 다르다.

바로 앞에서 도를 찍어 내리는 청년의 경우에는 실력이 괜찮음에도 불구하고 위기가 생각만큼 짙지 않다. 집중하지 않으면 놓칠 정도의 수준이다.

위기는 내공이 깊을수록, 무공이 고강할수록 더욱더 외부로 드러난다. 그러나 눈앞의 청년은 무진과는 비교하기 어려울 정도로 위기가 옅었다. 사실상 소림 무자배의 최고 수준인 무진에 비할 바가 아닌 것이다.

하물며 소림에서 장건이 이제껏 본 위기들은 대부분 뚜렷한 형상을 하고 있었다. 그러나 청년의 위기는 그리 선명하지 못했다.

최고의 정통을 자랑하는 소림과 여타 강호의 문파 간에는 분명 기본적인 차이가 존재하는 것이다.

일도단천(一刀斷天)의 초식을 따라 청년의 도는 깔끔한 궤적을 그리고 떨어졌으나 장건은 미세하게 움직여 한 치의 여유도 두지 않고 최소한으로 피해냈다. 정면에서 뻔히 들어오는 무진의 주먹보다도 더 피하기가 쉬웠다.

휙.

장건은 그 자리에 그대로 서 있고 마치 청년의 도가 장건을 피해간 것처럼 보일 정도였다.

"엇!"

청년이 당황한 몸짓을 보인다. 크게 휘두른 도를 채 회수하지도 못해 빈틈이 역력히 드러났다.

장건이 위기고 뭐고 그냥 때리면 여지없이 청년은 피를 토하며 쓰러질 터였다.

하나 장건은 그러지 못했다. 아니, 일부러 공격을 포기했다.

'난 저들과 똑같은 사람이 되고 싶지 않아. 그럴 거였다면 문각 선사님의 무공을 배우지도 않았을 거야.'

장건은 완전히 싸움에 몰입하여 극도로 냉정한 상태에 이르러 있었다.

장건은 더 집중했다. 위기가 움직이는 경락의 흐름은 모두 외우고 있었다. 한 번만 찾으면 다음 이동 지점을 예측할 수 있다.

'집중하자!'

위기의 흐름이 크게 드러나지 않는데다 움직이는 사람이다

보니 쉽게 발견하기는 쉽지 않았다.

장건은 더 안력을 높이며 집중했다.

파—앗!

'보인다!'

잿빛 위기의 덩어리가 길게 꼬리를 늘어뜨리며 몸 주위를 도는 모습이 보였다.

위기는 매시간 같은 경맥을 흐르나 사람마다 차이가 있다. 무공의 고하와 생활 습관에 따라서 위기의 속도와 주기가 제각각인 것이다.

'됐다!'

더 이상 피하거나 몸을 움츠릴 필요는 없어졌다.

장건이 왼손을 내밀었다.

타타탓.

장건이 좌수를 들어 용조수로 청년의 손목을 잡아 젖혔다.

"억!"

청년의 팔이 비틀리듯 꺾이는 순간, 장건은 우권을 질렀다. 아무것도 없는 공간에서 불쑥 튀어나오듯 장건의 권이 뻗어졌다.

펑!

장건이 가한 최초의 반격이었다.

"컥!"

쇠로 만든 북채로 북을 치는 듯한 소리와 함께 청년의 몸이 떠올랐다. 어지간해서는 놓지 않는 도가 하늘 높이 튕겨 나갔다.

다른 청년들이 주춤거렸다.

뭐에 맞은 건지도 제대로 보지 못했다. 금나수법으로 잡아챈다 싶은 순간에 맞고 나가 떨어졌다.

쿠당탕.

"크으…… 응?"

한 뼘 가까이 떠올랐다가 바닥을 구른 청년이 가슴을 매만지다가 의아한 표정을 지었다.

뭔가 분명히 큰 충격을 받긴 했는데, 맞아서 몸이 뜨기까지 했는데 아픈 곳이 없었다.

몸이 좀 으슬으슬하고 기운이 살짝 없는 것 외에는 아무런 이상이 없다.

주먹을 뻗고 있던 장건은 머쓱한 얼굴로 권을 거두었다. 분명 청년의 위기를 타격했는데 잿빛 덩어리가 사라지지 않고 아직 남아 있다.

"좀 약했나?"

백리연 때야 제대로 마음을 다스리지 못해 조절을 못했다지만, 지금은 확실히 보면서도 실패했다.

사람마다 위기의 기운이 가진 크기가 다르니 적당한 힘을 사용해야 했다. 기로 기를 타격하는 이 방법은 그만큼이나 섬세함을 요구하는 것이었다.

너무 세게 치면 금강권의 침추경이 경락을 파고들어 내상을 입을 테고, 그렇다고 너무 힘을 빼면 방금처럼 상대의 위기가 몸을 보호하며 장건의 경력을 튕겨낸다.

'힘 조절이 관건이구나.'

처음 백리연을 타격한 때와 무진의 경우, 그리고 지금의 청년을 비교하며 조금씩 감이 잡히고 있었다.

생각보다 쉬운 일이 아니었다.

힘 조절은 물론이고 약 이각도 되지 않는 시간에 28개의 경맥 모두를 도는 위기의 흐름을 움직이는 사람의 몸에서 잡아내야 했다.

수고롭다면 수고로운 일이나, 사실상 그에 드는 힘이 적다는 데에서 장건은 오히려 이쪽이 낫다 생각하고 있었다.

"이놈!"

넘어졌던 청년이 벌떡 일어나 다시 장건에게 달려왔다. 장건의 무공이 어떤지는 몰라도 크게 걱정할 정도가 아니라고 생각한 것이다.

장건은 달려드는 청년을, 아니 그 청년뿐만이 아니라 다른 이들 모두가 들으라는 듯 낮은 목소리로 말했다.

"이제 두 번은 없어요."

제3장

백보신권……이냐?

 청년은 장건의 말을 무시했다.
 조금 전에는 그저 자신이 칼질을 잘못 해 장건을 맞추지 못한 거라 여겼다.
 "건방진 놈!"
 벼락처럼 청년의 도가 장건의 머리로 떨어졌다. 마음이 안정된 청년의 이번 일도는 방금보다도 더 강력했다.
 장건은 풍진의 검을 막아낼 때처럼 청년의 도면에 오른손의 손바닥을 가져다댔다. 유원반배의 흡결로 도면을 당기면서 옆으로 끌었다.
 "어엇?"

청년이 휘청거렸다. 청년의 도면은 장건의 손에 찰싹 달라붙어 장건이 이끄는 대로 움직이고 있었다.

이 같은 수법은 실력 차가 몇 배는 더 날 때에나 가능한 일이다. 이게 무슨 황당한 일인지 청년이 미처 깨닫기도 전에, 장건이 왼손으로 주먹을 쥐어 뻗었다.

오른손으로 받아낸 청년의 힘을 왼손으로 이전하여 되돌린 것이다!

'이번엔 제대로 들어갔다!'

장건은 확신했다.

동시에 고막을 울리는 쇳소리가 소림의 문전을 울렸다.

텅—!

장건의 일권을 맞은 청년은 거의 사람 키만큼이나 떠서 뒤로 날아갔다.

쿠당탕탕.

데굴데굴 구르다 철벅 하고 대자로 뻗어 버렸다.

소리부터 달랐다.

마치 오장육부가 파열되어 터져나가며 한꺼번에 뼈가 바스러지는 듯한 그런 소리였다.

곁에 있던 청년들의 온몸에 소름이 쭉 끼쳤다.

청년들은 설마하니 장건이 그렇게까지 할 수 있을 거라고는 조금도 생각하지 못했다.

그만큼 충격이 컸다.

"우 형!"

주변에 있던 몇이 쓰러진 청년에게 다가갔다.

방금의 소리와 위력으로 보건대, 가슴이 함몰되고 내장이 다 터져나갔으리라.

"이럴 수가!"

"이렇게 잔인한 짓을!"

그런데…….

말똥말똥.

어이없게도 쓰러진 청년은 이번에도 다친 데가 없었다. 피 한 방울도 흘리지 않고 있다.

그러나 일어설 생각은 하지 않고 눈만 끔벅거리고 있었다.

"괘, 괜찮소?"

"괜찮냐고?"

오히려 쓰러진 청년이 되물었다. 청년은 막 잠에서 깬 듯한 표정으로 대답했다.

"그냥…… 죽을 만큼 아프긴 한데, 이상하게 졸립고 피곤하네. 이대로 누워서 잤으면 좋겠는데 너무 춥고…… 엣취!"

재채기를 한 청년은 지극히도 권태로운 표정을 지으며 축 늘어졌다.

"우 형!"

"아아, 귀찮으니까…… 나 좀 내버려둬."

청년은 그세 꾸벅꾸벅 졸기까지 했다.

"우 형! 이대로 잠들면 얼어 죽소!"

"음…… 그런가? 몰라아."

청년들은 당황하고 있었다.

"뭐, 뭐 이런!"

몸을 다친 게 아니라 몸의 외부를 흐르는 기가 상한 것이다. 음양의 조화가 깨지면서 신체가 제 역할을 하지 못한다는 걸 청년들이 알 리 없었다. 누군가 쓰러진 청년의 맥을 짚었으나 아무런 이상도 발견하지 못했다.

"넘어질 때 머리를 다친 건가?"

살벌한 파열음과 달리 정작 당한 본인은 오뉴월의 개처럼 늘어지게 하품이나 하고 있다.

"대체…… 이게 뭐야?"

"내가중수법?"

내가중수법은 무지막지한 내공을 상대의 몸에 억지로 주입시켜 내장부터 파괴하는 고도의 수법이다.

그런 내가중수법을 어린 소년이 사용하고 있다는 건 분명 믿을 수 없는 일이었다.

더구나 내가중수법에 당하면 칠공에서 피를 뿜기 마련인데 그런 현상도 없었다.

그래서 청년들은 '미숙한' 내가중수법이라고 생각할 수밖에 없었다.

"이놈이 어딜!"

청년들이 재차 장건을 공격해 갔다.

장건은 이제 완전히 몸이 풀려 있었다.

유원반배의 요결에 따라 내공을 좌수의 경락으로 돌리는 순간 용조수를 펼치고, 동시에 단전에서는 금강권의 경락에 따라 내공을 끌어올린다.

그러면서도 하체로는 나한보의 경락에까지 내공을 주천시킨다.

누군가의 발길질이 장건의 좌수에 걸려들었다. 발길질에 담긴 공력을 고스란히 받아내면서 옆에서 날아오는 칼은 허리를 굽혀 피한다.

그리고는 발을 내리지 못해 외발로 허둥대는 청년의 옆구리에 보이는 잿빛 기운에 우권을 날린다.

좌수로 받아냈던 공력이 우권으로 금강권의 소용돌이 같은 권경을 타고 청년의 잿빛 기운을 깨뜨린다.

텅!

"우악!"

옆구리를 부여잡은 청년은 어김없이 뒤로 나가떨어졌다. 마치 무언가가 바로 앞에서 폭발해 날려진 듯하다.

볼품없이 짐짝처럼 날아가 바닥에 처박힌 청년은 좀 전의 청년과 마찬가지로 몸을 꿈틀대다가 축 늘어졌다.

소리를 들어보나 몸이 날려지는 것을 보나 누가 봐도 일격에 내장이 터져 즉사한 듯 보일 지경이다.

그러나 실상 널브러진 청년은 움직이기조차 귀찮고 피곤해 마냥 일어날 생각을 하지 않는 것이었다!

입이 찢어져라 하품을 하고는 몸을 대충 뒤척이다가 누가 불러도 모른 척 눈을 감는 것이다!

한 방에 하나!

이 말도 안 되는 일에 청년들이 악을 지르듯 소리친다.

"어리다고 방심하지 마. 상당한 실력이다!"

"그래봐야 어차피 내가중수법에는 한계가 있어!"

"이런 내공 소모가 극심한 수법으로는 우리 모두를 상대할 수 없다!"

장건은 청년들의 말에 별로 신경을 쓰지 않았다.

자신의 공격이 완벽하게 성공했다는 걸 알았다. 상대의 위기를 타격했을 때 짜릿한 느낌이 있었다.

두근.

가슴이 뛰었다.

사람을 때리는 게 즐거울 리 없는데도 장건은 묘하게 흥분이 되었다. 물론, 직접 사람을 때리는 것도 아니고 기의 조화를 무너뜨려 무기력하게 만드는 것이었지만.

"이놈!"

청년들은 다시 전의를 불태웠다.

공격이 다시 시작되었다.

장건은 동요하지 않았다. 제자리에 서서 한 번 돌아보는 것만으로도 시야 안에 들어오는 모든 사람들의 움직임을 파악할 수 있었다. 그들이 아무리 빠르다고 한들 풍진이 쏘아내는 살기보다 빠르지는 않았다.

"죽어어어어!"

한 청년이 길쭉한 무기로 장건의 배를 찔러왔다.

대나무로 만든 우산인데 끝에 쇠꼬챙이가 달려 있었다. 특이한 병기다.

그래도 상대하는 법은 같다.

'다리!'

장건은 반의 반보를 훌쩍 내딛었다. 쇠꼬챙이는 장건의 몸을 투과하듯 스쳐가고 장건은 어느 샌가 청년과 바로 마주보듯 서 있다.

"헛!"

청년이 다급한 신음을 삼킴과 동시에 장건의 손이 빠르게 움직인다. 청년의 손목과 팔꿈치를 잡아 누른 후, 청년이 달려들던 힘을 그대로 몸으로 받았다가 주먹을 통해 되돌린다.

장건의 주먹이 벼락처럼 청년의 오른쪽 허벅지를 내리찍었다.

청년은 자신의 다리에서 무언가 폭발하는 느낌을 받았다.

"우악!"

그 순간 청년은 항거할 수 없는 거대한 힘에 짓눌려 주저앉았다가 튕겨 올랐다.

텅!

좀 전의 청년처럼 이번에도 사람 키만큼을 떠올라 핑그르르 돌며 굴러갔다.

뒤의 모습은 보지 않아도 여실하다.

구르다가 멈춰서 엉거주춤 엎드린 자세가 된 청년은 그대로 풀썩 엎어지고는 일어나지 않는다. 무기력하게 흐려진 눈동자와 헤벌린 입에서 침이 흘러나온다.

"이 자식이!"

장건의 등 뒤에서 세찬 바람소리가 들려왔다. 거대한 언월도가 내리꽂힌다. 장건이 선 자세 그대로 빙글 돌았다. 그 순간 이미 장건은 언월도를 든 청년의 뒤로 돌아가 있었다.

장건의 주먹이 청년의 등을, 등 쪽으로 흐르던 위기를 그대로 가격했다.

텅!

청동으로 빚은 주전자 두 개를 부딪치는 듯한 맑은 소리와 함께 언월도를 든 청년이 공중으로 튀어올랐다.

"크아악!"

옆으로 비껴선 궁보의 자세로 주먹을 내지른 장건의 발아래에서 눈과 흙먼지가 소용돌이를 그리며 휘몰아친다.

고오오오.

원래 상대의 힘을 이용하지 못하면 금강권의 공력을 많이 사용해야 하고, 그러면 내공의 소모가 심할 뿐 아니라 근육이 뒤틀려 몸까지 굳는다.

문각의 백보신권이라면 내공을 사용하며 격산타우(隔山打牛)처럼 멀리 있는 적을 가격했을 테지만, 장건의 수법은 조금 다르다.

상대의 위기를 공격하기 위해서는 꽤 많은 공력이 필요하므로, 내공을 아끼기 위해 상대의 공격을 이용한다.

유원반배로 상대의 공격을 받아내면서 용조수로 중심을 흐트러뜨려 위기가 흐르는 부위에 빈틈을 만들고, 금강권의 권경을 더해 위기를 때린다.

그러나 지금처럼 상대의 힘을 이용하지 않고 순수하게 금강권으로만 위기를 깨뜨리려면 몸에 무리가 온다.

위기라는 것이 몸을 보호하는 방패 같은 기운인지라 어지간한 힘으로는 방패를 깨뜨릴 수 없기 때문이다.

하지만 장건은 현재 전신 근육과 내공이 완전히 활성화되어 있는 데다, 독정과 대환단 덕에 내공이 크게 불었다.

전처럼 억지로 힘을 짜내 금강권을 사용하는 게 아니라 내공이 자연스럽게 뒤를 받쳐 준다.

붕권의 자세로 앞발과 주먹을 내밀고 서 있는 장건의 모습에 철벽같은 단단함이 엿보인다.

청년들은 이를 갈았다.

'강하다!'

일대 일에서였다면 벌써 무릎을 꿇고 항복해도 이상하지 않다. 하지만 대부분의 청년들이 내로라하는 실력을 가지고 있는데다, 그 수가 백 명이 훨씬 넘었다.

겨우 아이 하나를 상대로 전부가 질 거라고는 생각하지 않았다. 게다가 이대로 물러서면 자신들의 꼴은 뭐가 되겠는가.

"네깟 놈이 얼마나 더 버티려고!"

청년들은 한꺼번에 달려들었다.

"이야아아!"

"없애 버리겠다!"

꿀을 가득 머금은 꽃에 수많은 벌이 달려들듯, 청년들이 장건을 향해 몰려들었다.

장건은 이를 악물고 재차 공력을 끌어 올렸다.

기합도 지르지 않았다.

일기가성이라는 소림의 기합법조차 장건에게는 기운을 소모하는 수법일 뿐이다.

조용하고 은밀하게, 하지만 지극히 빠르게 장건이 다시 발을 놀리기 시작했다.

장건은 자신이 사용하는 무공의 한계와 부족한 점을 실수를 통해, 경험을 통해 배우고 있었다.

그리고 점점 더 강해지고 있었다.

　　　　　＊　　　＊　　　＊

　나한승들의 진격은 빨랐다. 속속들이 제압당한 무인들이 바닥을 구르고, 그만큼 부상자가 속출하고 있었다.
　줄의 중앙 부근에 잔뜩 몰려 있는 청년들을 상대할 때에는 더 큰 부상자가 나올지도 모른다. 이미 굉운은 최악의 경우도 각오하고 있다.
　그런데 그 순간.
　텅!
　병장기가 부딪치는 쇳소리 중에서도 유독 명쾌한 소리와 함께 멀리에서 누군가 공중으로 툭 떠오르는 게 보였다.
　"음?"
　굉운과 원호, 심지어 딱딱하게 굳은 얼굴로 진격을 거듭하던 나한승들까지도 모두 의아한 눈으로 그 모습을 보았다.
　텅!
　"아흑!"
　다시 한 명의 청년이 비명을 지르며 튀어오르고.
　텅텅!
　연이어 두 명이 공중으로 날려진다.
　"허어!"
　"대체 누구지?"
　누구인지 확인하려 해도 싸움의 중앙에는 너무 많은 사람들이 몰려 누구인지 그들도 볼 수가 없었다.

사람을, 그것도 무공을 익힌 무인을 때려 공중으로 띄워올리는 것은 결코 쉬운 일이 아니었다.

그런데.

텅텅! 터터텅!

얼마 지나지 않아 무더기로 사람들이 튀어오른다.

"우아아아!"

애처롭기까지 한 비명소리가 울렸다.

굉운의 눈이 점점 커진다.

"저건!"

원호도 멍하게 입을 벌렸다.

그도 과거에 이런 비슷한 광경을 본 적이 있었다.

"설마……."

터터터텅!

그 와중에도 끊임없이 사람들이 튀어오른다. 정확히는 맞아서 나가떨어진다고 보는 것이 옳을 것이다.

텅텅텅텅!

이제는 규칙적으로 박자를 맞추어 튕겨 나가는 사람들은 마치 인간 공놀이를 하는 듯했다.

"말도 안 돼!"

원호는 속 빈 강정처럼 무인들이 가볍게 날려지는 것을 보며 경악했다.

이런 무공은 그가 아는 한 하나밖에는 없다.
"배, 백보신권!"
그것도 그냥 백보신권이 아니라 문각의 독문 백보신권일 것이다.
왜냐하면 공처럼 뛰어오르는 사람들의 중간에는 바로 장건이 있기 때문이었다.

* * *

누군가 낮고 깔깔한 목소리로 말했다.
"클클. 입적하신 문각 선사의 백보신권을 이렇게 보게 될 줄이야."
풍진이다. 홍오와 함께 온 풍진이 석문(石門)의 꼭대기에 서서 뒷짐을 지고 중얼거린다. 가장 잘 보이는 곳을 찾는다고 십여 장이나 되는 높이의 석문 위로 뛰어오른 것이다.
"이놈이 남의 문파 일주문 위에 서서 건방지게……."
홍오의 일침에도 풍진은 여유작작하다.
"오래전에 문각 선사의 백보신권 시연을 본 적이 있었지. 그때도…… 지금과 같았어. 문각 선사의 백보신권을 맞으면 저렇게 몸이 튕겨나가곤 했지."
감격한 풍진의 목소리가 떨린다.
홍오도 입맛을 쓰게 다셨다. 사실 지금 중요한 건 풍진이 석문 위에 뛰어 올랐는지 하는 게 아니다.

"그래서 녀석이 내게 와서 그런 걸 물었던 건가……."

어떻게 장건이 문각의 진전을 잇게 되었는지는 모른다.

하지만 이내 홍오의 표정이 변했다.

"구해야 한다!"

풍진이 갸웃거리며 물었다.

"지금도 잘하고 있는데 뭘 구해?"

"네놈은 모르면 좀 끼어들지 말고 가만히 있어라. 사부의 백보신권은 일반적인 백보신권보다도 내공 소모가 몇 배는 더 극심한 수법이다. 내공이 끝이 없다던 사부조차도 열 번을 연속으로 펼치시고 나면 힘에 부치곤 했다. 제아무리 건이라고 해도……."

텅텅텅! 터터터텅!

"건이라고 해도 열 번을……."

터터터터텅!

"우악!"

"에…… 그러니까…… 건이가……."

텅텅 텅텅텅—!

"아앗!"

"크헉!"

텅텅텅텅!

"꺄욱!"

가만히 듣고 있던 풍진이 얼굴을 일그러뜨리며 홍오를 빤히 쳐다보았다.

"지금 일부러 내게 거짓 정보를 흘리는 게냐?"

"그러니까 그게······."

풍진이 와락 성질을 냈다.

"야, 이 띨띨한 땡중 놈아! 네가 말한 열 번은 벌써 지나고도 남았다! 대체 뭐가 어쨌단 말야!"

홍오의 얼굴은 똥 씹은 표정이 되었다.

"이상하구나. 사부의 백보신권이면 이럴 리가 없는데······."

"뭐가 이상하다고. 내 보기엔 문각 선사께서 펼치시던 백보신권과 똑같구만."

"이놈아! 내가 얼마 전에 건이에게 백보신권을 가르쳐 준 걸 잊었냐?"

홍오의 진지한 표정을 보니 괜히 거짓말을 하는 것 같지는 않았다.

"으잉? 그럼 저게 문각 선사의 백보신권이 아니라 네 무공이었단 말이냐?"

백보신권이란 무공이 하루아침에 배울 수 있는 게 아니라는 건 풍진도 안다.

그러나 풍진은 '장건이 어떻게 그 짧은 시간에 백보신권을 익혔느냐?'라고 되묻는 아둔한 짓은 하지 않았다.

이미 자신의 검을 막아냈던 아이다. 그런 아이가 뭘 한다고 해도 이상할 일은 없는 것이다.

"허어, 거 참."

풍진과 홍오는 못내 이상하다며 고개를 갸웃거렸지만 당장에야 장건이 어떻게 이럴 수 있는지는 알 수 없었다.

* * *

텅텅텅!

괴이한 장면이다. 제법 무공을 배웠다던 무인들이 장건의 근처에만 가면 바람을 채운 돼지 오줌보처럼 통통 튕겨나간다.

터터텅. 텅텅.

소리 하나에 비명 하나씩.

그리고 한 번 그렇게 튀어나간 무인은 다시 일어서지 못한다. 죽은 것도 아니고 큰 부상을 입지도 않았는데 그냥 누운 채로 널브러져 버린다.

검성과 검왕.

윤언강과 남궁호가 소림에서 일어난 소란을 놓칠 리 없다. 둘은 일찌감치 소림 근처에 와 있었다. 멀찍이서 소동이 벌어진 모습을 보던 중이다. 술기운은 이미 내공으로 다 날려 버렸다.

여차하면 그들이 나서서 소란을 잠재우려 했는데, 갑자기

요상한 일이 벌어져 그들이 나설 기회를 놓쳤다.
"이것 좀 보게."
남궁호가 바람처럼 파고 들어가 쓰러진 청년 한 명을 들쳐업고 왔다.
남궁호는 청년을 윤언강의 앞에 내려두었다.
"흐음."
"겉으로 보기에도 그렇지만 속도 멀쩡하구먼. 내가중수법에 내장이 손상되지 않았어."
"그렇지. 하지만 뭔가 달라. 멀쩡한 놈이 이럴 리 없잖은가."
청년은 반개한 눈으로 게슴츠레하게 남궁호와 윤언강을 보며 물었다.
"노인장들은…… 뉘시오?"
"우리는……."
"아아, 아파죽겠는데 귀찮아. 관둡시다. 노인장들이 누군지 내 알아 뭐하겠소. 으, 왜 이리 추워. 뭐 덮을 거라도 좀 주지 않겠소? 아니, 좀 더운데? 옷을 벗기도 귀찮고……. 으으으, 내가 왜 이러는지 모르겠네."
청년은 춥다 덥다 하면서도 손가락 하나 까딱하려 하지 않는다. 만사가 귀찮고 피곤한 모양이다.
남궁호와 윤언강이 서로를 마주 보았다.
"문각 선사의 백보신권!"

누가 먼저랄 것도 없이 둘은 같은 말을 내뱉었다.

남궁호가 픽 하고 웃었다.

"내 문각 선사를 뵈었을 때, 화를 참지 못하고 덤볐다가 이 비슷한 꼴이 난 적이 있어서 알지. 확실하네. 소림에서 드디어 문각 선사의 무공을 부활시켰구먼."

윤언강도 고개를 끄덕였다. 문각이 홍오의 행동을 사죄하기 위해 화산을 찾아왔을 때, 화산의 고수들도 남궁호와 마찬가지 행동을 했었다.

그러나 그들은 모두 어이없게도 문각의 일권을 막지 못하고 전의를 상실했다. 지금과 비슷한 상황에서 스스로 검을 거두고 물러났던 것이다.

지금 앞에 누워 있는 청년은 그때보다 더 심하게 무기력한 상태이긴 하나 그때와 증상은 비슷했다.

"드디어 늙은 호랑이가 기지개를 켜는 것인가?"

윤언강은 씁쓸한 미소를 지을 수밖에 없었다.

당시에도 상대할 자가 없다던 천하오절. 그 중에서도 수위로 꼽을 만하다던 절대고수 문각의 무공이 다시 이어진다는 것은 소림이 다시 비상한다는 뜻과 다름 아니다.

그것도 채 스물이 되지 않은 아이를 통해서 말이다.

향후 수십 년간 소림의 입지가 얼마나 단단해질지 상상도 가지 않는다.

윤언강은 조용히 한숨을 내쉬었다.

소림은 자꾸만 그의, 화산의 앞길을 방해한다.

* * *

"저, 저게 뭐지?"
남궁상은 입을 쩍 벌렸다.
"사람이 막 날아다녀?"
문사명도 황당한 표정이었다.
한둘도 아니고 몇씩이나 휙휙 날아가는 모습을 보면 누구나 그럴 수밖에 없을 터다. 그들과 상대하던 청년들도 어이가 없는 얼굴이다. 꼭 논에서 잡초를 뽑는 것처럼 자신의 일행들이 쏙쏙 뽑혀 날아가고 있으니 말이다.
하지만 남궁상이나 문사명과 다르게 청년들은 오래 머뭇거리지 않았다. 곧 몸을 돌려 자신들의 일행들 쪽으로 달려갔다.
남궁상과 문사명이 잠깐 서로를 마주보았다. 그들도 누구인지 궁금하다.
남궁상은 이제 뒤로 빠졌으면 했으나 문사명은 눈을 빛내고 있었다.
"가봅시다!"
남궁상은 속으로 욕지거리를 내뱉으면서도 어쩔 수 없이 문사명을 따를 수밖에 없었다.

*　　　*　　　*

　양소은과 모용전은 아직까지도 신나게 싸우고 있었다. 어느덧 얼굴에는 땀까지 흐른다.
　채채챙!
　창과 검이 어우러지며 무수한 빛의 조각들이 사방으로 난사한다.
　"제법이오?"
　"댁도!"
　"아가씨, 잘한다! 우리 아가씨 잘한다!"
　한 발 물러선 양소은이 호위무사를 째려보았다.
　"저걸 그냥!"
　"헤헤헤."
　그때, 아까부터 묘하게 귀를 거스르던 소리가 더 심하게 나기 시작했다.
　텅텅텅텅!
　양소은과 모용전은 서로를 경계하면서도 돌아보지 않을 수가 없었다.
　"어?"
　"어랍쇼?"
　청년들이 위로 마구 날아다니고 있었다. 와글거리는 사람들의 머리 위로 튀어오르니 보지 않으려 해도 보일 수밖에 없다.

"저게 뭐람?"

양소은의 말에 호위무사가 턱에 손을 대고 갸우뚱하며 말했다.

"글쎄요. 팔이든 머리든 손에 잡히는 대로 내던지는 사마외도(邪魔外道)의 금나수법이 있다고는 들었지만……."

"이 멍청아. 그럼 저런 맑고 고운 소리가 날 리 없잖아."

"저게 어디가 맑고 고운 소립니까? 야무지게 맞고 비참하게 날아가는 소리잖아요. 어휴, 비명소리 한번 들어 보세요. 무시무시하네. 한 몇 달 일어나지도 못하겠는데요?"

"그러니까! 맞고 날아가는 걸 알면서 무슨 금나수법이라고?"

"그냥 뭐 그렇다는 거죠."

텅텅텅!

"으아아아아!"

"크아악!"

모용전이 입맛을 다시며 검을 내렸다.

"저쪽에서 사람이 날아다니니 도저히 검을 들 마음이 들지 않는구려."

"저도 그렇긴 하네요."

아닌 게 아니라 정말 싸울 생각이 싹 사라진다.

"우리의 대결은 뒤로 미룹시다. 대체 저게 무슨 수법인지 가서 봐야겠소."

모용전의 제의에 양소은이 코웃음을 쳤다.
"먼저 시비를 건 게 누군데 이제 와서 발뺌을 하냐고 따지고 싶지만……, 저도 궁금하긴 하군요. 좋아요. 우리 대결은 나중으로 하죠."
"고맙소."
모용전은 검을 거꾸로 든 채 포권을 하고는 몸을 돌렸다.
양소은도 잠시 망설이다가 곧 창을 등 뒤로 비껴들고는 가볍게 발돋움을 해 모용전의 뒤를 따라갔다. 호위무사도 그림자처럼 양소은의 뒤로 바짝 붙었다.

그 사이에도 텅텅 소리가 나며 추종자들이 바닥에 눕는다.
청년들의 기세는 확 꺾였다.
"저 자식, 뭐야!"
"뭐가 어떻게 돌아가는 거야!"
몇십 명이 제대로 손도 못 써보고 당했다. 설사 잘 나간다는 절정의 고수라도 이렇게까지 하기는 쉽지 않을 것이다. 하물며 어느 정도 무공에는 자신이 있는 그들이 아니었던가.
소년의 반경 오 장 내에는 서 있는 사람이 아무도 없었다. 삼십 명이 바닥에 누워 있어서 마치 시체들을 줄지어 눕혀 놓은 듯하다.
그런데 자세히 보면 누운 청년들은 묘하게도 일부러 그렇게 눕힌 듯 부채꼴로 정렬이 되어 있다. 가운데에 있는 소년을 중심으로 원을 그리며 가지런히 누워 있는 것이다.

왠지 찜찜한 구석이 있는 모양새다.

그러나 청년들은 거기까지는 신경 쓰지 못했다.

백리연의 추종자들은 마음이 급해졌다.

슬슬 그들의 주위로 사람들이 몰려들고 있었다.

이곳저곳에서 싸움을 벌이던 무인들도 손을 멈추고 모이는 중이다. 수십 명이 퉁퉁 날아다니는 걸 보면서 칼질을 계속할 수 있을 리 없었다.

모두가 장건과 추종자들의 결말이 어떻게 될지 궁금해 지켜본다.

다가오는 소림의 무승들에 의해 제압당하는 것도 이제는 시간문제일 뿐이다.

"우리들은 어떻게 되어도 좋아."

"하지만…… 백리 소저를 건드린 놈에게 아무런 복수도 하지 못하고 이렇게 당할 수는 없어!"

이제 그들이 믿는 건 하나뿐이었다.

청년들이 외쳤다.

"종 대협!"

마침내, 그때까지도 쓰러져 있는 백리연의 곁을 지키고 있느라 움직이지 않던 종유가 나섰다.

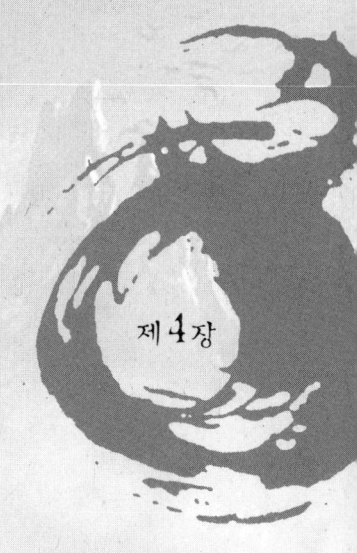

제4장

장건은 뒤끝도 좀 있어요

어느 샌가 남궁상의 곁에 다가온 남궁지가 중얼거렸다.
"철비각 종유……."
남궁상이 흠칫 놀랐다.
"정말 저 사람이 철비각 종유라고?"
남궁지가 고개를 끄덕였다. 남궁지가 말했던 고수, 그가 바로 철비각 종유였다.
문사명이 '흠'하고 침음을 내며 걸어 나오는 종유를 보았다.
"철비각 종유라면 하북의 대융삼마(大戎三魔)와 철가장주(鐵家莊主)를 쓰러뜨린 고수가 아닙니까."

"……맞아요."

대웅삼마는 십 년 전 하북에서 활동이 잦았던 패악한 세 명의 무인이다. 약탈, 방화, 부녀자 납치 등 할 수 있는 모든 죄는 다 저지르고 다니던 악적들이었다.

하북에 기반을 잡은 팽씨세가에서 그들을 가만히 보고 있을 리 없었다.

그러나 대웅삼마는 상당한 무공을 가진 고수였다. 어지간한 팽씨세가의 토벌대가 찾아오면 궤멸시켜 버리고 벽력도(霹靂刀)나 건곤쌍권(乾坤雙拳) 같은 팽씨세가의 고수들이 찾아오면 피해 다녔다.

피해는 피해대로 입고 체면마저 구겨진 팽씨세가였으나 어쩔 도리가 없었다.

그때 이십대 중반의 뒤늦은 나이로 강호에 출도한 철비각 종유가 우연히 대웅삼마를 만나 박살을 내 버렸다. 대웅삼마는 어디 성한 곳 한 군데도 없이 팽씨세가로 넘겨졌다.

하나 당시만 해도 종유의 평가는 높지 않았다. 그런데 한창 세를 불리던 철가장주 철료환이 종유에게 '그저 운이 좋은 애송이'란 말을 했다가 묵사발이 나고 말았다.

철료환은 건곤쌍권에 버금가는 고수였다.

철비각 종유의 명성이 높아진 것은 그때부터다.

"흠."

문사명은 종유를 보면서 그의 무위를 가늠해 보았다. 결코 쉽지 않은 상대다. 보통 무인들하고는 격이 다르다.

 과연 장건은 그를 어떻게 상대할 것인가. 문사명도 둘의 싸움에서 눈을 뗄 수가 없었다.

 "말리는 게 좋지 않겠나?"

 "아서게. 애들 싸움에 나섰다가 괜히 노망났다는 소리 들을 게 뻔하네."

 남궁호와 윤언강이 멀리서 지켜보고 있었다.

 남궁호가 말했다.

 "철비각 종유라는 녀석, 평소 성격은 조용한데 한 번 손을 쓰면 과하다 싶을 정도라 하더군. 철가장주가 무릎을 꿇고 빌었는데도 팔다리를 분질러 버렸다지."

 윤언강이 픽 웃었다.

 "장래의 사위가 다칠까봐 걱정되나? 종유에게 질 정도면 별로 의미도 없을 터인데?"

 "그러는 자네는? 사실 저 아이가 어디까지 할까 궁금한 게 아닌가? 풍진의 검을 막아냈다고 해서 그게 궁금한 거지?"

 "부인하진 않겠네만……."

 윤언강이 장건과 종유에게서 눈을 떼지 않은 채 말을 이었다.

 "여긴 화산이 아니라 소림이니까. 소림에서 알아서 해야지. 괜한 오지랖으로 끼어들었다가 좋지 않은 소리를 듣고 싶지 않은 것도 사실일세."

윤언강은 장건을 탐내고 있다가 괜히 홍오에게 타박을 받았다.

그의 마음을 모르는 바는 아니나, 남궁호는 그 말을 믿지 않았다.

철비각 종유라는 손꼽는 고수와의 대결.

남궁호가 그러하듯 윤언강 역시 그것을 보고 싶은 것이다.

특히나 제자까지 데려온 마당에, 이는 장건의 무공 수위를 확실히 가늠해 볼 수 있는 기회다.

"그렇지. 여긴 소림이지. 우리가 끼어들지 않아도 소림에서 알아서 하겠지."

남궁호도 속내를 드러내지 않은 채 그렇게 대답했다.

서로의 생각은 달랐지만, 둘 모두 장건이 종유를 상대하는 모습을 보고 싶다는 건 같았다.

더 이상의 비명소리나 병장기 부딪치는 소리는 들려오지 않았다.

나한승들의 진격은 거의 멈춘 거나 다름이 없었다.

소림이든 소림을 찾아온 방문객이든, 심지어 백리연을 쫓아왔던 추종자들이든.

모두가 장건과 종유에게 정신을 빼앗기고 있었다.

그것은 마치 전쟁터에서 이름난 두 장수가 마주쳤을 때, 그 둘을 위해 자리를 비켜주는 것과 비슷했다.

한 명은 이미 강호에서 실력이 검증된 고수이고 또 한 명은 이제 갓 강호에 이름이 알려지기 시작한 신진 고수였다.

'말려야 할까?'

굉운은 망설이고 있었다.

말리고자 한다면 굉운에게는 그리 어려운 일이 아니었다. 아니, 우내십존의 무공 수위에 어느 정도 근접해 있는 굉운이 아니더라도 굉자배의 무승이나 원호라 해도 말리는 건 가능할 것이다.

다들 방장 굉운의 결정을 기다리고 있다.

그러나 굉운은 여러 면에서 갈등했다. 선뜻 명을 내릴 수 없었다.

장건은 이미 엄청난 무공 실력을 선보임으로써 소림의 체면을 크게 살렸다.

장건은 나한승들보다도 더 빠르게 분란을 일으킨 자들을 제압했다. 나한승들이 늦은 게 아니라 장건이 너무 빨랐다.

지금까지의 일만으로도 장건은 소림을 대표하는 무인으로 거듭나게 될 것이 분명했다.

하나, 그 이상의 것을 원한다면 반드시 스스로의 힘으로 종유와 맞서야 했다. 종유와 싸워 이겨내야만 했다.

'아직 모자라 보이긴 하지만 그래도 소림에 대단한 애가 있더라'라는 말과 '소림에 정말 대신성이 나왔더라'라는 말은 천지차이였다.

이 와중에 소림이 끼어든다면 여러모로 좋지 않다.

벌써 오십 명 이상의 무인을 쓰러뜨린 장건이었다. 지쳐 있는 상태에서 철비각 종유를 상대하는 게 쉬운 일은 아니리라.

그럼에도 굉운은 장건을 믿는 수밖에 없었다.

속된 말로, 소림의 기를 한 번에 살릴 수 있는 대박 기회였다.

굉운은 자꾸만 계산적이 되어가는 자신의 모습이 씁쓸하다. 그러나, 그의 뒤를 이어 소림을 이끌어갈 이들을 위하여 마지막으로 한 번 더 계산을 하기로 했다.

어쩌면 이것은 계산이 아니라 도박일지도 모르지만.

장건의 진실을 아는 건 원호뿐이다.

원호는 무진의 말을 기억하고 있었다.

"건이가 사용한 것은 자신의 무공이지 사조의 무공은 아니었습니다. 사조의 무공은 올바른 생각을 가진 건이에게 길을 열어준 것뿐입니다."

원호는 침잠했다.

'그런가. 무진이의 말이 맞았는가……'

자신이 그렇게나 미워하고 쫓아내려던 아이였다. 그 아이는 몇 번의 커다란 시련을 겪으면서도 끝끝내 자신만의 길을 찾아냈다.

오히려 이리저리 치이며 갈피를 잡지 못한 것은 원호 자신이었다. 장건이 똑바로 길을 가고 있을 때 그는 다른 이를 탓하며 비뚤어지기만 했었다.

"으음……."

부끄러웠다.

자신의 나이 반의 반도 살지 않은 아이도 자신의 길을 걷는다. 그런데 정작 자신은 무얼 하고 있었는가.

자신보다 훨씬 나은, 수백을 상대로도 당당하게 맞서는 저리도 멋진 아이를 왜 질시하여 가시덩굴에서 구르게 만들었는가.

"그만큼 나라는 자가 못난 탓이었나……."

원호는 크게 통탄했다.

가슴이 뜨거웠다. 눈가도 뜨끈하다.

"아무래도 난 그간 이해득실로만 따져서는 가질 수 없는 무언가를 잃어버렸던 모양이구나."

그것을 장건이란 작은 소년이 가르쳐 주고 있었다.

주륵.

눈물이 원호의 주름진 뺨을 타고 소리없이 흘렀다.

그를 바라보던 굉운의 눈가에도 어느 샌가 물기가 맺혀 있었다.

무진은 장건이 자신만의 수법으로 문각의 무공을 이해했다

했지만, 어쨌거나 소림은 결국 절대 고수였던 문각의 무공을 복원해낸 것이나 다름없다.

그 의미가 강호에서 시사하는 바는 크다.

원호가 눈물을 닦을 생각도 하지 못하고 중얼거렸다.

"내가 그렇게나 미워하던 아이가…… 소림의 오랜 숙원을 풀어냈구나. 이제 소림은 더 이상 외세에 휘둘리지 않아도 된다. 모두가…… 이 모두가 네 덕이었구나……."

원호는 목이 메어 말을 제대로 이을 수조차 없었다.

모두가 원하고 있었다.

장건과 종유의 대결을.

그러나 정작 종유는 하늘을 보고 크게 한숨을 내쉬었다.

"후우우!"

일이 꼬여도 어떻게 이리 꼬일 수 있을까?

우스갯소리로 '코흘리개도 우습게 본다'고 할 만큼 세가 기울긴 했으나 그래도 아직은 백도 무림의 정신적 지주라는 소림의 영역이다.

소림의 앞마당에서 이런 말도 되지 않는 행패라니…….

아무리 소림에 득도한 고승이 많다 해도 이런 사태를 맞이한다면 결코 참을 수 없을 것이다.

그나마 목적이라도 이루었으면 다행인데, 그것도 아니다.

소림의 속가 제자임이 확실한 아이 한 명에게 수십 명이 얻어맞고 나자빠졌다.

종유조차도 예상하지 못한 사태였다.

'말릴 걸 그랬나?'

사실 종유도 마음 한구석에서는 백리연이 정략결혼으로 소림에 팔려간다는 게 마음에 들지 않던 차였다. 그의 나이가 십 년만 젊었어도 눈을 까뒤집고 함께 난동을 피웠을 것이다.

낫살이나 먹은 놈이 어린 처자나 쫓아다닌다는 소리를 들을까봐 조용히 참고 있었는데, 결국 이제는 그가 나설 수밖에 없는 상황이 되고 말았다.

종유 자신은 비록 일단의 문파에 적(籍)을 두지 않은 야인이라 할지라도 다른 곳에 가면 한 문파의 중견급으로 대우를 받는 위치에 있었다.

그런 그가 백리연을 따르는 청년들의 대표가 되어 나서야 한다는 것은 대외적으로도 부끄러운 일이다.

'쪽 팔려 죽겠네. 젠장. 그놈의 사랑이 뭔지.'

게다가 이미 종유는 자신의 앞에 있는 소림의 속가 제자가 누구인지 어렴풋이 알 것 같았다.

'저런 괴물 같은 놈이 그놈 하나밖에 더 있겠어?'

상당한 고수 측에 속하는 종유도 장건의 공격하는 수법을 제대로 알아볼 수 없었다.

그때 이미 종유는 '장건'이란 이름을 떠올렸다.

'저런 괴물 같은 소림의 꼬마가……. 발검즉살(拔劍卽殺)이라는 섬살야차의 일검을 막은 꼬마, 그놈밖에 더 있겠냐고.'

나가서 이겨도 좋은 소리를 들을 수 없는 마당에 이긴다는 보장마저도 없어진 것이다.

아무런 이득 없는 싸움을 해야 하다니…….

세상에 이런 거지같은 싸움은 또 없을 것이다.

'망할! 별수 없지. 백리 소저……. 이게 다 소저를 위해서요.'

종유는 부서져라 이를 갈면서 걸음을 내딛었다.

저벅.

한참 동안 장건을 노려보던 종유가 첫 걸음을 떼었다. 종유는 신중히 장건에게 다가가더니, 약 십여 걸음을 떨어져 장건의 앞에 섰다.

종유는 주변에 널브러진 청년들을 보면서 안색을 굳혔다.

실력이 없는 삼류도 아니고 실력 좀 있다 하는 무인들을 이 정도나 쓰러뜨렸으니 장건도 지쳤을 것이다.

평소라면 아이를 상대로, 그것도 상대가 지친 상태에 있는데 싸우려고 하지는 않았을 것이다.

그러나 이미 지금의 상황은 그런 사소한 조건들을 따지기에는 너무나 멀리 와 버렸다.

종유는 안다.

자신이 장건을 쓰러뜨리든 그렇지 못하든, 소림의 앞에서 일을 저질렀으니 그 대가를 치러야 한다는 걸.

그러나 어차피 그에게는 뒤가 없는 걸음이었다.

벗어날 수 없는 길에 들어선 이상, 추호도 자비를 품지 않을 것이다.

자신이 어떻게 되든, 온 힘을 다해 장건을 쓰러뜨리고 백리연의 체면과 자존심을 세워 줄 것이다.

"제법 실력은 있는 모양이다만, 이젠 무릎을 꿇고 손이 닳도록 빌어도 소용없을 거다."

무겁게 떨어진 종유의 말에 장건은 기도 안 찬다는 듯 대답했다.

"처음부터 그런 생각은 한 적도 없는데요?"

시비는 네가 걸었으니 나도 싸움을 마다하지 않겠다는 투의 말이었다.

종유의 눈썹이 꿈틀댔다.

"네가 지금 무슨 잘못을 했는지는 알고 있겠지?"

"제가 무슨 잘못을 했죠?"

청년들이 소리를 질러댔다.

"이런 뻔뻔한 놈을 보았나!"

"네가 우리의 백리 소저를 때린 사실을 부정할 셈이냐!"

장건은 조금도 움츠러들지 않았다. 냉정하게 상황을 보고는 있으나 화가 풀린 것은 아니다.

"제가 본 것은 당신들 여럿이 소수를 핍박하는 모습이었어요."

 청년들이 분개했다.

 "네가 무공 좀 배웠다고 거들먹거리고 싶은 모양인데, 오늘 단단히 경을 칠 줄 알아라!"

 장건이 대꾸했다.

 "힘이 있다고 거들먹거린 것은 제가 아니라 아저씨들이었을 텐데요?"

 "아, 아저씨?"

 "나이도 어린놈이 오만하기가 그지없구나!"

 장건도 뭔가 뜨끈한 것이 가슴에서 탁 치솟는 듯했다. 적반하장이라고, 청년들은 장건을 가해자로 몰고 있었다.

 장건은 그들의 얼굴을 똑똑히 기억해 두었다. 특히나 염소수염을 한 학사, 이병은 침까지 튀면서 장건을 성토하고 있었다.

 장건이 째려보자 이병이 호들갑을 떨었다.

 "저, 저놈이 어디 눈을 까뒤집고 어른에게 덤비느냐! 이 아비어미도 없는 후레자식 놈 같으니!"

 장건은 화가 나서 숨을 몇 번이나 크게 내쉬었다.

 "지금 말 다했어요?"

 뻔히 부친이 와 있는데 후레자식이라 부르는 건 뭐란 말인가.

 "아직 다 못했다! 네놈은 어디서 족보도 없이 배운 주먹질로 천하를 얻은 줄 아는 모양인데, 에라이, 당랑거철(螳螂拒轍)인 줄도 모르고 어르신 앞에서 까부는 자라새끼야!"

사마귀가 상대도 되지 않는 것을 모르고 큰 마차를 향해 앞발을 휘두르며 싸우려 드는 것을 당랑거철이라고 한다. 하루살이가 범 무서운 줄 모르고 덤벼든다는 말과 비슷하다.

장건은 기가 막혔다.

꼴에 학사라고 문자까지 섞어서 욕을 해내는 꼴이 황당하기 그지없었다. 장건은 어이가 없어서 고개를 절레절레 흔들었다.

"뭐 저런 사람이 다 있어?"

"시끄럽다! 철비각 종유 대협께서 나서신 이상, 네놈은 오늘 죽은 목숨이다!"

그것은 거의 발악 같은 외침이었다.

"종 대협! 저놈을 죽여주시오!"

"이 학사께서 그리 말씀하지 않아도 그럴 생각이오."

"아니아니, 그냥 죽이지 말고 죽기 직전까지 잘근잘근 고기처럼 다져 버리시오!"

"그럴 거요."

종유의 표정이 딱딱하게 굳었다. 눈빛이 서서히 살기를 머금고 빛나기 시작한다.

발끝으로 땅을 비볐다.

스슥.

자세를 잡은 종유는 곧 공력을 끌어올렸다.

콰아아아—

단전이 크게 요동을 치더니 미친 듯 옷이 펄럭이며 흔들리기 시작하고 발아래에서부터 흙먼지가 뿔뿔거리고 피어난다.

뭇 좌중들의 탄성이 터져 나왔다.

"와아!"

종유가 발을 굴렀다.

쿠—웅.

강한 진각이다. 심후한 공력이 여실히 드러난다.

"이놈!"

종유가 진각을 밟은 탄력으로 쏜살같이 장건을 향해 달려들었다. 마치 폭발해서 튀어나가는 듯하다.

장건은 그저 가만히 서 있을 뿐이다. 대항할 생각도 없는 듯 보였다.

그 순간, 종유가 도약했다.

쿵!

종유는 한 마리 새처럼 가볍게 날아올랐으나 그가 박찬 지면은 박살이 났다.

종유는 상승의 경신법으로 공중에서 재차 두어 번을 더 도약하여 사람 키의 몇 배나 되는 높이까지 떠올랐다.

양팔을 끝까지 펼치고 한쪽 무릎을 세워 허공에서 독립보를 선 종유의 모습은 마치 먹이를 노리는 매와 같았다.

구경꾼 중의 누군가 소리쳤다.

"섬뢰분연각(閃雷紛連脚)이다!"

번개처럼 내리꽂히는 종유의 발이 수 갈래로 늘어난다. 하나하나의 각영(脚影)이 아름드리나무를 부러뜨릴 수 있는 파괴력을 가졌다.

빠르기도 빠르지만 엄청난 공력이 담긴 발차기다.

장건은 자기도 모르게 탄성을 지를 뻔했다.

장건의 눈에 보이는 종유의 모습은 다른 사람들과 달랐다.

종유의 몸을 흐르는 위기는 크게 팽창되어 있었다. 잿빛 덩어리의 크기가 사람 머리보다 더 크다. 크기도 크기지만 순환도 엄청나게 빠르다.

마치 종유의 전신이 거대한 잿빛 실타래로 둘러싸인 듯하다. 무진의 위기가 애기 주먹만 한 크기였으니, 수준이 몇 배나 차이가 나는 게 눈에 보일 지경이다.

종유는 괴상한 수법을 쓰는 아이도 자신의 섬뢰분연각 만큼은 막을 수 없다 생각했다.

철가장주 철료환도 정면으로 섬뢰분연각을 막으려 했다가 보검이 부러지고 팔목이 부서졌다.

'네놈이 죽음을 자초했다 여기거라!'

종유는 마지막 순간까지 조금도 힘을 줄이지 않았다. 상대가 누구인지 대충 감을 잡았으니 처음부터 온 힘을 다했다.

섬뢰분연각의 경력이 장건의 얼굴과 어깨 위로 마구 쏟아졌다.

 장건이 질린 얼굴을 했다.

 '이건 유원반배로 못 받겠다!'

 유원반배는 상대의 공력을 모두 받아들였다가 내보내는 수법인데, 종유의 발차기는 아직 장건의 내공으로는 받아들일 수 없는 무거운 공력이 담겨 있어서 받는 순간 팔이 부러지고 내장이 왕창 상할 것이다.

 '할 수 없어.'

 장건은 나한보의 보법을 밟으며 종유의 발차기를 피했다. 청년들을 상대한 것처럼 슬쩍 피하는 정도로는 완전히 피할 수 없기에 처음으로 크게 움직였다.

 그래봐야 고작 한 걸음 내였지만.

 쿠쿵!

 빗나간 섬뢰분연각이 무지막지하게 땅을 부순다.

 쾅!

 장건이 다시 한 번 몸을 반 회전시키며 옆으로 돌아갔다. 두 번째 발차기까지 피하긴 했으나, 각영이 채 사라지기도 전에 세 번째 공격이 날아들었다.

 그 찰나의 순간에 세 번째 발차기가 떨어지고, 동시에 장건은 금강권의 공력을 일으켜서 벼락처럼 주먹을 뻗었다.

 남들이 보기엔 정말로 어이없는 주먹질이었다.

 장건의 주먹은 전연 딴 방향으로 뻗어지고 있었던 것이다.

종유가 가만히 있어도 맞지 않을 거리였고, 서너 뼘이나 종유의 몸에서 벗어나 있었다.

기실 그것은 그만큼이나 종유의 위기가 크게 확장되어 몸 주위를 돌고 있는 탓이었으나, 다른 이들이 보기엔 말도 안 되는 주먹질일 뿐이었다.

종유는 '이놈이 미쳤구나' 하고 생각했다.

그러나 그 생각도 잠시.

'응?'

뭔가 불안한 기분이 들기 시작했다.

그러더니 살얼음이 언 호수 위를 걷다가 얼음이 깨져 발이 빠진 듯한 묘한 감각과 함께 종유의 시야가 새하얘졌다.

쩡—!

무언가 외피를 감싸고 있던 두터운 갑옷이 한순간에 사라져 나간 듯했다.

'이런 썅!'

알 수 없는 한기가 뼛속까지 시리게 파고들었다.

'당했다! 왠지 이럴 것 같았어!'

불안한 기분이 적중된 순간이다.

그리고 종유는 알 수 없는 폭발에 휘말려 튕겨져 나가고 말았다.

"우아아악!"

맞지도 않았는데 왜 날아갈까? 하고 생각한 순간 벌써 남보다 몇 배나 더 높고 멀리 날아가는 종유였다.

휘이이잉.

바람소리조차 우렁차다.

"……."

"……."

쿠당탕탕탕!

거의 땅에 처박히듯이 종유가 내던져진다.

청년들은 물론이고 구경꾼들까지도 입을 다물지 못했다.

"뭐, 뭐야!"

"뭐가 깨지는 소리가 나더니 날아가!"

"맞지도 않았잖아! 저놈은 엉뚱한 데를 쳤다고!"

데굴데굴.

종유는 날려진 힘을 이기지 못하고 바닥에서 몇 바퀴를 더 굴렀다.

"종…… 대협?"

"종 대협?"

종유는 대답 없이 잠잠했다.

간혹 어깨가 들썩이긴 했으나, 일어날 기미는 보이지 않았다.

잠시를 기다려도 종유는 미동이 없었다.

한 청년이 다가가 종유를 보더니 비명을 질렀다.
"자고 있어!"
종유는 쌔근거리며 잠에 푹 빠져 있었다.
청년들은 경악했다.
"이게 뭐야!"
청년들은 정신이 잠시 외출을 나가 돌아오지 않는 기분이었다.

그 짧은 순간에 수혈이라도 짚었단 말인가?
청성일검 풍진이라 하더라도 철비각 종유를 일격에 전투불능으로 만들려면 최소한의 대가는 치러야 할 것이다. 철비각 종유에 대한 강호의 평가는 그 정도였다.

그런데 그런 고수인 종유가 손쉽게 요혈을 내줄 리는 없을 터였다. 그것도 유성우처럼 무수히 각을 내뻗고 있는 와중에 말이다.

"마, 말도 안 돼······."
종유가 뭔가 해보지도 못하고 나자빠져서 꿈틀거리다가 잠이 들었다······. 이 어이없는 사실을 어떻게 이해할 것인가.
청년들은 황망한 얼굴로 장건을 쳐다보았다.
청년들이 생각하기에는 조금도 이해할 수 없는, 의미 불명의 말을 장건이 중얼거렸다.
"크고 잘 보이니까 때리긴 더 쉽네."
만약 생전의 문각이 지금의 장건을 보면 감탄을 내질렀을 터였다.

 다른 사람의 위기(衛氣)를 기(氣)로 타격하는 방법을 최초로 알아낸 문각도 위기를 직접 눈으로 확인하고 보지는 못했던 것이다.

 오랜 수련과 깊은 깨달음으로 상대의 위기를 거의 눈으로 보는 것처럼 느끼는 것이 고작이었다.

 장건은 위기의 덩어리를 눈으로 보고 적은 힘으로 타격하지만 대신 문각은 좀 더 넓은 범위를 권경으로 가격해 상대의 위기를 무너뜨렸다. 때문에 장건처럼 완전히 위기를 파괴시키지는 못했다.

 만일 문각도 장건처럼 위기를 볼 수 있었다면 굳이 백보신권처럼 내공 소모가 심한 수법을 이용하지는 않았을 터다.

 어떤 면에서 보자면 이미 장건은 문각을 뛰어넘고 있는지도 몰랐다.

 하지만 그런 장건의 표정이 잠깐 찡그려졌다.

 "윽."

 장건의 다리는 발목 위까지 땅에 파묻혀 있었다. 종유의 내공이 깊은 만큼 위기도 단단했다. 커다란 위기의 덩어리가 깨지는 여파로 장건은 발목까지 묻힌 것이다.

 반탄력만으로도 이러니, 실제 종유의 공력을 그대로 받았다면 어떻게 되었을까?

 "아고고."

근육이 잔뜩 비틀려 온몸이 쑤셨다.

종유의 힘을 되돌리지 못하고 금강권의 공력을 극한까지 끌어올렸더니 생긴 일이었다. 내공도 한꺼번에 반 이상이 쑥 하고 빠져나간 듯했다.

장건의 이마에도 처음으로 땀이 맺혔다.

잠깐만 지나면 곧 회복이 되지만, 금강권을 무리하게 쓰면 이렇게 빈틈이 생기고 만다.

하나 이번만큼은 알면서도 그리 할 수가 없었다. 종유의 공격이 너무 거세서 장건이 받아 돌릴 생각을 하지 못했기 때문이었다. 거친 비바람에도 견뎌내는 갈대가 폭풍을 만나면 뿌리 채 뽑혀 나가는 것과 같다.

장건으로서는 또다시 개선해야 할 점이 생긴 셈이었다.

장건은 근육통 때문에 다리를 후들거리면서도 어떻게 해야 지금처럼 강한 공격도 되돌릴 수 있을지 고민했다.

그 모습을 청년들은 오해했다.

상식적으로 이해할 수 없는 일을 당한 탓인지 아니면 공포에 사로잡힌 나머지 정신이 나갔는지, 청년들은 장건을 쓰러뜨릴 수 있다고 생각했다.

"저놈도 당했다!"

당한 것을 보지는 못했지만.

"지쳤어!"

왠지 장건이 힘들어 하는 듯 보였기에.

"지금이 기회야!"

라고 판단을 내렸다.

청년들은 '그럼 그렇지' 하고 생각했다.

아무렴 철비각 종유의 섬뢰분연각을 제자리에서 막고도 멀쩡할 수 있을까 하고 생각하는 것이 당연했다.

"한 번에 덮쳐!"

"몸으로라도 잡아!"

청년들은 한꺼번에 달려들었다.

한두 명이 날아가더라도 나머지가 장건을 붙들면 일은 끝나는 것이다.

이미 몇몇의 머리에는 장건의 몸을 갈기갈기 찢어 버리는 상상까지 들어찼다.

"우와아아아!"

"백리 소저와 종 대협의 복수를 하자!"

장건은 또다시 달려드는 청년들을 보며 호흡을 골랐다.

어차피 덤비지 않는다 해도 그냥 놓아주지는 않을 생각이었다. 덤벼주면 더 고마운 일이다.

장건은 입술을 깨물었다.

"죽어어어어!"

청년들은 이제 거의 마구잡이로 장건을 향해 몸을 날렸다. 몸으로 짓누를 것처럼 수십 명이 한꺼번에 장건에게 몰려들었다.

장건은 주먹을 꽉 쥐었다.

안법으로 모든 청년들의 공격을 머리에 담고 순서에 따라 용조수와 유원반배를 펼쳤다.

텅!

최초의 일격 이후!

터터텅 텅텅텅텅!

한꺼번에 달려든 청년들 십여 명이 거의 동시에 공이 되어 튀어오르고 말았다.

"우아악!"

당연히 장건에게는 손도 대지 못했다. 우격다짐으로라도 막아보려 했으나 그것도 안 된다.

뒤이어 달려든 청년들도 마찬가지였다.

텅텅텅텅!

"끄아아아!"

쿠당탕탕.

데구르르.

장건의 주변에는 순식간에 널브러진 청년들로 가득해졌다. 한 명도 남김없이 어판장의 물고기들처럼 바닥에 처박혀 꿈틀거리고 있었다.

장건은 그저 낮은 한숨을 내쉬며 호흡을 고를 뿐이었다.

이를 보는 구경꾼들은 할 말을 잃었다. 보고 있으면서도 꿈인지 환상인지 구분을 할 수가 없었다.

"끄으……."

"으으으……."

예의 쓰러진 청년들은 작은 신음을 내며 일어나지 못했다.

몇 남지 않은 청년 추종자들이 악에 받혀 소리를 질렀다.

"어떤 새끼가 지쳤다고 했어!"

"생생하잖아!"

청년들은 입술이 터져라 깨물었다.

"부, 분하지만 우리들의 실력으로는 저놈의 털끝도 건드릴 수 없어."

"목숨을 던져도 어쩔 수 없는 건가!"

분해서 눈물을 쏟는 이들도 있었다.

종유를 포함해 칠십여 명 정도가 바닥에 쓰러져 있고 추종자 중에 서 있는 이는 삼십여 명 정도다. 나머지는 소림을 찾은 일반 무인들과 소림사에 거의 제압당한 상태였다.

구경꾼들은 이제 한바탕 싸움이 끝났다는 걸 알았다.

보통 때였다면 환호성이나 박수가 나올 만도 하건만, 아무도 그런 생각을 하지 못하고 있었다.

너무 황당해서다.

누군가 중얼거렸다.

"내가…… 지금 제대로 보고 있는 게 맞지?"

"자네와 나, 둘이 같은 꿈을 꾸고 있는 게 아니라면."

약관도 되지 않은 소년을 상대로 백리연의 추종자들 백이 싸웠는데 소년이 승리했다. 그것도 하북의 고수 철비각 종유가 포함되어 있었는데 말이다.

남은 청년들을 가볍게 제압한 소림사의 나한승들도 전진을 멈추고 장건을 보고 있었다. 목석같던 얼굴들이 모두 경악의 표정을 담고 있다.

대체 저 아이는 무슨 생각을 하고 있는 걸까?

혼자서 이 엄청난 인원을 시체(?) 비슷한 것으로 만들어 버린 저 아이는 어떤 생각으로 싸움을 한 것일까?

설마 철비각 종유까지도 한 방에 보낼 수 있다는 자신감으로 싸웠던 걸까?

장건이 가만히 서서 뭔가 말을 하려는 듯 입을 우물거리자, 뭇 중인들은 쥐죽은 듯 소리도 내지 않고 기다렸다.

궁금하다.

쓰러진 이들 외에 전의를 잃고 남은 이들을 향해 훈계의 말을 할지, 아니면 당당하게 소림의 제자라 자신을 소개하고 싸움의 전모를 뭇 사람들에게 알릴지.

어느 쪽이든 간에 사람들은 기대하고 있었다.

그야말로 소림 대신성의 탄생!

소년은 그에 어울리는 명연설을 할 것이고 사람들은 훗날 오늘을 기억하며 소년의 말을 떠올릴 것이다. 술 한 잔 하며 자랑스럽게 지인들에게 말해 주어도 좋을 일일 것이다.

마침내 장건의 입이 열리려 한다. 사람들의 기대심은 증폭

되다 못해 터질 듯했다.

천천히……, 하지만 결코 낮지 않은 목소리로 장건이 남은 청년들을 향해 말했다.

"얼굴 다 기억해 놨어요."

장건의 말이 바람을 타고 뭇 사람들의 귀를 파고들었다.

그 순간…….

쾡.

군중들의 눈이 사흘은 잠을 못 잔 사람처럼 움푹 꺼졌다.

"뭐, 뭐라는 거야?"

"뭘 기억해?"

명연설을 기대했던 사람들은 잔뜩 실망했다.

그러나 실망은커녕 경악한 이들도 있었다.

바로 남은 백리연의 추종자들이었다.

'설마?'

그래도 살아야겠다 생각한 이들은 몸을 숨기려고 애썼다. 워낙 군중들이 밀집해 있어서 그들 사이로 몰래 뒷걸음질을 치며 숨었다.

그제야 군중들은 장건이 한 말의 의미를 알았다.

"설마 그 많은 사람들을 다 기억하고 있다고?"

"말도 안 돼!"

그러나 장건은 매의 눈빛으로 백리연의 추종자들 한 명 한 명을 쏘아보고 있었다.

남은 청년들이 움찔하며 뒤로 물러났다. 몇몇은 망연자실해 주저앉았고, 또 몇몇은 쓰러져 있는 동료들처럼 시체 행세를 했다.

장건이 '칫!' 하고 입을 삐죽거렸다.

"소용없다니까요."

장건은 자신을 향해 살기를 보내던 눈빛들을 모두 기억하고 있었다. 때려죽이지 않고는 못 배기겠다는 눈으로 보던 이들의 얼굴을 확실히 머리에 각인해 두고 있었다.

주변 사물을 한꺼번에 보고, 그것을 머리에 담는 안법을 하는 장건이기에 가능한 일이었다. 아니, 애초에 장건의 성격상 처음부터 일부러 기억하고 있었는지도 몰랐다.

좌중들은 물론이고 몸을 숨긴 청년들조차 장건이 남은 이들을 다 찾을 수 있을 거라고 생각하지는 못했다.

그러나 설마가 사람 잡는다고, 장건은 제자리에서 한 바퀴를 휙 돌더니 거침없이 걸음을 옮기기 시작했다.

아무리 덜 움직이는 것이 장건의 평소 행동 방침이라 해도 부친을 욕보이게 한 자들을 가만히 놔둘 수는 없었다.

장건은 주저앉아 있는 청년들을 향해 곧장 걸어갔다.

동공이 풀린 눈으로 자신을 바라보는 청년들의 몸에 흐르는 위기는 매우 미약했다. 스스로를 지키려는 의지가 사라지고 포기한 탓에 위기가 흐릿해진 것이다.

이런 흐릿한 위기를 타격하는 데에는 큰 힘이 들지 않는다.

장건은 다짜고짜 주먹을 내밀었다.

"컥!"

"윽!"

장건에게 얻어맞은 청년들은 주저앉아 있다가 뒤로 벌러덩 자빠졌다.

그렇게 십여 명을 순식간에 때린 장건은 줄줄이 엮인 굴비처럼 쓰러져 있는 이들 쪽으로 고개를 돌렸다.

그러더니 그중 한 명을 향해 걸어갔다.

팔다리가 힘없이 늘어진 채 눈을 감은 꼴이 영락없이 혼절해 있는 듯하다.

그러나 장건은 코웃음을 쳤다.

"흥."

여지없이 주먹이 내려 꽂혔다.

빡!

"꽥!"

놀랍게도 기절한 줄 알았던 청년의 입에서 비명이 튀어나오는 게 아닌가!

다른 사람은 몰라도 장건에게는 죽은 척하는 것도 통하지 않았다.

장건이 쓰러뜨린 사람들의 몸에는 잿빛 덩어리인 위기가 보이지 않는데, 맞지 않고 기절한 척하는 이들의 몸에는 위기가 흐르고 있으니 당연히 구별할 수 있었다.

뻑!

"크악!"

장건은 기절한 척하는 청년들을 쏙쏙 골라내 두들겼다.

보는 사람들마저도 기가 막혀 했다.

"정말 저걸 다 기억하고 있었어?"

다른 사람들이 보기에 장건이 추종자들의 얼굴을 기억하는 거야 그렇다 치더라도, 기절한 척하는 사람들까지 골라낼 수 있다는 건 실로 놀라운 일이었다.

여기저기서 사람들이 수군댔다.

"싸우기 시작할 때부터 다 패 줄라고 기억하고 있었나봐."

"그러게. 때린 놈 안 때린 놈을 다 기억하고 있었어……."

반은 오해였지만, 사람들은 장건의 그 치밀함에……, 그리고 쪼잔함에 가까운 엄청난 뒤끝에 소름이 다 돋을 지경이었다.

적어도 장선과는 적으로 만나지 않는 것이 좋을 거라는 건 누가 말하지 않아도 다들 머릿속에 생각하고 있는 터였다.

장건은 남들이 어떻게 생각하건 말건 위기가 도는데도 기절한 척하는 이들을 찾아내 때려주고 있었다.

그중 한 명은 장건이 다가가자 벌떡 일어나 절을 하듯 엎드려 빌기도 했다.

"대협!"

그에 대한 대답은 역시나 장건의 주먹이었다.

뺑—!

"으악!"

 장건은 청년이 날아가는 것도 보지 않고 다시 고개를 돌렸다.

 군중 속에 숨어든 청년들이라고 장건의 눈을 피할 수 없었다. 장건은 그 중에서 정확히 자신을 공격했던, 혹은 자신을 향해 띠꺼운 분노의 눈빛을 보냈던 이들을 정확하게 골라낼 수 있었다.

 빡!

 퍽!

 텅!

 한 명 한 명 장건의 손에 끌려나온 청년들이 비명을 지르며 나동그라졌다.

 "나, 난 아니에요! 정말 아니라니……."

 한 청년이 항변했지만 장건은 아버지를 둘러싸고 있던 이 중에서 그의 얼굴을 기억해냈다.

 "거짓말."

 뺑!

 열심히 항변했던 청년도 침을 질질 흘리며 바닥을 구르는 신세가 되었다.

 그렇게 장내를 정리하는 데에는 채 일각도 걸리지 않았다.

 설마하니 장건이 이렇게까지 할 거라고 생각한 사람은 거의 없었다.

장건을 아는 이들은 장건이 착하고 수더분한지라 끈질기게 다 쫓아가 팰 줄은 몰랐고, 장건을 모르는 이들도 장건이 설마 그 수많은 사람들을 기억할 거라고는 생각하지 못했다.

그러나 장건은 해냈다.

하나도 놓치지 않고 다 끄집어내서 성의껏 두들겼다.

오죽하면 소림에서조차 말릴 생각을 못할 정도로 기가 막힌 일이었다.

장건이 누가 또 없나 고개를 돌리고 있는 데 한 사람이 눈에 들어왔다.

이병.

이 모든 일의 시초나 다름없는 학사 이병만이 홀로 남아 있었다.

이병은 얼굴이 파랗게 질려서 다리를 달달거리고 떨어댔다.

장건이 고개를 돌려 이병을 보자, 이병은 놀라서 딸꾹질까지 했다. 장건의 노려보는 눈빛이 심상치 않아 심장이 콩알만하게 찌그러지는 것 같다.

사실 장건은 이병의 몸에서 위기를 거의 찾을 수가 없어서 눈에 힘을 준 것인데 이병은 그 눈빛을 착각했다.

철비각 종유까지 날아간 마당에 자신이 그런 주먹질을 맞으면 대번에 황천을 건네게 될 것이다.

이병은 주춤거리고 뒷걸음질을 치면서도 눈알을 이리저리

굴려냈다. 자신의 일행들이 모두 제압을 당하고 소림의 나한승들이 다가오는 것을 보면서 이병은 옳다구나 생각했다.

그가 크게 소리를 쳐댔다.

"어이구야! 천하제일 문파인 소림사에 부처님의 자비는 어디가고 천하의 대살성(大殺星)이 나타났구나! 무공도 모르는 고절한 선비가 죽어나기 일보 직전인데 소림의 중이란 작자들은 남의 일마냥 구경이나 하고 있으니, 아니 오히려 살귀(殺鬼)와 작당하여 애꿎은 이들을 핍박하고 있으니 이 얼마나 통탄스러운 일이더냐!"

나한승들이 흠칫했다.

구경꾼들도 혀를 내둘렀다.

이제껏 벌어진 상황을 모두 본 그들이었으나, 이병의 말을 들으니 섬뜩해졌던 것이다.

강호의 소문이란 무섭다.

이병은 짧은 세치 혀로 지금 일어난 일들이 모두 소림의 탓인 양 호도하고 있는 것이다.

나한승들도 난감해졌다. 이대로 손을 썼다가는 정말로 뭔가 잘못된 누명을 쓸 것만 같다.

나한승들이 다가오지 않자 이병은 사람들이 들으라는 듯 더 크게 소리를 질렀다.

"오오, 통재라! 이것이 백도 무림의 정의를 외치던 그 소림이 맞단 말이냐! 지금 본인이 이대로 억울하게 죽는다 해도 강호의 안녕을 걱정하여 결코 편히 눈을 감지는 못하리로다."

이병의 입장에서는 소림의 나한승들에게 잡혀간다 해도 장건에게 얻어맞지 않으면 그쪽이 다행이라는 생각이었다.

장건에게 맞은 청년들, 특히나 철비각 종유는 그가 감히 엄두도 내지 못할 고수였는데 한 방에 나가떨어졌다. 그렇게 나가떨어진 이들은 일어서지도 못할 정도의 중상을 입은 듯하다.

그런데 무공을 익히지 않은 평범한 그가 장건의 주먹에 맞으면 어떻게 될지, 상상만 해도 끔찍한 것이다.

장건은 가만히 있고 나한승들도 어쩔 줄 모르니 이병은 왠지 자신감이 들었다.

이병이 장건을 손가락질하며 외쳤다.

"네 이놈! 서창 이씨 38대손 이병, 25년간 대나무처럼 굳은 절개를 지키며 살아온 본인을 너무 호락호락하게 보았느니라! 너는 당장이라도 뭇 호걸들의 앞에서 무릎을 꿇고 대죄를 고하는 게 좋을 것이다!"

이병은 말을 하면서도 슬금슬금 뒤로 물러나고 있었다. 그러다가 등에 뭔가와 부딪쳤다.

툭.

"어떤 견자(犬子)가 감히 선비의 길을 막느……, 응?"

다리가 풀려 하마터면 넘어질 뻔했던 이병이 뒤를 돌아보았다.

"헉!"

풍채가 좋은 장도윤이 길을 막고 서 있었던 것이다.

장도윤이 이병의 멱살을 잡고 번쩍 들어올렸다. 딱히 무공을 배운 건 아니지만 비실한 이병에 비해 장도윤의 덩치가 두어 배는 더 된다.

장도윤이 장건을 보며 말했다.

"이런 놈에게까지 네 손을 더럽힐 필요는 없을 거다."

이병이 발악했다.

"이 돈만 밝히는 천한 상인이 어디……."

장도윤이 별 말도 없이 주먹을 치켜들었다.

이병의 눈이 놀라 커졌다. 다급한 나머지 말투가 손바닥 뒤집듯 순식간에 바뀌었다.

"이, 이보시오! 마, 말로……!"

장도윤이 눈에 불을 켜고 소리를 질렀다.

"안됐지만 돈만 밝히는 무지렁이 상인 놈은 고결하신 선비의 말 따위 모르오! 받았으니 갚아야 한다는 것만 알지!"

장도윤은 말이 끝나기가 무섭게 살이 붙은 커다란 주먹으로 이병의 얼굴을 힘껏 쳤다.

빡!

"우아악!"

이병의 얼굴이 돌아가며 입술이 터져 피가 흘렀다. 손발을 허우적거리면서 어떻게든 장도윤에게서 벗어나려 했다.

그러나 장도윤은 멱살을 쥔 손을 놓지 않았다.

"대…… 대협! 대협! 제발 이것 좀 놓고……."

이빨이 부러져 바람이 샌 소리를 내면서도 구걸하는 이병이었으나.

"대협은 무슨……. 본인은 그냥 천한 상인이올시다!"

장도윤은 가차 없이 한 번 더 주먹을 날렸다.

퍼억.

이병은 뒤로 자빠지며 굴렀다.

백학(白鶴)처럼 다려 입은 말끔한 옷이 구겨지고 더러워져 참담한 몰골이었다.

"에이이, 시원하다!"

장도윤은 손을 탁탁 털면서 장건을 바라보았다. 장건이 놀란 표정을 짓자 장도윤이 험험하고 헛기침을 했다.

"상인은 늘 받은 것 이상을 돌려줘야 하는 법이다. 돈이든 빚이든, 이자는 쳐야지."

장건의 얼굴에 서서히 웃음이 감돌았다. 구경꾼들 역시 장도윤의 호쾌한 성격에 가슴이 뻥 뚫리는 듯했다.

이병은 피로 범벅이 된 얼굴로 악에 받혀 소리를 질렀다.

"여기서 끝날 줄 아느냐! 내가 이곳에서 벗어나기만 하면 너희 놈들은 다……."

그런데 이병의 말처럼 거기서 끝이 아니었다. 장도윤하고는 비교할 수도 없는 거대한 힘이 이병의 뒷덜미를 잡고 들어올렸다.

"허, 헉! 또 누구냐!"

이병은 소스라치게 놀랐다.

호랑이 같은 눈으로 원호가 이병을 노려보고 있었다. 원호는 겨우 엄지와 검지, 두 손가락으로 이병의 뒷덜미를 잡고 들어 올린 것이다.

"아까 뭐라고 했지?"

이병은 상대가 소림의 고승인 것을 알고 마구 입을 놀려댔다.

"대, 대사! 대사께서는 명망 있는 승려이시온데 어찌 저 같은 선비를 핍박하려는 것이오!"

원호가 입술을 이죽이며 다시 묻는다.

"명망이고 나발이고, 아까 뭐라고 했느냐고 물었다."

"내가 언제 뭐라고 했……."

"족보도 없는 주먹질이라고?"

이병의 머리가 재빨리 회전했다.

'아차!'

소년에게 했던 말이 이 소림의 스님을 화나게 한 모양이다.

'그것이 소림의 무공!'

삼류 문파라도 자파의 무공을 보물처럼 여기는 마당에 소림처럼 자부심 높은 문파의 무공을 두고 그런 소릴 했으니 큰 실수가 아닐 수 없었다.

"나, 나는 그것이 소림의 무공인 줄 모르고……."

이병이 급하게 사과를 하려 했으나, 이미 원호는 이병의 변명을 들을 생각이 없었다.

"네놈이 감히 대소림의 무공을 짧은 혀로 농락하려 든 것이더냐!"

장건이 문각의 무공을 복원하여 한창 감동하고 있던 원호였다. 그런 와중에 이병의 말은 엄청난 분노를 일으키기에 충분했다.

"대, 대사! 그게 아니올시다!"

원호는 그대로 이병에게 분노를 쏟았다.

"시끄럽다! 네놈이 말한 족보도 없는 주먹질이 뭔지 보여주마!"

원호는 길게 주먹을 뒤로 뺐다가 그대로 이병의 안면에 시원하게 꽂아 넣었다.

뽀각.

내공은 쓰지도 않았는데 워낙 오랜 세월 수련을 한 주먹이라 한 방에 이병의 코가 주저앉고 이빨이 몇 개나 부러져 튀어 나갔다.

"끄윽!"

원호는 밀쳐내듯 이병을 집어 던졌다.

이병은 게거품을 물고 쓰러졌다. 개구리처럼 배를 까뒤집고 엎어져 팔다리를 바르르 떨었다.

"흥!"

코웃음을 친 원호는 곧 반장을 했다.

"나무아미타불."

불호를 외울 때의 어조는 마치 득도한 고승처럼 나직하고 엄숙해서, 방금 전의 모습과는 딴판이었다.

장건과 장도윤은 물론이고 사람들은 완전히 넋이 나갔다.

"쿡……."

남궁상은 자신의 곁에서 들려오는 소리에 깜짝 놀라 고개를 돌려 보았다.

늘 무표정했던 남궁지의 얼굴 근육이 꿈틀대고 있었던 것이다.

"아하하하!"

사람들의 눈길이 남궁지와 남궁상을 향했다.

모두가 말을 잃은 와중에 까르륵 웃어대는 남궁지 때문에 남궁상은 적이 당황했다.

"그, 그만 웃지 못하겠느냐? 이게 어디 웃을 일이라고!"

하지만 남궁지는 참지 못하겠다는 듯 배를 잡고 마구 웃어댔다.

"꺄아하하하하!"

눈물까지 찔끔 흘려댄다.

'진짜 미치겠구나. 집안 어른들은 대체 왜 이런 정신 나간

애를 데려 가라고 해서······.'

그렇다고 모른 척할 수도 없는 노릇, 남궁상은 이마에 맺힌 땀을 닦느라 정신이 없었다.

남궁지가 웃음을 멈추고 장건을 바라보았다.

남궁지의 웃음소리 때문에 장건 역시 남궁지를 보다가 눈이 마주친다.

남궁지는 장건의 눈길을 피하지 않았다.

남궁지의 입가에 자그마한 미소가 걸렸다.

소란은 끝났다.

어느덧, 해가 중천에 떠 있었다.

길바닥 위에서 쓰러져 있는 백여 명의 청년들도 평온하고 나른한 얼굴로 내리쬐는 햇살을 즐기며 잠든 듯했다.

물론 거기에는 강호제일미 백리연도 포함되어 있었다. 그녀도 팔다리를 쭉 뻗은 채 자신의 집인듯 편안히 잠들어 있었다.

* * *

불목하니 노인, 문원은 아주 멀찍이서 그 같은 광경을 지켜보고 있었다.

늘 사람들의 이목에서 자신을 드러낼 수 없는 문원인 까닭에 그에게는 거의 유일무이한 대화 상대가 바로 장건이었다.

"사형······."

문원의 노안에 어스름히 물기가 맺힌다.

"사형의 분신이나 다름없던 무공이 나처럼 잊혀질까 그렇게 안타까웠는데…… 저 아이가 결국 해냈수."

문원은 나이도 잊고 눈물을 훔쳐냈다. 그래도 입가에는 웃음이 걸려 있다.

"내가 사람 하나는 잘 보나 보오. 저 아이가 뭔가 하나는 해줄 것 같더라니까. 아, 저 녀석이 소림에 떡하니 버티고 있으면 이제 누가 소림을 우습게보겠소?"

문원은 코까지 팽 풀었다.

"이 질긴 목숨이 왜 안 끊어지나 했더니만 이런 광경을 보라고 붙어 있었나 봅니다."

문원은 눈물 콧물을 다 닦고 뒷짐을 지었다.

중천에 뜬 해가 소림 본산을 찬연히 비춘다.

"사형……. 나도 이제 좀 편히 눈을 감을 수 있겠습니다. 그러니 사형께서도 이제 마음 푹 놓고 쉬시구려."

세월의 무게와 회한이 담긴 문원의 혼잣말이 아스라한 바람을 타고 공중으로 날아올랐다.

제5장

혼인은 과연 인륜지대사요

 소림의 정문에서 일어난 대사건을 본 뭇 중인(衆人)들은 충격에 휩싸였다.
 소림의 승려들이 쓰러진 백여 명의 청년들을 경내로 옮기고 상황이 거진 정리된 후에도 얼떨떨하기만 했다.
 겨우 열댓 살이나 되어 보일까 말까 한 소년이 건장한 청년 백여 명을 상대로, 그것도 철비각 종유라는 손꼽는 고수까지 덤으로 끼워서 쓰러뜨린 것이다.
 그때까지만 해도 대부분의 사람들이 장건이 누구인지 전혀 예측하지 못했다. 그도 그럴 것이 청성일검 풍진의 검을 받은 아이가 있다는 소문을 들었을 때 그들의 머리에 떠올랐던 형상과 장건의 외모가 전혀 달랐던 탓이다.

타고난 무골이라는 건 일반인이 보기에도 범상치 않아야 한다. 부리부리한 호목(虎目)과 먹물을 듬뿍 찍어 짙게 일획(一劃)을 그은 것 같은 용미(龍眉)……. 그런 것들이 그들이 생각한 상상 속의 인물이었다.

아무리 나이가 어리다 하더라도 싹수라는 것이 있지 않은가!

그런데 뭇 여성들을 설레게 하는 남성다운 이목구비에 단단하고 건장한 체격은 어딜 가고, 작고 마른 체격에 평범한 소년만이 있을 뿐이었다.

그런 소년을 보고 풍진의 검을 받아냈다는 사실과 연관시키기는 참으로 어려운 노릇이었다.

더구나 소년의 무공은 그들이 알던 일반적인 소림사의 무공과는 전혀 달랐다.

과격할 정도로 강맹하고 절도 있는 동작을 위주로 하는 소림의 무공이 아니었다. 그냥 툭 하고 주먹만 대면 뻥뻥거리며 상대가 나가떨어졌다.

아무리 잘 봐줘도 그런 수법은 내가중수법의 일종이라고 밖에 볼 수 없었다. 하지만 그 나이에 내공 소모가 심한 내가중수법으로 수십 명을 상대한다는 것도 어불성설(語不成說)이었다.

계산을 좋아하는 한 무인은 사람 한 명을 일격에 날려 보내는 데 필요한 내공을 따져보았을 때, 백 명을 상대했다면 적어도 내공이 무려 5갑자에 달할 것이라고 추측하기도 했다.

갖은 억측이 난무하는 가운데 소년의 정체가 장건이라는 것이 밝혀졌고, 한 작은 문파의 나이 많은 장로에 의해 장건이 사용한 무공이 아무래도 백보신권인 것 같다는 조심스러운 의견도 제시되었다.

하지만 어디까지나 대부분은 추측이었을 뿐, 사실은 아니었다.

사람들은 소림의 공식적인 발표를 기다렸다.

심지어 몇몇은 대놓고 소림에 항의를 하며 빠른 입장 표명을 촉구했다.

그만큼 장건은 현 강호 최고의 화두였다.

소림으로서는 참으로 즐거운(?) 고민을 하게 된 것이다.

* * *

급한 대로 마련된 지객실의 방 안에서, 장도윤은 탁자 하나를 두고 건너 앉아 있는 장건을 가만히 보았다.

8년 전, 장도윤이 기억하고 있던 아들이 아니었다. 아직은 아이 티를 채 벗지 못했으나 그래도 어른이 되어가는 과정에 있는 중이었다.

하지만 장도윤은 장건이 약간 왜소해 보이는 것에 가슴이 아팠다. 아무래도 절이다 보니 육식을 할 수 없어 그런 모양이다.

"어디 아픈 덴 없고?"

"네. 괜찮아요."

장건은 쑥스러워하면서 머리를 긁적였다. 여기저기를 베이고 다쳤지만 지난번처럼 이번에도 장건의 몸은 스스로를 빠르게 회복시키고 있었다.

"흠흠."

장도윤이 괜한 헛기침을 했다.

8년에 가까운 시간이 지나 대면한 부자지간이었다. 약간의 어색함은 있었으나 마음까지 멀어진 것은 아니었다.

하나 장도윤은 다음 말을 잇지 못했다.

조금 전까지 벌어졌던 일을 어떻게 받아들여야 하나 고민스러운 것이다.

사실, 장건이 천하제일 문파인 소림에서 무공을 배운다고 했을 때 이런 결과까지는 바라지 않았었다. 그저 무공을 배워 건강해지고 소림의 간판을 달아 덕이나 좀 볼 수 있으면 다행이라고 생각했다.

속가 제자라는 신분이 어떤 문파에서나 그렇듯 딱히 대접을 받는 자리가 아니라는 걸 장도윤도 알고 있었기 때문이다.

하지만 지금의 장건은 상인이라기보다는 무인에 가까웠다. 아니, 완벽한 무인이었다. 그것도 장도윤은 상상하지도 못할 만큼의 무공을 배워서 말이다. 더구나 장건을 위해 배분이 높아 보이는 승려-원호-가 직접 나서기까지 했다.

장가장이 상인의 가문이 아니라 무가였다면 쌍수를 들고 환영할 만한 일이었을지도 모른다. 하나 장도윤은 무림의 생리에 대해 어느 정도 알고 있었기에 그게 더 걱정되었다.

칼끝에 목숨을 두고 사는 무림인들이었다. 평범한 민초들은 상상도 하지 못할 작은 원한을 가슴에 품었다가 몇 대에 걸쳐 복수를 하기도 한다.

그런 세계에 하필 독자인 장건이 들어서게 된 것이다.

장도윤은 속으로 한숨을 길게 내쉬었다.

'부인이 알면 기겁할 텐데……'

8년 만에 만난 부자지간 치고는 말이 너무 없어 삭막하기까지 했다.

장건이 조심스럽게 물었다.

"아빠?"

"응?"

장도윤은 상념에서 깨어나 장건을 보았다.

"이놈아, 다 큰 놈이 아빠가 뭐냐, 아빠가. 아버지라고 불러야지."

"아버……지……. 으! 이상하다."

아빠라고 불러본 지도 오래됐으니 아버지란 말은 더더욱 입에 붙지 않았다.

"근데 왜 불렀냐?"
"아니, 말씀이 없으시길래요. 화나셨나 하구요."
"흠……."
장도윤은 부드러운 웃음을 지으며 말했다.
"화가 난 게 아니라 너에 대해서 잠깐 생각하고 있었단다."
장건이 머리를 긁으며 고개를 숙였다.
"역시 제가 무공을 배운 게 싫은 거죠?"
"솔직히 말하자면 아니라고는 못하겠구나. 게다가 네 혼인 상대도 모두 무가의 여식들이 아니냐. 이 애비는 가능한 강호의 일에 네가 말려들지 않았으면 했다만."
장건이 풀이 죽은 표정을 하자 장도윤이 갑자기 껄껄 웃었다.
"기죽을 것 없다. 사실은 이 애비가 잘못한 거지. 네가 소림의 속가 제자가 되는 건 환영했으면서 강호에는 발을 들이지 않았으면……, 했으니 말이다. 그게 어디 말이나 되는 일이더냐."
그제야 장건이 조금 기운을 냈다.
장도윤은 장건의 머리를 쓰다듬어 주고 싶었지만 다 큰 자식을 애처럼 대할 수는 없다고 애써 참았다.
"그런데 말이다. 무공을 배우니 좋냐?"
장건이 환한 안색으로 고개를 몇 번이나 끄덕였다.
"응. 좋아요. 정말 편해요."

장건이 말한 '편함'은 장도윤이 생각하는 것과 다르다. 장건에게 무공은 자신을 지키는 능력이기 이전에 쓸데없는 군더더기 없이 힘을 아끼며 살아갈 수 있도록 해주는 고마운 친구였다.

"네가 무시무시한 칼을 들고 있는 놈들을 뻥뻥 날려 버리는 걸 보면서 이 애비도 실은 피가 끓는 듯하더구나. 어찌나 속이 시원어언하던지 십년 묵은 체증이 쑥 내려가는 것 같았다."

장건이 이상하다는 투로 물었다.

"전 아빠한테 혼날 줄 알았는데요?"

"왜?"

"사람을 때리면 안 되잖아요. 나중에 관아에 신고해서 잡혀가면 어떡해요."

"흥, 그까짓 것 걱정 말거라."

장도윤은 집단폭행을 당할 뻔했던 비참한 순간을 떠올리며 코웃음을 쳤다.

"다 그쪽이 먼저 시작한 일이었다. 따지고 보자면 우리가 피해자이니 관부에서도 이해해 줄 거다. 게다가 천하제일 소림사에서 일어난 일이니 소림사에서도 잘 해결해 줄 것이고. 원래 관부에서도 무림인들간의 일은 어지간하면 간섭하지 않으려 드니 말이다."

장건은 아직 이해하기 어려운지 복잡한 표정이었다. 장도윤이 계속해서 말했다.

"사람은 말이다, 너무 참고만 살아도 안 되는 거야. 사람이 잘해 주면 고마운 걸 모르고 얕보는 사람도 있거든. 예의는 다 하되 우습게보이진 말거라. 그 방법이 무력이든 재력이든, 당한 만큼 그대로 돌려주어야 정신을 차리고 '아, 내가 잘못했구나' 하고 알게 되는 거다."

장건이 장도윤의 말을 다시 짚었다.

"당한 만큼 말고요. 이자까지 돌려 줘야죠."

장도윤이 빙그레 웃었다. 사람을 때리기 싫어하면서도 상인의 본분을 잊지 않는 장건을 보니 참으로 곧게 잘 컸다 생각이 든다.

장건에 대해 안 좋은 소문을 들었을 때에는 걱정이 태산 같았는데, 직접 만나고 보니 그런 걱정들이 다 부질없다는 걸 알 수 있었다.

"그렇지. 잘 알아들었구나. 그럼 걱정할 필요 없다. 다친 사람들은 내가 소림사의 스님들과 잘 얘기해서 해결하마."

장도윤이 자신의 넓은 가슴을 탕 하고 쳤다.

"아! 여차하면 이 애비가 치료비 물어주면 되지. 그깟 백 명? 아예 산 아래에 커다란 의방(醫房)을 하나 지어 버려서 거기서 다 치료하라고 해야겠다. 그러면 지들이 어쩔 거야?"

검소하게 살아왔던 장건은 생각하기도 어려운 배포였다. 장건도 잠깐 잊고 있었다. 중원에서 수위를 다투는 거대한 상단인 진상, 그 중에서도 운성방의 재력은 일반인이 넘보기 어려운 것이었다.

하지만 장건은 눈썹을 모으며 고개를 저었다.

"안 그러셔도 돼요. 제가 때린 사람 중에는 다친 사람 없어요. 왜 안 써도 되는 괜한 돈을 써요."

"뭐라고?"

장도윤은 장건의 얘기를 잘못 들은 줄 알았다.

사람이 하늘을 뻥뻥 날아다닐 정도로 맞았는데 다친 사람이 하나도 없다니?

"그, 그럼 다 죽은 거냐?"

엄청난 배포의 장도윤도 지금 순간에는 아찔했다.

장건이 웃으면서 다시 고개를 저었다.

"에이, 그럴 리가요. 그냥 며칠 쉬면 다 멀쩡히 일어날 걸요?"

"허······. 무슨 점혈인가 하는 그 무공이었나 보구나. 겉으로 보면 멀쩡한데 움직이지 못한다는 그······."

"그게 아니구요. 몸을 지키는 기운의 조화가 깨져서 그런 거예요. 그건 며칠 쉬면 저절로 회복이 되는 거거든요."

어차피 장도윤은 잘 알아듣지 못한다. 그저 대단하구나, 하고 생각할 뿐이다.

"허어, 거참. 신기한 무공이네. 나중에 우리 집 무사들에게도 좀 가르쳐 주거라. 사람을 다치지 않게 때려눕힌다니······. 정말 소림사가 아니면 배울 수 없는 대자대비한 무공이구나."

장건은 다른 사람에게 함부로 무공을 가르쳐 주면 안 된다는 걸 알고 있었지만 그냥 고개를 끄덕였다.

 장도윤은 흐뭇해졌다.

 "널 이렇게 번듯하게 키워주신 소림사에 내 크게 보답을 해야겠다. 급히 오느라 별로 준비를 못했는데 이보다 몇 배는 더 시주를 해야겠어."

 그러나 말이 준비를 못한 것이지, 장도윤이 끌고 온 수레에는 고가의 약재와 비단 등이 잔뜩 있었다. 남들에게 욕먹지 않을 정도로만 재화를 챙겨온 다른 사람들과는 단위가 달랐다.

 도감승 굉정이 장도윤의 희사 품목을 보면서 입을 다물 수 없을 정도였으니, 실로 대단한 양이 아닐 수 없었다.

 장건은 장도윤의 말에 잠시 움찔했다. 아끼는 것은 장건에게 본능과도 같은 일이라 쉬이 조절할 수 있는 게 아니었다.

 "바, 방장 대사님께서 좋아하시겠네요."

 "넌 왜 갑자기 말을 더듬는 거냐?"

 "괘, 괜찮아요. 가, 가끔 그냥 이럴 때가 조, 좀 있어요."

 장건은 웃으면서 머리를 긁었다.

 장도윤이 '녀석……' 하고 즐겁게 웃다가 갑자기 생각난 듯 말했다.

 "아참, 그런데 말이다."

 "네."

 "저 밖에 있는 처녀들 중에 누가 네 혼인 상대냐?"

장도윤이 손가락으로 가리킨 지객실의 밖에는 수많은 사람들이 우글거리고 있었다.

 장건과 장도윤이 간만의 해후를 마음껏 즐길 수 있도록 소림의 승려들이 접근을 막고는 있었지만 시끄러운 소음만큼은 어쩔 도리가 없었다.

 혼자서 백 명이 넘는 무인들을 쓰러뜨린 소림의 영웅, 그것도 승려가 아니라 '속가!' 제자를 본 여인들의 방심(芳心)이 흔들리지 않았다면 그건 거짓말이다.

 아니, 설사 마음이 혹하지 않았더라도 호기심이든 관심이든 생길 수밖에 없는 노릇이다.

 그것이 이렇게 장건과 장도윤이 있는 지객실 밖에 여인들이 몰려든 이유다.

 "아! 저기요! 밀지 좀 마요!"

 "아얏! 내가 밀고 싶어서 미는 게 아니거든요?"

 "진짜 자꾸 밀 거예요?"

 "어멋? 누가 날 만지는 거얏!"

 온갖 말들이 다 들렸다.

 소림의 승려들은 난감해서 어쩔 줄 몰랐다. 여인이라고는 가까이 하기도 어려운 승려들에게 혼기가 찬 여인들이 온갖 꽃내음을 풍기며 밀려드니 혼이 다 달아날 지경이었다.

 손을 대어 밀어내지도 못하고 그냥 얼굴을 붉히면서 '아미타불'을 연신 읊조리며 밀려나다가 아예 문 바로 앞까지 밀린 상태였다.

때문에 수십 명이나 되는 여인들이 지객실 바로 앞에서 웅성거리며 떠드는 소리가 아까부터 들려오고 있었다. 여인들이 있으니 남자들이 몰려든 것도 당연한 일, 좁지 않은 지객실 앞마당은 상당한 인파로 바글거리는 중이었다.

장건이 밖의 소음을 신경 쓰며 말했다.

"아까까지는 같이 있긴 했는데요."

"아, 그럼 들어오라고 해야지. 우리 며늘아기가 될 처녀들을 애비한테 인사는 시켜야 하지 않으냐. 네 엄마는 그냥 빨리 손주가 보고 싶다고 난리더구나."

"엄마도 참."

"미리 물어보는 거다만, 그 중에 네가 점찍은 아이는 있고?"

장건은 또 머리를 긁적거렸다.

"어, 그러니까 저는요……, 음."

장도윤은 내심 마음이 놓인다. 이런 착한 아들에게 어떻게 남의 집 여식을 겁탈했다는 둥의 헛소문이 났는지 그게 다 의아하다.

"전 그냥 아빠엄마가 마음에 들어 하는 여자랑 혼인할래요."

장건의 그 말을 밖에 있던 여인들은 모두 들을 수 있었다. 귀가 솔깃해지는 말이었을 터다. 여인들은 조금이라도 가까이에서 다음 말을 듣기 위해 더욱 거세게 승려들을 몰아 붙였다.

밖의 상황이 얼마나 심각한지 예측하지 못한 장도윤이 웃으면서 혀를 찼다.

"에이, 쯧쯧. 요즘이 어떤 시대인데, 이 녀석아."

장도윤은 장건이 기특해서 장난스럽게 머리를 콩 때렸다. 장건은 절로 몸이 반응해서 피할 뻔했지만 가만히 머리를 장도윤의 주먹에 가져다댔다.

"그럼 스님들께 좀 부탁을 해서 들여보내라고……."

그러나 그 말이 끝나기도 전에.

우지끈!

방문이 부서지면서 사람들이 우르르 쏟아졌다.

"꺄악!"

"나, 나 살려!"

소림의 승려들이 밀려드는 여인들을 막지 못해 결국 문이 부서진 것이다.

승려들은 여인들의 푹신한 몸들에 파묻혀 눈이 돌아갈 지경이었다. 마냥 누워 있고 싶은 마음에 여인들을 밀쳐내고 일어날 생각도 못했다.

장도윤은 '허허' 하고 허탈한 듯 웃었다.

"우리 건이가 이렇게나 인기가 좋았구나. 날 닮아서 그럴 줄은 알았다만."

"제가요?"

"그럼 저 처녀들이 너 말고 날 보러 왔을까? 아무리 내가 인

혼인은 과연 인륜지대사요 153

기가 좀 있어도 그건 소싯적의 얘기지, 녀석아."

여인의 홍수.

지금 장건이 처한 상황은 딱 그것이었다.

영문을 모르는 장건은 눈을 동그랗게 떴고, 장도윤은 껄껄대며 마음껏 웃었다.

"일단 넘어진 사람들을 좀 도와야겠다."

장도윤이 일어서서 여인들을 부축했다.

밀려서 넘어진 여인들과 승려들이 끙끙대며 일어섰다. 그러나 한 번 들어온 여인들은 나갈 생각을 하지 않았다.

어떻게든 장건과 장도윤의 눈에 들어야겠다고 생각한 이도 있었고, 좀 더 가까이서 지켜보고 싶어 남은 이들도 있었다.

승려들이 홍조 가득한 얼굴로 여인들을 설득하려 했다.

"여시주들께서는 나가 주십시오."

"이러시면 곤란합니다."

그러나 여인들은 들은 척도 하지 않고 자리를 지켰다. 승려들은 뭇 여인들에게 둘러싸여 얼굴도 제대로 들지 못했다. 원래 남자는 여자들이 많은 곳에서는 눈을 마주치는 것도 힘들어 하는데, 하물며 그들은 승려인 것이다.

'소림에 언제 이런 적이 있었어야지!'

이제껏 소림에 찾아온 여시주들은 불공을 드리기 위해 경건한 마음으로 조신하게 행동했다. 그래서 승려들도 별다른 어려움을 느끼지 못했다.

하지만 지금 찾아온 여인들은 다들 불공보다는 다른 데 목적이 있는데다, 아직 스물도 안 된 꽃다운 처녀들이다 보니 아무래도 조신하게 행동하지 못했다. 소녀 특유의 작은 반항심과 장난기가 집단으로 발동했다고 해도 무방한 사태였다.

장도윤이 또 껄껄 웃었다.

"내버려두시오."

"하지만······."

승려들은 한숨을 쉬며 한쪽으로 물러났다.

장도윤이 말했다.

"그래. 소저들 중에서 누가 우리 건이와 혼인을 한다고 했소? 너무 사람이 많아 누가 누군지 모르겠으니 조금만 앞으로 나와 주면 좋겠소이다만."

그때까지 마음만 졸이고 있던 제갈영은 장도윤의 말에 정신이 퍼뜩 들었다. 제갈영과 함께 있던 당예도 이리 밀치고 저리 밀쳐지고 하다가 눈을 크게 떴다.

"제, 제가······!"

하지만 제갈영이나 당예보다도 먼저 앞으로 나선 소녀가 있었다.

차분하게 길러 내린 새까만 흑발을 뒤로 하고 종종 걸음으로 장도윤의 앞에 나아가 살포시 고개를 숙였다.

"처음 뵙겠어요. 남궁가의 지라고 해요."

"응? 남궁가?"

장도윤의 눈이 돌연 크게 떠졌다.

장도윤이 마른침을 꿀꺽 삼키고는 물었다.

"혹시 괄공(适公) 남궁 씨요?"

남궁지가 대답 없이 살짝 끄덕였다.

장도윤은 내색하지 못했지만 깜짝 놀랐다.

안휘의 남궁가라면 팔대 세가의 수위를 차지하고 있어 가히 강호제일세가로 불릴 만한 곳이다. 게다가 우내십존의 일인인 검왕 남궁호가 있다.

문인들보다야 덜하지만 무인들 역시 상인들을 경시하는 풍조가 강하다. 특히나 전통 있는 무가는 상인들을 업신여기는 경우가 허다하다.

그래서 장도윤의 재산이 적지 않음에도 실력 있는 무인들을 호위무사로 고용하기가 쉽지 않은 것이다. 무인들 사이에서도 격이 있어 상인의 돈을 받고 호위 노릇을 하는 무인들을 하류라 보는 탓이다.

장도윤이 오랜 상인 생활의 경험으로 딱 보아하니 남궁지의 외모가 보통이 아니다.

작은 얼굴에 커다란 눈과 작고 도톰한 붉은 입술은 아담한 키에 너무나 잘 어울린다. 얼굴에 별다른 표정이 없어 조금 아쉽지만, 눈도 깜박하지 않고 가만히 서 있으니 사람이 아니라 인형이라고 해도 믿을 것 같았다.

'허어, 이거 참. 이런 아이라면 남궁가에서도 애지중지할

만한 아이일 터인데.'

무가들 간에도 정략결혼이 성행한다. 남궁지라면 능히 어떤 가문으로 가더라도 이쁨을 받을 만했다.

'이런 아이가 우리 며느리가 된다?'

장도윤은 굳이 아들의 혼인에 가문의 손익을 따지고 싶지 않았으나, 남궁세가라면 여러 가지를 염두에 둘 수밖에 없었다.

'혹시 남궁가에서 우리 재산을 탐내나?'

적어도 크게 손해 볼 일은 없다. 강호에서 남궁가의 위세를 등에 업는다면 운성방은 두려울 것이 없다.

그러나 장도윤이 생각을 마치기도 전에 다른 여아가 앞으로 나섰다.

"안녕하세요. 제가 서방……, 아니, 건 오라버니의 첫째 부인이 될 제갈영이에요."

장도윤은 소문에 듣던 제갈가의 아이가 바로 앞에 있는 제갈영이라는 걸 알았다.

'첫째 부인?'

장도윤이 제갈영의 표정을 보아하니 생동감이 넘친다. 장건이 억지로 몸을 탐했다거나 무슨 실수를 했다면 이런 표정이 나올 수가 없다.

'아무래도 이 아이가 장건을 좋아해서 스스로 부인이라고 자처하다 보니, 그런 소문이 돈 모양이구나.'

남궁가에 비할 바는 아니나 제갈가 역시 무림에서는 손에 꼽는 알아주는 가문이다. 대대로 지모가 뛰어난 가문이라 황궁에까지 연줄이 닿아 있다. 운이 좋다면 황궁과의 엄청난 거래에 도움이 될지도 모른다.

게다가 앞에 나선 아이 역시 뛰어난 외모를 가지고 있었다. 남궁지가 너무 조용하고 표정변화가 없어 차가운 느낌이 든다면, 제갈영은 발랄하고 귀여운 면이 있어 절로 웃음이 지어지는 아이다.

'허어……'

장도윤은 생각보다 일이 복잡하다는 걸 깨달았다.

소림에 올 때까지만 해도 장건에 대한 걱정으로 머리가 복잡해 미처 생각지 못한 부분이었다.

남궁가와 제갈가, 그 둘은 모두 강호에서는 명망 있는 세가들이다. 그 중에서 하나를 고른다면 다른 한쪽은 필히 크게 자존심이 상할 것이다.

가문의 명성과 후환이 두려워서라도 쉽게 선택할 수가 없었다.

그러나 아직 끝이 아니다.

둘 중에 하나만 고르라고 해도 골치가 아픈데, 다른 아이가 또다시 나섰다.

"처음…… 뵙겠습니다. 사천에서 온 당예……라고 합니다."

당예는 살짝 기세가 죽어 있었다. 장건의 부친을 만나기 전에는 큰 걱정을 하지 않았으나, 장도윤의 성격도 보통이 아니라는 걸 알면서 많이 위축되었다.

장도윤 같은 화통한 성격의 사람이 자기 아들에게 해코지를 하려 했던 당가에 대해 좋은 생각을 품을 리 없으니 말이다.

그러나 장도윤은 연이어 충격을 받아 정신을 놓을 지경이었다.

'아차! 당가도 있었지!'

사천의 당가는 뒤끝이 지독하기로 유명하다. 남궁가나 제갈가의 혼담을 거절한다면 그나마 대놓고 어쩌지는 못할 테지만, 사천 당가는 그러고도 남을 집안이다.

하루아침에 온 식솔들이 다 해골이 되어 뒹굴지도 모르는 일이었다.

장도윤의 안색은 점점 죽어간다.

장도윤은 장건이 꽤 센 무공을 배웠다는 정도만 알지, 장건의 무공 수위가 어느 정도인지는 모른다. 그래서 내로라하는 세가들이 장건의 혼사에 결부되어 있을 거라고는 생각지도 못했던 것이다.

자신에게 달려든 청년 무인들 백 명을 물리친 거나, 파락호 백 명을 물리친 거나 장도윤에게는 같은 일이었다. 호위무사도 어쩌지 못한 이들을 장건이 보란 듯 해치운 게 다 소림의 대단한 무공을 배워서 당연한 줄 알았다.

'이거 야단났구나!'

역시나 소림의 속가 제자라는 간판 정도만 다는 게 제일 좋았다. 가뜩이나 무림과 크게 연루되는 것이 좋지 않다 생각한 장도윤에게 이 세 소녀의 존재는 재앙의 덩어리나 다름없는 것이었다.

하지만…….

"앞에 좀 비켜봐. 구경만 할 거면 좀 나가줘야 뒷사람이 불편하지 않을 거 아니니? 아…….."

소림의 정문 안으로 들어오면서 창을 빼앗긴 양소은이 투덜거리면서 소녀들을 밀치고 앞으로 나왔다. 부친인 양지득의 협박에 못 이겨 어거지로 소림에 온 그녀였으나, 눈치는 있었다.

차후에야 어떻게 되든 지금 나서지 않으면 나중엔 기회조차 얻지 못할 터였다.

장도윤은 어질해진 눈을 들어 양소은을 쳐다보았다.

양소은도 이런 일에 나서서 자신을 소개하는 건 체질에 맞지 않아 뻘쭘했다.

"안녕하세요. 저는 양가장에서 온 양소은이라고 하구요. 음, 나이는 좀 많지만……, 잘 부탁드려요."

장도윤의 눈이 더 휘둥그레졌다.

"양가장? 제남의 그……?"

"네. 맞아요. 아시는군요?"

"조금 알긴 아오만……."

"아, 다행이다. 그럼 따로 설명 안 드려도 되겠군요. 여기 나온 애들이 다 쟁쟁한 가문의 딸내미들이라서 전 또 모르시면 어쩌나 걱정을……. 아니, 제가 딱히 걱정한 건 아니구요."

그러나 장도윤은 양가장의 장주가 사대명창 중 하나라 알고 있는 게 아니었다.

양가장과 거래하던 동료가 작은 실수를 했는데 그게 하필 남궁가와 관련이 있었다. 당연히 남궁가와 원수지간인데가 성질까지 더러운 양지득이 가만히 있을 리 없었고, 동료 상인은 며칠 누워서 일어나지도 못할 정도로 두들겨 맞았던 것이다.

그래도 무림인이 아니라 일반인이라고 신경을 써서 때렸는지 뼈가 부러지거나 내장은 안 상했는데, 오히려 그게 죽는 것보다 더 고통스러웠다고 했다. 발끝부터 잘근잘근 칼로 다지는 느낌이었다고 했다.

병석에 누워 눈물을 줄줄 흘리던 동료의 모습을 장도윤은 똑똑히 기억하고 있었다.

"괜히 무림인들이 다져 버린다는 말을 입에 달고 사는 게 아니더구만. 흑흑……, 잔인한 놈들 같으니……. 크흑흑."

뒤끝으로 따지자면 당가나 양가장이나 그놈이 그놈이었다.
'맙소사…….'
장도윤은 눈앞이 노래졌다. 길쭉길쭉하니 시원시원한 몸매와 이목구비를 가진 양소은의 외모에는 신경 쓸 겨를도 없었다.

'혼인이 아무리 인륜지대사(人倫之大事)라고 해도 이렇게 어려울 줄이야.'

장도윤은 거상(巨商)이다.

한 번에 수만 냥, 수십만 냥의 돈을 주고받기도 하고 연중 수백만 냥 이상의 거래를 한다. 그만큼 담도 크고 배포도 상당하다. 그런 장도윤으로서도 가문의 위기를 느낄 정도로 압박감을 크게 느끼고 있었다.

그런데 일은 거기서 끝나지 않았다.

하나둘도 아니고 넷이나 나서자, 다른 소녀들도 서로 눈치를 보다가 너도나도 나선 것이다.

그녀들은 무공이 뛰어나기로 유명한 백리연의 추종자들 백 명을 쓰러뜨린 장건의 모습을 똑똑히 보았다. 심지어는 손꼽는 고수 종유까지도 장건의 일권을 버티지 못했다.

'소문이 사실이었어!'

'오히려 소문이 모자랄 정도야!'

저런 인재를 데려갈 수 있다면 그녀들의 가문이 팔대세가에 합류하는 건 시간문제였다. 이런 상황에서 알량한 자존심이나 체면은 있으나 마나한 것이었다.

어차피 남궁가나 제갈가 같은 대단한 가문의 여식들이 있는데 자신들이 어떻게 해보긴 힘들 터였다.

되면 좋고 아니면 마는 건데 말 한 마디 해보는 게 어려운 일은 아니지 않은가.

게다가 왜소해서 딱히 매력적이라고 할 수 없음에도 불구하고 정말로 장건에게 반한 소녀들도 있었다. 일부는 장건을 '위험한 매력을 가진 남자'라 생각하기도 했다.
　곧 이런저런 자신만의 이유를 가진 소녀들이 우후죽순으로 나서서 자기를 소개했다.
"전 산동에서 온……."
"제산 황룡장의……."
"아버님, 처음 뵙겠어요. 저는……."
　성격이 활발하고 자신감 있는 소녀들이 차례대로 나서서 장도윤에게 인사를 건네자, 소심하고 내성적인 소녀들까지 분위기에 휩쓸려 앞으로 나섰다.
"소녀의 15대 선조께서는 한림학사를 역임하시고……."
"저희 집은……."
"저는……."
　서로 먼저 자신을 알리려고 난리다.
　장도윤은 입을 벌리고 다물지 못했다.
"어허허…… 허허허허."
　어느 순간부터인가 소녀들이 재잘재잘 내뱉는 말들이 귀에 하나도 들어오지 않았다.
　황당해진 것은 장도윤만이 아니다.
　제갈영과 당예는 기가 막혀서 말문이 다 막혔다.
　원래 따지고 보자면 그 둘, 덤으로 남궁지까지 해서 셋 중에

혼인은 과연 인륜지대사요 163

한 명이 결정되어야 했다.

그런데 벌써 스무 명이 넘게 혼담을 위해 왔다며 소개를 하고 난리였다.

'아니, 이것들이 단체로 미쳤나!'

'건이 오라버니는 내 거야! 너희들이 왜 무슨 자격으로 혼인을 하겠다는 거냐고!'

제갈영과 당예는 순간 마음이라도 맞은 것처럼 남궁지를 째려보았다.

'아까 저 애, 일부러 막 웃어서 건 오라버니의 시선을 끌었지?'

더구나 가장 먼저 나섬으로써 확실히 장도윤의 머리에 각인을 시켜 주었다. 그 뒤에 나온 이들은 어쩔 수 없이 존재감이 묻힐 수밖에 없었다.

'저 계집애! 생긴 건 새초롬하니 숫기도 없게 생겨가지고, 의외의 경쟁자였어!'

제갈영과 당예는 이를 악물었다.

앞길이 순탄치는 않을 거라 예상했지만 솔직히 이건 좀 너무하다 싶었다. 그 순간에도 자신을 소개하는 여인들과 소녀들의 행렬은 계속해서 이어지고 있었다.

*   *   *

소림으로 들어오면서 숙소를 따로 배정받아 남궁지와 헤어졌던 문사명은 남궁지를 찾아 헤맸다.

 그러다가 여인들과 뭇 남자들이 잔뜩 몰려 있는 것을 보고 그곳으로 향했다. 문이 부서져 있는데다 웅성거리기까지 하니 문사명은 불길한 예감이 들었다.

 "비키시오!"

 문사명은 신법까지 쓰면서 도약하여 사람들의 머리 위를 지나쳐 부서진 문 안쪽으로 들어섰다.

 남궁지는 그곳에서 무슨 시험이라도 받듯 앞에 서 있었다. 딱히 다치거나 큰일은 없는 모양이었다.

 "남궁 소……."

 반가운 마음에 남궁지에게 말을 건네려 했지만 남궁지는 빤히 문사명을 바라볼 뿐이었다. 그리고 그 옆으로 쭉 서 있던, 바깥을 원을 둘러 서 있던 여인들도 같은 눈빛으로 문사명을 보았다.

 마치 중요한 밀담을 나누던 도중에 갑자기 끼어들어 말이 뚝 끊긴 듯한 분위기였다.

 문사명이 왜 그런지 몰라 당황하다가, 앞 탁자를 끼고 서 있는 장건과 장도윤을 보았다.

 머리가 너무 복잡해서 시야까지 흐려져 있던 장도윤이 퀭한 눈으로 고개를 들었다.

 "이번엔 또 누구……신가?"

 문사명은 '아차' 싶었다. 그래도 장건과는 구면인데 방에 들어오자마자 남궁지가 아니라 어른인 그의 부친에게 먼저 인사를 했어야 하질 않은가.

'그래서 남궁 소저가 날 질책하는 눈빛을 보내셨군.'

문사명은 남궁지의 사려 깊음에 다시 한 번 속으로 감탄하면서 포권을 했다.

"인사가 늦었습니다. 저는 화산의 문사명이라고 합니다."

"……."

그러나 이상하게도 대답이 없다.

문사명이 어색하게 포권을 풀고 고개를 들었다.

아까보다도 더 분위기가 요상하다.

뭇 여인들은 물론이고 남자들까지도 문사명을 꺼림칙하게 쳐다보고 있는 것이다.

'왜들 이러지? 내 얼굴에 뭐라도 묻었나?'

사부와의 수련 때문에 걸레 같던 의복도 갈아입어 말끔하다. 문사명은 왜 사람들이 자신을 이상하게 쳐다보는지 알 수가 없었다.

그때 장도윤은 절망하듯 고개를 떨구었다.

"아무리 그래도 남자는……."

그리고 주변에 서 있던 여자들이 아우성을 치며 소리를 질렀다.

"남자든 여자든 새치기 말고 줄 서!"

제6장

화합의 장, 분열의 장

 장건이 부친인 장도윤과 만나 즐거운(?) 해후를 하는 동안에 소림의 수뇌는 긴급회의를 열고 있었다.

 강제 진압으로 큰 피해가 생길 줄 알았는데 생각보다 피해가 크지 않다.

 장건이 상대한 이들은 부상 없이 무력화되었으나 오히려 나한승들이 상대한 청년들의 부상이 더 심했다. 그러나 그것은 결코 부끄러운 일이 아니었다.

 오히려 장건이 상상할 수 없는 신위를 떨친 탓에 소림의 명성은 더 높아졌다.

 이번 일로 소림은 많은 것을 얻었다.

일부에서는 소림이 다시 한 번 천하제일 문파로서의 위치를 견고히 지켰다는 평가까지 나온 판이다.

세상에 어떤 문파에서 스무 살도 되지 않은 소년이 백 명의 무인을 상처 없이 쓰러뜨릴 수 있겠는가! 소림이니까 가능했다는 의견이 지배적인 것이다.

그럼에도 불구하고 회의에 참여한 이들 중 일부는 안색이 좋지 않았다.

대부분이 바로 원자배의 승려들이었다.

상황이 아주 묘하다.

소림의 평가가 높아진데다 문각의 백보신권까지 복원하였으니 좋아해야 당연하건만, 자신들이 그런 중대한 일을 몰랐다는 것이 못마땅한 것이다.

굉운이 말했다.

"알다시피 속가 제자 장건이란 아이에 대한 회의를 하기 위해 회의를 소집했네. 이미 들은 이도 있을지 모르나 건이는 문각 태사조의 진전을 이은 것으로 사료되네."

긴나라전주 원상이 굳은 표정으로 물었다.

"대체 그 아이가 어떻게 본문의 절기를 이었단 말입니까?"

말투에 가시가 있다. 문각의 진전이라 하지 않고 본문의 절기라 칭한 것은 속가 제자에게 비급을 전한 일에 대한 불만을 표한 것이다.

굉운이 담담하게 원상의 말을 받아 넘겼다.

"문각 태사조의 진전이 홍오 사숙이 아닌 굉목 사제에게 이어진 모양일세. 그러나 실제로 그 아이는 비급도 아닌 권자에 그려진 그림을 단 한 번 보았을 뿐이네."

"뭐라구요?"

여기저기서 반문이 튀어나왔다.

"문각 태사조께서는 당신의 심득을 글로 남기지 않으셨네. 한 장의 그림을 남기셨고, 현재 장경각에서 그림에 숨겨진 오의(奧義)를 해독하고 있다네."

당연히 대부분이 믿을 수 없다는 표정이다.

"굉봉 사숙께서 해(解)를 얻지 못하셨는데 그 아이는 도해(圖解)를 했다는 게 말이나 됩니까?"

굉운이 고개를 끄덕였다.

"나도 그림을 보았지만 딱히 특이한 점을 찾지 못하였네. 건이가 연(緣)이 닿았던 것일 테지."

모두가 경악을 금치 못하는 가운데, 지장왕전의 원림이 발언했다.

"방장 사백께서 왜 회의를 소집하셨는지 이유를 알지 못하겠군요. 그렇다면 사실대로 발표하면 그만이지 않겠습니까. 벌써 다수 문파의 명숙들이 사실 규명을 촉구하고 있습니다. 소림의 제자가 사마외도의 수법을 익힌 것이 아니냐, 그게 아니면 빨리 해명을 하라 말입니다."

대전에 모인 대부분이 고개를 끄덕였다. 그러나 굉운은 찬

찬히 고개를 저었다.

"한 가지, 문제가 있네."

"무엇입니까?"

"건이가 사용한 무공은 크게 보면 문각 태사조의 독문 백보신권과 궤를 같이하고 있지. 하지만 그 자리에서 직접 본 이들은 분명히 약간의 이질감도 느꼈을 것이네."

그랬다. 특히나 굉자배의 몇몇은 문각의 독문 백보신권을 직접 견식한 적이 있었다.

문각의 독문 백보신권은 한없이 부드러우면서도 그 안에 소림 특유의 강맹함을 지녔다. 게다가 백보신권이라 함은 원거리에서 더욱 위력을 발휘하는 수법인 것이다.

장건처럼 제자리에서 꼼짝도 않고 있다가 바로 앞까지 달려든 사람을 상대로 권을 사용하는 것을 백보신권이라고 하지는 않는다.

잠자코 있던 홍오가 굉운의 말을 거들었다.

"스승님의 백보신권은 엄청난 내공을 필요로 하는 수법이었다. 수십, 수백의 무인들을 상대로 하기에는 무리가 있지."

천불전주 원당이 '허!' 하고 기가 막히다는 표정으로 탄성을 냈다.

"그럼 장건이란 아이는 정확히 그림 속의 진전을 이은 게 아니란 말입니까?"

일부 승려들의 표정이 굳었다.

"어쩐지. 한 번 보고 깨달음을 얻었다는 게 말이 되지 않는다 생각했는데……."

백도문파는 정통성을 중시한다. 해서 오랜 역사와 전통 속에서 이어져 온 무공은 문파를 대변하기도 하는 것이다. 그러나 만일 장건이 길을 엇나가 문각의 무공을 잘못 익힌 것이라면 그것은 소림의 무공이 아니라 사마외도의 수법이라 불릴 터다.

누군가 자조 섞인 목소리로 혼잣말을 했다.

"허투루 익힌 무공이 그 정도였다니……."

승려들의 눈이 굉운을 향했다. 만일 장건이 잘못 엇나가 무공을 익힌 것이라면 소림은 책임을 지고 거둘 필요가 있다.

나한전주 굉소가 발언했다.

"하나 지금에 와서 그것이 소림의 무공이 아니었다고 할 수 있겠는가? 이미 많은 시주들이 직접 그 광경을 목격했네. 솔직히 이번 일로 구겨졌던 소림의 체면이 어느 정도 회복되었음은 모두 인정할 것일세. 그런데 이제와 우리가 그것을 부정하면 더 좋지 않은 상황이 될 것은 자명하네."

굉소의 말 또한 틀리지 않다.

뭇 승려들은 왜 굉운이 회의를 소집했는지 알 것 같았다. 정식 승려도 아닌 속가 제자가 문각의 진전을 이었기에 그 문제를 거론하기 위함이 아니었다.

장건이 문각의 진전을 이은 것이 아니라고 하기엔 현재의 상황이 너무 아깝고, 그렇다고 잠깐 찾아온 영화(榮華)에 눈이 멀어 그렇다고 하기엔 무리수가 따랐다.

 무엇보다 후자는 정통을 중시하는 소림의 기조에 어울리지 않는 것이기도 했다.

 강호는 넓고 상상 못할 인재는 많다. 앞으로 장건이 몇십 년을 강호에서 활보할 텐데, 그동안 문각의 백보신권인지 아닌지 누군가 알아내지 말란 법도 없다. 만일 거짓이 밝혀진다면 소림은 다시 일어설 수 없는 치명타를 맞게 될 터였다.

 문수각주 원전이 한숨을 내뱉었다.

 "아미타불. 어려운 문제입니다……. 소림이 이런 말도 안 되는 일로 난관에 봉착하게 되다니."

 무공 교두인 원우가 거센 어조로 말했다.

 "이게 다 장건이란 아이 하나 때문에 생긴 일이 아닙니까! 진작 그 아이를 내쳤어야 했습니다! 대체 이 무슨 꼬라지란 말입니까! 지금이라도 아이를 내쳐야 합니다. 이대로 가다간 본 문의 정통성은 풍비박산이 나고 말 것입니다."

 누가 뭐라고 말하기도 전에 갑자기 원호가 벌떡 일어섰다.

 "말이 심하다, 사제! 지난번엔 그만한 인재를 알아보지 못했다 자책하더니 이제 와서 그 무슨 망언이란 말이냐!"

 원호의 노한 꾸짖음에 원우가 흠칫했다.

 "대, 대사형……?"

 원우뿐만이 아니라 원자배의 모두가 원호의 행동에 어안이 벙벙했다.

그동안 장건을 내치자고 가장 선두에서 주장한 것은 다름 아닌 원호 그 자신이 아니었던가?

긴나라전의 원상이 당연히 반문했다.

"사형! 갑자기 입장을 바꾸신 건 사형이 아니십니까! 설마 그때 일로 우리들에게 반감을 품고 이러시는 겁니까?"

날카롭고 잔인한 지적이었음에도 원호는 별로 개의치 않았다. 오히려 더 크게 꾸짖었다.

"사문의 존장들이 계신 자리에서 목에 핏대를 세우고 따져? 여기가 무슨 시장 좌판인 줄 아느냐! 정통을 따지고 싶으면 당장 그 버르장머리 없는 태도부터 고치거라! 위아래도 없는 놈들이 무슨 정통을 운운한단 말이냐!"

원호의 돌변에 원상은 마른침을 삼켰다. 따지고 보자면 원호의 말이 맞는 까닭이다. 그러나 누구도 이제껏 그들을 제지하지 않았고, 원자배는 사부의 배분과 같은 굉자배 앞에서도 막말을 할 수 있었다.

"음……."

굉자배의 노승들이 고개를 끄덕끄덕한다. 그동안 굉운이 너무 감싸고 돈 탓에 한없이 방자하던 원자배였다.

한데 다른 누구도 아닌 원호가 제일 먼저 나서서 그 점을 지적하고 있는 것이다.

원호가 다시 노한 목소리로 말했다.

"허투루 익힌 무공? 자네들 중에 허투루 무공을 익혀서 건이만큼 할 수 있는 자가 있는가? 그런 무공으로 백 명의 무인과 철비각 종유를 상대하고 주화입마에 걸리지 않는다 자신할 수 있겠는가?"

아무도 대답하지 못한다. 무공의 초식과 동작 하나하나, 운공의 방법은 오랜 역사를 거쳐 완성된 것이다.

수백 년을 거쳐 거의 완벽해진 무공을 허투루 배워봤자 위력이 제대로 나올 리 없다. 주화입마나 당하지 않으면 다행이다.

원호는 원자배가 잠잠해지자, 크게 한탄했다.

"참으로 바보였구나. 너희들도 바보였고 나도 바보였다. 무진이 본 것을 나는 물론이고 너희들도 보지 못하는구나. 이래서야 내 어찌 사조님들 앞에서 당당히 고개를 들고 살 수 있겠느냐."

다소 뜬금없이 무진이 거론되자 심기가 잔뜩 불편해진 천불전주 원당이 물었다.

"무진, 그 아이가 뭐라고 했기에 사형께서 저희들을 이리도 멸시하고 조롱하시는지 모르겠습니다."

"무진은 앞서 건이와 대련을 한 적이 있다. 한데 그 아이가 내게 이렇게 묻더구나. 소림의 권이 어떤 권이냐고."

원호는 잠시 말을 끊었다가 원자배를 보며 입을 열었다.

"단순히 무(武)가 높으면 소림인가. 정확한 투로를 할 수 있다면 소림의 무공인가. 그렇다면 사찰인 소림이 여타 문파와 다른 것이 무엇인가 말이다. 소림을 소림답게 하는 것이 무엇이냐 말이다."

원자배는 섣불리 대답하지 못했다. 그들 역시 원호와 마찬가지로 험한 강호를 겪었다. 한 줄의 불경을 외는 것보다 한 번의 권을 더 내질렀고, 살아남기 위해서 무공을 갈고 닦았다.

그런 원자배에 무진의 말은 큰 충격이었다.

"소림을 소림답게 하는 것은 무엇이냐!"

그 한마디가 머리를, 가슴을 울리는 듯하다.
원호가 계속해 말했다.
"문각 태사조께서는 일찍이 사람을 해하는 것을 저어하여 당신만의 백보신권을 궁구하셨다. 그리고 마침내 당신의 백보신권으로 천하를 호령하였으며, 뜻한 바대로 상대를 해치지 않고도 물릴 수 있으셨다. 너희들이 말한 대로 정통성을 따진다면 문각 태사조의 무공은 소림의 무공이 아니라 해야겠구나?"

원자배 승려들의 안색이 하얘진다. 자칫하면 기사멸조의 대죄를 쓸 수도 있다는 생각이 들었다.
"그, 그건……"
"우리는 지금 단순히 겉으로 드러난 면만을 보고 본질을 읽지 못하는 것이다."

원호의 어조는 점점 담담해져 갔다. 그러다가 갑자기 씁쓸한 투로 말한다.

"모두 알고 있겠으나, 건이가 상대한 무인들 중에 중상을 입었다고 할 수 있는 이는 한 명도 없다. 단 한 명도. 그에 비해 나한승들이 제압한 무인들 중에서는 중상인 자가 꽤 나왔다. 나 역시 그러하였고……."

무공교두인 원우가 조심스럽게 입을 열었다.

"그렇다면 사형께서는 건이란 아이가 문각 태사조의 독문 백보신권을 전수하였다 인정하시는 겁니까?"

그 물음에 원호는 의미모를 웃음을 지었다.

"굳이 내 의견을 묻는다면, 난 무진이가 말한 것과 마찬가지로 건이만의 백보신권이라 하겠다. 소림의 정신이 백보신권이란 무공을 모태로 하여 건이만의 독문 백보신권으로 태어났다고 말하겠다."

아직 긴나라전주 원상은 완벽히 수긍하지 못했다.

"그 아이가 대종사(大宗師)라도 된답니까? 문각 태사조께서는 일대 종사이셨습니다. 그런 분이 창안한 무공과 건이의 무공을 어떻게 비교할 수 있습니까!"

"당연히 비교할 수 없지."

"네?"

원호가 코웃음을 쳤다.

"이제까지 한 질문 중에 가장 바보 같은 질문이구나, 원상

사제. 당연히 건이는 대종사가 아니다. 그러나 그 아이가 이제껏 보인 행동을 보아할 때, 문각 태사조의 그림에서 무엇을 보고 느껴 무공을 만들어냈다고 해도 이상한 일은 아니다."

"그렇다면 그것이 사마외도가 아닙니까?"

"바보 같은 소리!"

원호가 크게 꾸짖었다.

그리고 나서는 잠시 말을 멈추었다가 안타까운 눈으로 원상을 보았다.

"소림의 무공에서 파생되어 소림의 정신을 담은 그것이 어찌 사마외도가 될 수 있겠느냐 말이다."

그 말에는 원상도 할 말을 잃었다.

그렇다.

장건의 무공은 모두가 소림의 무공으로부터 기반이 된 것이다. 아무리 방식이 특이하고 표현이 다르다 한들 그것은 틀림없는 사실이다.

"남들이 뭐라 하든 적어도……, 적어도 우리만큼은 그 아이를 두고 사마외도의 수법을 배웠다 해서는 안 되는 것이 아니더냐."

입이 두 개라도 할 말이 없는 원상이다. 원호의 말에 한숨을 쉬며 고개를 숙였다.

"제 생각이…… 짧았습니다."

원호가 말을 이었다.

"나도 건이의 무공이 문각 태사조의 그것처럼 완벽할 수 있다고는 생각하지 않는다. 건이가 만들어낸 무공은 부족하고 모자랄지도 모른다. 그러나 건이는 또한 혼자도 아니다. 그 아이에게는 소림이 있다. 부족하고 모자란 점, 그리고 잘못된 부분을 지적하고 다듬어 줄 수 있는 사문이…… 사문이 있지 않으냐 말이다."

"아……."

원자배 승려들의 입에서 절로 신음이 튀어나왔다.

사문.

겨우 두 글자의 단어일 뿐인데 가슴이 먹먹하다. 숨에 피가 맺혀 나올 정도로 절절하게 그리운 단어다. 속세를 버리고 삭발을 한 그들에게 사문은 아프면서도 끝끝내 버릴 수 없는 끈적한 모정이다.

원호가 흔들리는 원상의 눈을 보며 다독이듯 말했다.

"그래. 우리는 분명 사문의 덕을 보지 못하고 자랐지. 그러나 우리가 받지 못했다고 해서 나누어주지 말란 법은 없는 것이다……. 다만, 다만……, 나나 사제들이나 나누어 주는 법을 모르고 있었던 게야. 아니, 잠깐 잊고 있었던 게야. 난…… 난 그렇게 생각한다."

부모의 따스함을 모르고 자란 아이들은 후에 그들이 부모가 되어서도 자식들에게 정을 주지 못한다. 그것은 정을 주기 싫어서가 아니라 어떻게 해주어야 할지 모르기 때문이다.

지금 이 순간, 원자배는 원호의 말에 깊이 숙연해졌다.

갑자기 원호의 태도가 무엇 때문에 변한 것인지, 원호가 무엇을 깨달았는지 안 것이다.

소림이라는 부모의 보호 없이 매 순간 강호의 처절함을 견뎌내야 했던 원자배다.

그들은 지금에야 자신들이 놓친 것을 알았다.

이제는 자신들이 지켜주어야 할 아이들이 있음을.

더 이상 얼마 살지 못할 부모에게 대들어 억지로 어른 대접을 받을 필요가 없음을.

자신들을 필요로 하는 아이들에게 이미 그들은 어른이 되어 있었음을.

원상이 이를 악물었다. 깊은 탄식이 절로 흘러나와 자기도 모르게 턱에 힘을 주었다.

원호의 한 마디 한 마디가 비수가 되어 전신을 난자하는 듯하다.

"나누어 주는 법……."

원자배에 있어 사문은 무거운 짐일 뿐이었다. 소림의 제자라고 큰 덕을 본 적이 없었다.

오히려 청운의 큰 뜻을 안고 종횡해야 할 스무 살의 강호행에서 그들은 소림의 제자란 이유로 공격을 받고 온갖 위해를 당했다.

그러나 그것은 이미 아주 오래전의 일이었다. 어느 샌가 그들은 그때의 굉자배와 같은 위치에서 소림을 이끌어나가고 있는 중이었다.

한데 원자배는 자신들이 강호에서 직접 그런 일들을 겪었으면서, 무자배에는 아무런 도움도 주지 못했다.

방장 굉운의 제자조차도 싸늘한 주검이 되어 돌아왔으며, 무자배 태반이 강호행에서 만신창이가 되었다. 무진도 죽을 위기를 수도 없이 겪고서 겨우 소림으로 귀환했다.

원자배는 젊은 시절 자신들을 돌보아 주지 못한 굉자배의 무력함을 성토했으나, 실질적으로는 자신들 역시 무자배를 보호하지 못했다.

굉자배가 저지른 과거의 실수를 그대로 답습해 버렸다. 그래놓고 그들을 욕했다.

몰랐다.

분명 원자배는 그러한 사실을 깨닫지 못하고 있었다.

자신들이 당한 일에만 집착하여, 자신들이 돌보아야 할 아이들이 있음을 깨닫지 못했다.

그들은 수많은 제자들을 거느린 사문의 어른이었지, 더 이상 스무 살의 젊은 청년이 아니었다.

이제야 그 사실을 깨닫고 나니 가슴에 큰 멍울이 생긴 것이다.

무오…… 무종…… 무명…….

강호행을 나서 시체조차 돌아오지 못했던 무자배 제자들의 이름이 여기저기서 속삭이듯이 들려온다.

조금만 더 빨리 깨달았다면……. 그래서 그들을 더 보살피고 보호해 주었다면 그중 몇몇은 멀쩡히 살아 돌아왔을지도 모르는 일이다.

죽어간 자식을 그리워하듯 돌아오지 못한 제자를 생각하며 눈시울을 붉히는 승려도 있었다.

원호가 고개를 숙였다.

손에 든 염주알이 딸각딸각 소리를 내며 한 알씩 굴러간다.

원자배의 승려들은 물론이고 굉자배조차 숙연하다.

"나무아미타불……."

"아미타불……."

누군가의 입에서 처음으로 흘러나온 불호가 전염병처럼 대전의 안을 휩쓸었다.

굉자배와 무자배가 대립하기 시작한 이후…….

처음으로 소림에 들려온 장엄한 불호소리였다.

장건이 '백보신권'을 익히는 중이라 정식으로 발표된 것은 그로부터 며칠 후였다. 그러나 그 무공이 문각으로부터 전해진 것인지 홍오에게서의 진전인지는 밝히지 않았다.

소림의 모호한 태도는 오히려 사람들의 궁금증은 더 불러일으켰을 따름이었다.

*　　　*　　　*

 소림에 평생 한번 마주칠까 말까 한 네 개의 큰 별이 모여 앉았다.

 화산의 검성 윤언강.

 청성의 검 풍진.

 남궁가의 검왕 남궁호.

 사천당가의 독선 당사등.

 한 사람만 있어도 강호 무림의 역사를 바꿀 수 있다는 우내십존, 그 중에서 무려 넷이 한자리에 모인 것이다.

 강호가 들썩할만한 일이기도 했으나, 사실 넷은 전혀 자신들의 만남에 그만한 비중을 두지 않고 있었다. 우내십존의 일인이기 이전에 젊은 시절 강호를 함께 활보한 동료들이기도 한 까닭이다.

 좋은 인연이든 악연이든, 어떤 식으로든 연관되어 있는 이들이었다.

 넷은 가볍게 인사를 나누고 근황에 대해 몇 마디를 묻고 대답했다.

 풍진이 먼저 답답한지 입을 열어 본론을 꺼내들었다.

 "시답잖은 인사치례는 그만두지. 쓸데없이 냄새나는 늙은이들끼리 궁상맞게 젊은 시절이나 회상하고 있으면 뭐하나? 에잉."

검성 윤언강이 '허허' 하고 웃었다.

"예전이나 지금이나 성질 급하긴 똑같군. 이 친구야. 오랜만에 만났는데 잘 지냈냐는 안부 정도는 하면서 살아야 할 거 아닌가."

"나야 절밥 먹으면서 잘 지내고 있지."

"절밥이 좋긴 좋은가 보구먼. 뼈만 남았던 얼굴에 살이 좀 붙은 걸 보니."

"당가 놈의 손녀가 의외로 음식 솜씨가 좋아서, 덕분에 자알 먹고 있지. 청성에서 있을 땐 냄새도 못 맡던 고기도 먹고."

풍진의 말에 당사등의 눈썹이 꿈틀한다.

"잘 처먹었으면 입이나 다물고 있지. 소림에서 본가의 아이가 고기를 해줬다고 동네방네 다 소문낼 작정인가?"

당예의 일을 사사건건 방해한 풍진이 당사등에게는 눈엣가시다.

풍진은 코웃음을 치고 대답하지 않았다. 남궁호가 혀를 차며 당사등을 흘겨보았다.

"남 말 할 처지가 아닐 텐데?"

"뭐라고?"

남궁호가 소매에서 당가비패를 꺼내 툭 하고 탁자 위로 올려놓았다.

이미 예상했던 일인 만큼 당사등은 동요하지 않았다. 하나 윤언강과 풍진의 눈에는 이채가 흘렀다.

남궁호가 말했다.

"우리 사이에도 진 빚을 청산해야지."

당사등은 '끙' 하고 낮은 신음소리를 냈다.

"언젠가는 이런 일이 올 줄 알았네. 그리고 그때 일은 참으로 미안하게 생각하고 있어. 하지만……."

남궁호가 말없이 당가비패를 툭툭 쳤다. 당가비패의 앞에서 당가는 모든 은원을 해결해야 한다. 당사등은 떫은 감을 씹은 것처럼 인상을 구겼다.

윤언강이 물었다.

"당가비패가 어째서 자네 손에 있는지 모르겠구먼?"

"사등이가 직접 주었지."

남궁호가 당사등을 노려보자, 당사등은 한숨을 쉬었다. 소림에서 수많은 환자들을 돌보느라 가뜩이나 초췌해진 얼굴이 더 어두워졌다.

"내 솔직히 말함세. 과거에 난 홍오의 꾐에 빠져 남궁호, 저 친구에게 몹쓸 짓을 한 적이 있네."

"몹쓸 짓? 그건 엄연히 사기였지."

남궁호의 핀잔에 당사등의 얼굴이 붉어졌다.

"남궁가에서 실전된 검보(劍譜)를 되찾아주겠다며 집문서와 땅문서를 요구한 건 홍오였지, 내가 아니었네."

"자네가 옆에서 맞장구만 치지 않았어도 난 그 말에 속지 않았을 거네. 자네가 직접 그 검보를 보았다 옆에서 증언하지 않았는가?"

윤언강과 풍진은 '헐' 하고 웃었다. 홍오와 당사등은 남궁호를 상대로 정말 사기를 쳤던 것이다.

"속은 나도 잘못이었지만, 옆에서 거든 놈이 더 나빠!"

"미안하다 하지 않았나. 하나 나도 그땐 홍오에게 협박을 당하고 있었네. 내가 원하는 것을 답해 주는 대가로 홍오가 요구한 것이니, 나도 별수 없는 처지였네. 내 그래서 자네에게 본가의 신물을 넘겨 준 것이 아닌가."

윤언강이 물었다.

"설마 그 검보라는 것이…… 제왕검이었나?"

"정확히는 제왕검형의 후반 삼초식에 관한 검해(劍解)였네."

사실은 그런 것이 홍오의 손에 있다는 것을 남궁호는 믿지 못했다.

그런데 당사등이 옆에서 거드는 바람에 완전히 속아 버렸던 것이다.

후에 홍오의 사부인 문각이 찾아와 집문서와 땅문서를 모두 돌려주고, 남궁호의 무공을 직접 손봐주었다.

이후 홍오와 당사등에게 속아 가문을 망하게 할 뻔했던 남궁호는 문각의 가르침에 피땀을 흘려가며 노력하여 마침내 스스로의 힘으로 제왕검형을 대성할 수 있었던 것이다.

"내가 다시 한 번 사과하이. 어쨌든 덕분에 자네가 지금까지 오를 수 있었지 않았는가."

 당사등이 거듭 사과했으나, 남궁호는 요지부동이었다. 오히려 당사등의 말에 굴욕감까지 느꼈다.

 "자네라면 내가 왜 당가비패를 꺼내들었는지 알 것이야. 단도직입적으로 말하겠네. 이번 일에서 손을 떼게."

 당사등의 얼굴이 딱딱하게 굳었다.

 "단순히 내 일이라면 몇 번이고 그리하겠으나, 본가에서 쏟아 부은 것이 너무 많네."

 남궁호가 보란 듯 당가비패를 집어 손가락으로 두드렸다. 굳이 남궁호가 윤언강과 풍진이 함께한 자리에서 이런 말을 꺼낸 것은 그리 해야 할 필요가 있기 때문이었다.

 "당가비패란 것이 당가에선 아무짝에도 쓸모없는 노리개였던가? 오죽하면 염라패라 불린다고도 하던데, 허명이었나?"

 당사등의 얼굴이 처참하게 일그러졌다. 생각했던 것보다 더 큰 것을 원하는 남궁호다.

 "내가 손을 떼면 그것으로 되는 것인가?"

 "서로 말장난할 필요가 있겠나. 당예라 했던가? 그 아이까지 데리고 소림을 떠나게."

 당사등의 표정은 완전히 얼음장이 되었다.

 "이건 너무 과하지 않은가."

 어조까지 딱딱하다.

 그간 쏟아 부은 약재며 노고가 한순간에 물거품이 되기 직전이다. 이번 일을 무마하기 위해 관리들에게 쓴 뇌물도 적지 않았다.

이대로 물러선다면 가산의 반을 아무 쓸데없이 탕진한 셈이 되어 버리고 말 것이다.

그러나 남궁호는 전혀 물러서지 않았다.

바로 조금 전에 장건의 신위를 보지 않았던가!

검성 윤언강이 소림을 넘지 못할까 전전긍긍하고 있을 때, 남궁호는 오히려 희열을 느꼈다.

백리연이 끌고 다니던 청년들은 한가락은 할 줄 아는 무인들이었다. 그것만 해도 중소문파의 규모라 여겨졌었는데, 거기에 철비각 종유까지 가세했었다.

강호 팔대세가에는 미치지 못하나 적어도 어디 가서 큰소리 정도는 칠 수 있는 문파 규모다.

장건은 그런 그들을 겨우 한식경 남짓한 시간에 모두 쓰러뜨렸다. 우내십존이나 일부 고수들처럼 일인문파의 힘을 지니고 있다는 게 확인된 것이다.

한 십 년을 두고 키워볼까 했는데 그럴 필요도 없었다. 장건을 데려갈 수만 있다면 당장에 두 세가가 하나로 합쳐지는 것과 마찬가지의 효과다.

이후 예측하지 못한 사태라도 벌어지지 않는 이상, 남궁가는 팔대세가뿐만 아니라 구대문파의 대열에까지 합류할 정도로 도약할 수 있게 될 것이다.

이쯤 되면 남궁호로서도 욕심을 부릴 만하다.

게다가 얻는 이익에 비해 투자하는 것이라고는 남궁가에는 별 쓸모도 없는 노리개 하나뿐이다. 덤으로 당가와의 사이가 틀어지는 정도다.

참다못한 당사등이 한 마디를 툭 내뱉는다.

"과욕이야."

남궁호는 태연히 말을 받았다.

"나야 받아야 할 걸 받을 뿐이지."

"건이를 남궁가에서 데려갈 거라는 확신도 없을 터인데?"

수많은 여인들이 소림을 찾아왔다. 그 중에는 무시하지 못할 문파와 세가도 포함되어 있다.

특히나 제갈가는 이미 강호에 퍼진 소문 때문에라도 해결하기 쉽지 않을 터다.

하나 남궁호는 픽 하고 실소를 흘릴 뿐이다.

"경쟁자가 하나라도 없으면 좋은 일 아닌가? 강호 제일의 미녀도 제 손으로 걷어차 버린 마당에 무얼 걱정할 게 있겠는가. 본가가 그리도 우습게보이던가?"

윤언강과 풍진은 둘 사이에 흐르는 신경질적인 기류를 느꼈다. 하나 그 둘이 끼어들 만한 문제가 아니었다.

윤언강이 그나마 둘을 말리려 들었다.

"진정들 하게. 오랜만에 만났는데 서로 얼굴을 붉힐 필요가 무에 있겠는가들."

남궁호가 대답했다.

"본가를 말아먹을 뻔한 원수 중 한 명을 만났는데 얼굴을 붉히지 않으면 어딜 가서 얼굴을 붉히겠나."

그 순간 당사등이 벌떡 일어섰다.

그리고는 손바닥으로 탁자 위에 놓인 당가비패를 힘껏 쳤다.

당사등의 손이 두터운 탁자를 반이나 파고들었다.

그럼에도 불구하고 아무런 소리가 나지 않는다. 심지어 탁자는 부서지지도 않고 그대로다.

파스스스.

당사등이 손을 떼었다.

탁자 위에는 그대로 당사등의 손바닥 자국이 남았다. 위에 놓여 있던 당가비패는 흔적도 없이 사라져 있었다.

"본가의 신패는 확실히 돌려받았다."

당사등이 이를 깨물고 말했다.

남궁호는 얼굴색 하나 변하지 않고 고개를 끄덕였다.

"소림의 환자들을 돌보고 있다고 들었네. 며칠의 여유는 줄 테니 끝마치는 대로 소림을 떠나게."

당사등이 이를 드러낼 정도로 얼굴을 일그러뜨렸다.

이로써 당가와 남궁가는 돌아올 수 없는 길을 건너고 만 것이다.

펄럭.

당사등은 장포를 흔들며 그대로 방을 나가 버렸다.

윤언강이 혀를 찼다.

"허 참. 성격하고는."

그러나 이미 오래전 은원관계를 가진 둘이다. 남궁가가 한때 크게 몰락했던 이유에 당사등이 동참했다면 남궁호의 태도는 당연한 것이다.

남궁호는 가벼운 마음으로 자리를 털고 일어났다.

"먼저 가보겠네. 술 한 잔 할 분위기도 아니고, 또 술을 마실 수 있는 곳도 아니니 다음에 다시 자리를 마련하세나."

"그러지."

소기의 목적을 달성한 남궁호는 미련 없이 자리를 떴다.

윤언강과 풍진만이 남았다.

"오랜만에 만났는데 아쉽게 되었구만."

"아쉽긴. 우리가 애들도 아니고 어떻게 마음 편하게 함께 어울릴 수가 있겠냐. 나처럼 사문을 다 벗어 두고 온다면 모를까."

"자네 정말 청성으로 돌아가지 않을 텐가?"

"아, 여기서 중이 되는 것도 고려해 본다니까 그러네."

"허허."

풍진이 문득 윤언강을 보며 물었다.

"그런데 자넨 뭐하러 소림에 왔나? 똘똘한 아이 하나를 데리고 왔던데, 그 아이 때문인가?"

윤언강은 긴 수염을 천천히 매만지며 고개를 끄덕였다.

"홍오와 오래전에 한 약속을 지키기 위해서라네. 아무래도 지금이 가장 적당한 때라 생각했거든."

"그놈의 홍오, 홍오, 홍오."

정말 지독한 인과다.

"자네도 홍오, 그 친구와 악연이 좀 있지 않았나."

투덜대던 풍진이지만 풍진의 눈에서는 노기가 보이지 않는다.

"한 입으로 두말할 수가 없게 되었으니 그렇지."

장건이 풍진의 검을 받아낸 사건 때문이다. 그러나 빌미는 그럴지언정 지금의 풍진에게 홍오는 미워할 만한 가치도 없는 중늙은이일 뿐이다.

오히려 불쌍하다.

천재의 몰락. 그 쓸쓸한 노후를 보는 듯하다.

자세히는 알 수 없으나 윤언강도 풍진의 눈에서 그런 기미를 읽었다.

"한데 자넨 무슨 약속을 했다고?"

"별거 아닐세. 서로 누가 자신이 옳은가를 제자를 통해서 가늠짓기로 했을 뿐."

윤언강과 홍오는 서로 무에 대한 관점이나 추구하는 방향이 달랐다. 젊었을 적 그렇게나 설전을 벌이더니, 그때 한 약속이 있는가 보다.

"제자끼리 싸움을 붙이겠다, 뭐 그런 거야?"

"그런 거지."

풍진이 갑자기 소리 높여 웃었다. 그러다가 웃음을 뚝 그치고 번들거리는 눈빛으로 윤언강을 쳐다본다.

"오호라! 그럼 자네가 지금 제자를 데리고 왔다는 건, 자네 제자도 내 검을 받을 수 있다 판단했다는 거지?"

무인광인 풍진의 호기심은 위험하다. 남궁호와 당사등이 티격태격할 때에도 관심 없어 보이던 눈이 한순간에 생기를 머금는다.

윤언강이 '그렇다'고 하면 당장 가서 해보자고 우길 판이다.

윤언강은 떨떠름한 얼굴로 살짝 말을 돌렸다.

"아직 내 검도 제대로 받지 못하는 모자란 녀석인데, 어떻게 자네의 살벌한 검을 받으라 하겠나."

"웃기는 소리."

풍진이 몇 남지 않은 수염을 파르르 떨었다.

"건이가 내 검을 받아냈다는 소문을 들었는데도 불구하고 소림을 찾았다는 건, 그만한 승산이 있어서가 아니었냐?"

"흠……."

윤언강은 낮게 가라앉는 신음소리를 내고는 팔짱을 끼며 몸을 뒤로 젖혔다.

"솔직히 말하자면, 승산은 있었지."

"그렇겠지. 무슨 얄팍한 수를 써서라도, 내 검을 받은 녀석을 네 제자가 이기도록 만들어서 소림과 나를 머저리로 만들 생각이었던 거잖냐."

윤언강은 대답을 하지 않았지만 풍진은 자신의 말이 맞다는 걸 확신했다.

윤언강은 문사명이 장건을 이길 수 있을 거라 자신하고 있었던 것이다.

만일 그렇게 된다면 풍진의 검을 받아낸 장건을 문사명이 이기게 되는 것이니, 문사명은 지금의 장건이 받는 그 이상의 주목을 받게 될 터였다.

"하여간 곧 선계에 들어야 할 놈들이 욕심만 벌써 하늘을 찔러요. 이놈아, 그렇게 궁금하면 내가 네 제자를 한 번 봐줄게. 그러면 확실해질 거 아니냐."

윤언강이 쓴웃음을 지으며 고개를 저었다.

"왜 자꾸 남의 제자를 때려잡으려는 건가."

"자네가 날 우습게보고 있잖냐."

"그건 핑계지."

풍진이 손가락 두 개를 들어 올리며 말했다.

"내 추측컨대, 자넨 두 가지 면에서 건이를 자네 제자가 이길 수 있을 거라 생각했을 게야."

"말해 보게."

"첫째는 시간일세."

"시간?"

"우리 중에서 건이를 처음 본 것은 언강이 자네였어. 그때 자네는 건이를 탐내서 사과까지 깎아줬다지? 그것은 그 아이의 자질이 뛰어남에도 불구하고, 그때까지는 소림의 무공을 제대로 전수받고 있지 못했다는 것을 의미하지. 그러니까 화산으로 데려가네 마네 하는 얘기를 할 수 있었던 게야."

말을 하는 풍진의 눈이 번뜩였다. 그간 하릴없이 소림을 발발거리고 돌아다닌 것 같던 풍진이었으나 더없이 매서운 논리를 펼치고 있었다.

"자네가 건이를 만난 지 1년도 되지 않았어. 그렇다는 건 건이의 자질이 뛰어나 내 검을 피했다 하더라도, 실전 경험이 많이 부족할 수밖에 없다 이 말이야. 자네 제자가 건이를 이길 수 있다 자신하는 첫 번째 부분이 바로 이것이었을걸? 자질이 뛰어나다 해도 경험의 차이는 어쩔 수 없을 테니까."

윤언강이 입맛을 다신다. 풍진의 말을 수긍하는 것이다.

풍진이 계속해서 말했다.

"그러니까 자네의 계산으로 따지자면, 건이의 방어 수법은 검증되었으나 공격 수법은 검증되지 않은 거지. 소림은 무당과 달라서 공수가 겸비되지 않아. 공격하는 수법과 방어하는 수법을 따로 배워야 하는데 겨우 몇 달 만에 그 모두를 배울 순 없지."

무공에 대한 풍진의 분석은 그의 검만큼이나 날카로웠다.

괜히 무인광이 아니다.

"옳은 말일세. 그럼 두 번째는 뭔가?"

"마음이 너무 여리다는 점이지."

풍진이 설명을 덧붙였다.

"내 처음 만났을 때는 미처 알지 못했는데, 그 아이 너무 마음이 여리더군. 혹여 비무라 하더라도 상대를 죽일 수 있다는 각오가 되어 있어야 하는데 그렇지 못했어. 그것은 치명적인 약점이 되지. 자넨 그 점을 미리 파악했을 게야."

윤언강이 어쩔 수 없다는 듯 또다시 고개를 끄덕였다.

"내가 봤을 때까지만 해도 장건이란 아이는 무림과 강호를 전혀 모르는 아이였네. 몸에 지닌 재능을 제외하고는 평범한 또래 아이들보다…… 오히려 성숙하지 못했지."

"허허."

자신의 추측이 다 들어맞았다는 생각에 풍진은 웃음을 참지 못했다.

"한데 오늘 보니 그런 점들이 거의 없어진 거야. 그러니까 자네가 똥줄이 타고 있는 게지."

이번 소림의 정문에서 일어난 사건으로 장건은 그간에 가지고 있던 단점을 모두 극복한 모습을 보인 것이다.

짧은 시간에 수많은 무인들을 상대하며 실전 경험을 쌓았다.

그러면서도 크게 지치지 않았으니, 이는 내공을 효율적으로 사용하며 상대에 따라 힘을 조절하는 능력이 완벽하다는 뜻이다.

게다가 죽이지 않더라도 얼마든지 상대를 무력화시킬 수 있는 수법, 문각의 진전을 완벽히 이었다. 여린 마음을 완벽히 보완할 수 있는 무공이다.

"자네 말이 하나도 틀리지 않네. 하지만……."

윤언강이 확신이 가득한 표정으로 말했다.

"승부란 것은 해보기 전까지는 아무도 모르는 걸세."

"그야 그렇지."

풍진이 큭큭 하고 웃었다.

"그래도 조심하는 게 좋을 거야. 내 장담하는데 지금의 건이는 내가 다시 일검을 날린대도 그때처럼 부상을 입힐 자신이 없거든."

옳은 말이다. 수백 명이 칼질을 해대는 데 한 발짝도 안 움직이는 괴물 같은 장건이다.

게다가 자존심 강한 풍진이 한 말이다. 결코 괜한 소리가 아닐 터이다.

"풍진, 자네가 일검으로 그 아이를 쓰러뜨릴 수 없다 스스로 말했다면, 강호의 누구도 일격으로 그 아이를 쓰러뜨릴 수 없단 말이겠지."

"죽이자고 한다면 죽일 수는 있을 것이나, 일검으로는 안 돼. 더구나 문각 선사의 특이한 독문 무공은 쉽사리 받아낼 수 있는 것도 아니거든."

문각의 백보신권은 어디를 어떻게 공격하는지도 모르는 무공이었다.

여타의 무공과 궤를 달리하여 쉽게 대비할 수가 없다.

철비각 종유는 저잣거리에서 굴러먹던 삼류 놈팡이가 아니다. 그런 고수도 한 번의 주먹질을 견디지 못했다.

철비각 종유는 그가 발을 주로 사용하는 탓에 외문 무공의 고수로 알려져 있지만 내가 공부에도 조예가 깊다. 어느 한쪽이 부족했다면 하북에서 손꼽는 고수로 이름을 날릴 수 없었을 것이다.

그런 그가 버티지 못했다는 건 어지간한 내공을 가지고 있어도 장건의 일권을 막아내기가 어렵다는 뜻이다.

생사를 가늠할 정도로 치열한 공방도 아니었다. 그냥 쓱 뻗은 일권에 뻥 하고 날아가 버린 것이다.

한데 정작 장건은 철비각 종유를 날려 버리고도 아무렇지 않은 듯 남은 청년들을 더 상대했다.

장건이 만년설삼에 대환단을 밥 먹듯 먹었어도 종유를 한 방에 날려 버릴 위력의 무공을 썼으면 지치는 게 옳았다.

역시나 무공에 비밀이 있다는 걸 알 수 있는 부분이다.

그러나 그 비밀을 아는 것은 소림과 장건뿐일 것이다. 물론 실질적으로는 장건만이 알고 있을 뿐이지만.

윤언강이 음미하듯 말을 읊조렸다.

"일격으로 그 아이를 쓰러뜨리지 못하면 누구라도 그 아이의 일격에 쓰러질 수밖에 없다……. 그러나 누구도 그 아이를 일격으로 쓰러뜨릴 수 있는 사람은 없다……라는 건가?"

스스로 말을 내뱉고서도 어이가 없는지 윤언강이 허탈하게 웃었다.

"허허. 그야말로 세상에 그 무엇도 뚫을 수 없다는 방패와 무엇이라도 뚫어 버릴 수 있다는 창이 한 사람의 손에 들린 격이구먼!"

풍진이 클클대며 웃었다.

"글쎄다. 아직은 그 방패가 온전한 방패인지는 알 수 없지."

윤언강이 첨언했다.

"3년? 5년?"

"녀석의 발전 속도로 따지면 3년 정도 걸리겠지."

"내 제자가 이길 수 있는 기한이 얼마 안 남았어. 쯧쯧."

현재까지 드러난 장건의 유일한 약점을 윤언강과 풍진은 알고 있었다.

수백의 청년들을 상대할 때 거의 움직이지 않았던 장건이었다. 그들의 공격을 맞받아치며 정면으로 대응했다.

하지만 철비각 종유의 섬뢰분연각은 마주하지 못했다. 가공할 공력의 섬뢰분연각을 마주하는 대신 피했던 것이다.

다른 이들을 상대할 때에는 공격을 맞받았으나 섬뢰분연각은 피했다…….

그것은 장건의 신비한 무공이라도 감당할 수 있는 한계가 있다는 뜻이었다.

그 하나가 무공에 담긴 비밀을 파헤칠 수 있는 중요한 단서였다.

윤언강과 풍진은 장건이 그 약점을 보완하는데 걸리는 시간을 3년 정도로 본 것이다.

만일 장건이 무공을 완전히 자신의 것으로 만든다면, 정말로 장건은 윤언강이 말한 것처럼 극강의 방패와 창을 모두 지닌 가공할 무인으로 거듭날 터였다.

풍진이 말했다.

"어쨌든 나야 이미 밑천까지 털린 마당이니까. 재미난 구경거리가 생긴다 싶으면 알려주게. 천리 길을 마다하고 달려갈 테니."

문사명과 장건의 대결을 보고 싶은 건 비단 풍진만은 아닐 것이다.

"알겠네."

풍진이 손가락으로 수염을 꼬았다.

"하여튼 대단한 놈이야. 간만에 소림에서 걸작이 하나 나왔어."

풍진은 재밌다는 듯 웃었다.

이미 한 번 검을 겨누어본 상대이고, 한 사람의 무인으로 인정한 만큼 풍진의 평가는 후하기 그지없었다.

반대로 윤언강의 머릿속은 복잡하기만 하다.

윤언강도 문사명과 장건의 대결을 보고 싶다. 하지만 지금은 때가 아니다.

아직 더 커야 할 문사명에게 소림이란 벽을 보여주고 싶지는 않다.

문사명의 발전은 놀랍도록 빠르다. 지금도 어디 가서 맞을 정도는 분명 아니다.

그럼에도 장건은 더 빠르다. 번갯불과 날아가는 화살만큼이나 차이가 난다.

지금 장건과 문사명이 마주친다면?

아마도 처음에야 어찌어찌 동수를 이루더라도 결국 문사명은 철비각 종유의 신세, 그 이상은 벗어날 수는 없을 터였다.

* * *

당사등은 차가운 냉기를 풀풀 뿜고 있었다.

그러나 가슴은 열불이 치민다. 화가 나서 머리카락이 쭈뼛쭈뼛 서는 듯했다.

'남궁호! 이놈이 이렇게까지 나올 줄이야!'

세상만사 모든 일이 예상과 꼭 들어맞으리란 법은 없다는 걸 안다.

그러나 이번 일은 당사등의 예상을 너무나도 빗나가 버리고 말았다.

남궁호가 묵직한 엉덩이를 들고 소림으로 온다 했을 때, 당사등은 적어도 그가 '장건 쟁탈전'에 낄 수 있게 해달라는 정도를 요구할 줄 알았다.

그런데 정작 소림에 와서 남궁호는 지나치게 도를 넘어선 요구를 했다.

그 이유는 사실 뻔하다.

이미 남궁가 말고도 수많은 세가에서 장건을 노리고 온 까닭이다.

굳이 당가비패를 내밀면서까지 '장건 쟁탈전'에 끼게 해달라고 할 필요가 없어진 것이다.

본래의 목적이 유명무실해진 데다 직접 장건의 신위를 보고 난 후에 더 욕심이 치밀었을 터이다.

당사등은 괴로웠다.

이번 사태는 분명 미처 대비를 해두지 못한 자신의 과실이었다.

하나 이대로 물러설 수는 없었다.

순순히 물러서기에는 그간 투자한 것이 너무나 아까웠다. 그리고 남궁가가 잘 되는 것도 가만 지켜볼 수가 없었다.

어제까지야 어쨌든 간에 이제부턴 적이나 다름없는 관계가 되어 버리지 않았는가!

당사등은 고민을 거듭했다.

소림의 중독된 환자들은 대부분 고비를 넘겼다. 그가 관여해야 할 큰 치료와 진료는 끝난 셈이다.
 '두고 보자.'
 당사등은 이를 갈았다.
 그러나 어떻게 해야 할지 계획이 서지 않았다.
 그날부터 사흘을 넘도록, 당사등은 더 이상 치료에 관여하지 않고 자신의 숙소에 틀어박혀 두문불출했다.

제7장

화촉의 장, 분노의 장

근 며칠 간, 소림은 평화로웠다.

독 사건을 비롯해 소림의 정문에서 일어난 백리연의 사건까지도, 언제 그런 일이 있었냐는 듯 한가롭기만 했다.

독정에 중독되어 앓았던 환자들도 하나둘씩 완쾌되어 소림을 떠나갔다.

당가와 소림에서 아끼지 않고 약재를 푼 탓에 평소 지병을 가지고 있었던 이들은 덤으로 몸이 건강해져 나가기도 했다.

말로만 들었지 구할 엄두도 못 냈던 비싼 약재들과 대환단이 혼합된 약을 먹은 탓에 마음까지 풍족한데, 일정량의 보상을 덤으로 받기까지 했다.

큰돈은 아니었지만 그만한 성의를 보인 것만으로도 당가와 소림은 뒤탈 없이 일을 마무리 지은 셈이었다.

환자들이 웃으며 소림을 떠나는 것에 더해 소림의 분위기를 한층 끌어올린 것은 바로 젊은 남녀들이었다.

수백 명이 넘게 몰려든 젊은 남녀들은 대부분 혼기가 꽉 찬 나이대였다.

강호 역사상 이런 비슷한 나이대의 남녀들이 모인 일은 전무하다시피 한 일이었다.

그들이 한 자리에 모이기는 보통 쉽지 않은 일이었다.

간혹 무림대회나 개파대전이 열리긴 하나 그것은 강호의 전무인들이 모이는 자리다.

언감생심 쳐다보지도 못할 선배들과 노고수들이 즐비해 젊은 무인들은 주눅이 들 수밖에 없다. 남의 집 중요한 행사이다 보니 체면을 차리느라 아무래도 연애 감정이 싹트기에는 쉽지 않은 여건이었다.

그에 비해 현재의 소림에는 다들 비슷한 이유로 비슷한 나이대의 남녀들이 모여 있었다.

목적이 같다 보니 자연스럽게 만남이 이루어지고, 누구의 눈치를 볼 필요도 없었다.

함께 동행한 사문의 웃어른들도 소림에 온 이유가 명확한 터라 오히려 만남을 장려하는 쪽이다.

현재 소림의 외원에는 한 걸음만 내디뎌도 삼삼오오 짝을

지어 화기애애한 담소를 나누는 젊은 청춘 남녀들을 쉽게 볼 수 있었다.

아무리 여인들이 장건이 목적이었다고는 해도 사실상 장건은 그들이 넘볼 수 있는 위치를 훨씬 넘어서 있었다.

기회가 있으면 좋은 거고, 아니면 다른 남자를 찾아도 그만이었다. 사람은 넘치게 많았고 선택의 여지도 풍족했다. 그러니 누구나 마음 편히 자유로운 연애를 즐길 수 있었다.

소림이 정말로 천하 젊은 남녀들에게 만남의 장이 되어 버린 것이다.

특히나 소림에서 강짜를 부리던 백리연의 추종자들이 순식간에 제압되면서, 성깔 좀 있다 하는 청년들도 괜히 누군가에게 시비를 걸거나 무공을 과시하지 못했다.

그랬다가 한 방에 나가떨어지는 꼴이 되면 자존심이고 명예고 아무것도 남지 않을 터였다. 모인 이들 중에 몇몇을 제외하고는 자신이 철비각 종유보다 더 낫다고 생각하는 이는 아무도 없었다.

차라리 그런 데 신경 쓰지 않고 조용히 연애를 즐기는 게 나았다. 오히려 다르게 생각해 보자면 지금 소림 내에서만큼 '안전하게' 이성을 만날 수 있는 기회는 없었다.

혼기가 찬 자식을 둔 집안에서는 난리가 났다.

"이놈아! 집 안에서 궁상떨지 말고 차라리 소림에 가서 색싯

감이나 구해 와!"

"남들 다 짝 찾아온다는데 넌 도대체 뭘 하고 있는 거니? 니가 외모가 빠지니, 집안이 딸리니? 빨랑 짐 싸들고 소림으로 가지 못해?"

현 강호의 무가와 문파들의 내부에서 유행하는 말이었다.

소림에 가면 없는 짝도 생겨난다.

워낙 많은 선남선녀가 모인 탓이었다.

이 같은 소문이 또다시 퍼져 나가면서 뒤늦게 소림에 모여드는 이들이 늘었다.

중원 그 어디에서보다 안전하게 수많은 이성과 만남을 가질 수 있는 곳.

그곳이 바로 소림이었다.

그렇게 소림 사(寺)가 소림 다원(茶園)으로 거듭난 탓에, 소림을 찾는 이들의 발걸음은 연일 끊이지 않고 있었다.

다소 곤란해진 것은 역시나 소림의 승려들이었다.

그나마 강호행을 하고 돌아온 무자배 제자들은 어떻게든 극복을 하려 하는데, 아직 강호행을 거치지 않은 무자배는 죽을 지경이나 다름없었다.

강호행을 하지 않은 십대 후반부터 이십대 초중반까지의 무자배들은 아무래도 한창 혈기가 왕성한 나이였다.

아무리 외면하려 해도 경내에 여인들의 향기가 진동을 하니 코를 막고 살 수도 없는 노릇이요, 수련 좀 할라 치면 외원에서 깔깔대는 뭇 여인들의 목소리가 들려와 집중이 되질 않았다.

여색을 멀리해야 할 승려들에게는 치명적인 유혹이었다.

때문에 외원에서 봐야 할 업무는 기피 대상인 한편, 최고로 인기가 좋기도 한, 모순적인 현상이 생겨나고 있었다.

그만큼 동요가 심하다는 반증이었다.

막 외원의 한 법당에서 설법을 주재하느라 참관했던 무자배 승려 둘은 내원으로 돌아가면서도 곤혹을 겪었다.

또래 나이의 아름다운 처녀들이 그들을 볼 때마다 방실방실 웃으면서 합장을 해온 까닭이었다.

처녀들의 해맑은 미소와 청명한 목소리, 풋풋한 향기가 심장을 살살 녹이는 듯했다.

"나무아미타불……. 하아아……."

갓 스물이 된 무일은 마주 반장을 하면서 낮은 한숨을 내쉬었다. 이미 얼굴은 붉어질 대로 붉어졌다.

곁에 서 있던 무일의 사형 무범이 남들 몰래 무일을 꾸짖었다.

"사제, 정신 차려. 우리가 느슨해지면 사람들이 그만큼 우리를, 그리고 소림을 우습게볼 게 아니겠어?"

"사형 말씀이 옳습니다. 하지만……, 하아아……. 저도 어쩔 수가 없습니다. 괜히 가슴이 울렁거리고 자꾸 현기증이 오는 게…….'

 무범은 강호행을 마치고 돌아왔다. 다른 무자배와 달리 소극적이고 내성적인 성격의 무범은 큰일을 많이 겪지 않고 무사히 돌아온 쪽에 속했다.

 처절한 강호행을 겪지 않았기 때문인지, 아니면 강호행에서조차 이렇게 많은 여자들에게 둘러싸인 적은 한 번도 없었기 때문인지 무범도 무일처럼 힘들긴 마찬가지였다.

 무일이 빨갛게 달아오른 얼굴로 눈물까지 머금은 채 무범을 보고 물었다.

 "사형. 제가 정말 악귀에 물들어 이러는 겁니까? 아직 수행이 부족해 번뇌에 집착하는 것입니까?"

 그래도 사형이라는 입장에서 무범은 사제를 돌보려 애썼다.

 "부처께서 아난에게도 말씀하시지 않았느냐. 삼매를 닦는 것은 번뇌에게서 벗어나고자 함이니, 음욕을 다스리지 못한다면 번뇌를 벗어날 수 없을 것이라고. 힘들어도 참고 또 견뎌내야지."

 "사형…… 사실은 제가……."

 "말해 봐. 도움이 될 수 있다면 이 사형이 뭔들 못해 줄까?"

 무일이 주저주저하다가 털어놓았다.

 "밤에 유정(遺精)을 하였지 뭡니까."

"뭐?"

몽정을 했다는 말에 무범이 눈을 동그랗게 떴다.

"저뿐만이 아닙니다. 사형제 몇몇도 새벽에 보니 남들 몰래 승복을 빨고 있었습니다."

뒷이야기는 말하지 않았지만 서로 부둥켜안고 어쩌다 자신들이, 소림이 이 꼴이 되었는지 대성통곡하며 우애를 다졌었다.

차마 그것까지는 말하기 어려웠다.

무범이 당황해서 말을 더듬었다.

"그, 그런……."

그때 누군가 무일과 무범의 어깨를 동시에 툭 쳤다.

무일과 무범이 동시에 돌아보았다.

무진이었다.

"대사형!"

무진은 얼굴에 만연히 웃음을 띠며 말했다.

"부러 그런 것은 아닌데 본의 아니게 두 사제의 얘기를 듣게 되었군. 그래, 몽정쯤 했다고 해서 뭐가 문제야?"

"그게……."

"아라한도 몽정을 피할 수 없다고 하였거늘, 건장한 남자에겐 당연한 일이지."

무범이 화들짝 놀란 얼굴로 말했다.

"대사형. 그리 말씀하시면 안 됩니다. 아라한께서 어찌……

그건 그냥 속설이 아닙니까!"

무일에게 괜한 소리를 한다고 타박하는 말투였다. 그러나 무진은 여전히 미소를 짓고 있었다.

"속설일지도 모르지. 하지만 사제들은 아직 수행 중이잖아. 번뇌를 완전히 끊어 누정(漏精)을 하지 않는 단계는 아니라고."

무일이 빨개진 얼굴로 더듬거리며 물었다.

"하, 하지만 자꾸만 여시주들의 모습이 떠오르고……, 자리에 누워 눈을 감으면 손에 잡힐 듯 어른거리는 것이……. 이제까지 쌓아온 공이 모두 허사가 된 듯합니다."

"아무런 마음도 없는 나무토막만이 부처가 될 수 있다면 세상 사람들은 아무도 부처가 될 수 없을 거야. 또, 처자가 있는 재가자들은? 처자를 둔 재가자들은 그럼 부처가 될 수 없단 말인가?"

무일과 무범이 고개를 갸웃거렸다.

무진이 웃으며 말했다.

"달마께서도 말씀하시길, 음욕은 본래 형체도 없고 상주(常住)도 없는 공적(空寂)이니 끊어 없앨 필요가 없다 하셨다."

"음욕을 끊어 없애지 않으면 어찌 번뇌를 벗어날 수 있습니까?"

"법신(法身)은 본래 굶주림도 욕심도, 괴로움과 슬픔도 없는데 육체가 있기에 사람은 배고픔을 느끼고 추위를 느끼고 병을 얻게 되는 것이다. 하니 스스로 속이지 않게 되었거늘 마음대로 행동해도 좋다, 그 가운데 걸림이 없이 자유로움을 얻게 되면 그게 바로 법을 얻는 것이다."

무범이 물었다.

"속이지 않는다는 것은 음욕에 몸을 내어 맡긴단 말씀이십니까?"

"몸을 맡기는 것이 아니라 자신이 성정을 다스리는 것을 의미하지. 성품이 청정한 자는 음욕 속에 있더라도 물들지 않으니 그것은 법을 잃은 것이 아니니라."

무진이 무일과 무범의 머리에 꿀밤을 먹였다.

"알겠습니까, 두 사제들?"

따닥.

"아얏!"

"사, 사형!"

무진이 크게 웃었다.

"하하! 그러니까 너무 걱정하지 말라 이거야. 홀로 일어난 음욕은 절로 스러지게 마련이니, 몸과 마음을 정갈히 지킨다면 번뇌 또한 절로 사라질 거야."

무일과 무범은 더 이상 무진의 말에 대꾸할 수가 없었다.

무진은 웃으면서 자신의 갈 길을 갔지만, 무일과 무범은 한참이나 무진의 뒷모습에서 눈을 떼지 못했다.

"사형……. 무진 대사형이 어딘가 달라 보이는 것 같지 않습니까?"

"그러게……. 전에도 탈속(脫俗)한 사람 같더니만 오늘은 마치…… 머리 위에 후광이라도 있는 듯했어."

무진이 주는 느낌은 선승들에게서나 볼 수 있는 듯한 그런 모습이었다.

둘의 느낌은 사실 틀리지 않았다.

무진은 장건에게 맞고 누워 있는 동안에 큰 깨달음을 얻었다.

몸에 기운이 하나도 없이 무기력해 손가락 하나 제대로 움직이기 싫었다.

아무리 기운이 없다 해도 손가락을 움직일 힘이 없는 게 아닌데 꼼짝하기가 싫었다.

'마음……. 모든 게 내 마음에 달려 있었구나. 몸은 그저 마음을 따르는 육편(肉片)이니…….'

수백 번을 읽고 되뇌었던 불경의 구절들이 뼈에 새겨진 듯했다.

늘 입 언저리만 맴돌던 구절을 진정으로 받아들이게 된 것이다.

목숨에 집착했던 강호행, 무공에 집착했던 자신의 모습. 그런 것들이 한없이 부끄러워졌다.

깨달음을 얻는 순간 무진은 무아지경에 빠져들었다. 가부좌를 튼 것도 아니고 자리에 누워 그렇게 새로운 경지에 들어섰다.

인생이 새옹지마(塞翁之馬)라더니 화가 복이 된 셈이었다.

"어딜 가도 바글바글. 사람 사는 맛이 나는 듯해서 좋구나. 하하!"

무진의 입에서는 웃음이 떠나지 않았다.

소림에 몰려든 이들.

인세(人世)가 천태만상(千態萬象)이듯 누군가는 행복해졌지만, 반대로 불행해진 이도 있었다.

당사등이 바로 후자였다.

당사등은 사흘 만에 방문을 열고 나섰다. 그간 물 한 모금, 밥 한 수저도 입에 대지 않았었다.

그런다고 당사등쯤 되는 무인이 죽을 리는 없겠지만 몰골은 확실히 초췌해져 있었다.

당사등이 방을 나서자마자 여기저기서 젊은 남녀들의 목소리가 들려온다.

그것이 당사등의 심기를 더 불편하게 만들었다.

"크흠!"

당사등은 의관을 갖춘 후, 어디인가로 걸음을 옮겼다.

사흘간 그가 식음을 전폐하면서까지 결심했던 일을 드디어 행하기로 마음먹은 것이다.

*　　*　　*

 며칠째, 장건의 부친인 장도윤은 죽을 맛이었다.
 "허허. 노부로 말할 것 같으면……."
 노부고 나발이고 눈앞의 노인이 벌써 오늘만 해도 13번째로 만나는 손님이다.
 특히나 장건이 문각 선사의 진전을 이었다는 소림의 발표 이후에는 장도윤을 만나겠다는 사람들이 아예 줄을 섰다.
 듣도 보도 못한 무가와 무관의 장로급들도 여럿 만났다. 한창 자기소개와 장건에 대한 칭찬을 늘어놓다가 본론으로 들어가는 모양새가 다들 똑같다.
 "이번에 소림에 큰 우환이 생겼으니 같은 강호인으로 어찌 손을 놓고 지켜볼 수가 있겠는가. 하여 본장의 아이와 함께 왔는데……."
 자신이 데려온 여아의 품행이 어떻다는 둥, 미색이 곱다는 둥의 말을 하기 시작한다. 그러면서 은근히 어떠냐고 떠보는 것이다.
 "괜찮다면 당장이라도 매파를 보낼까 하는데 말일세."
 "예예. 어르신 말씀은 잘 알아들었습니다만, 제가 경황이 없어서 당장은 힘들 것 같습니다."
 그렇게 답할 수밖에 없는 게 장도윤의 입장이건만, 보통 이쯤 되면 상대는 은근히 화를 내는 척하기까지 한다.

"허어! 본장이 그리도 우습게보이는가? 아니면 내가 우습게 보이는 건가."

"그게 아닙니다, 어르신."

노인의 설교가 한참이나 이어진다.

자기네 장원의 위세가 어떻다는 둥, 그렇게 튕기다가는 세상 살기 힘들 거라는 둥, 알 거 다 아는 사람이 왜 그러냐는 둥.

나이가 있는 이들인지라 협박을 하다가도 어르고 달래는 수법이 보통이 아니다.

장도윤도 험한 일을 겪을 만큼 겪었으니 겨우 대처할 수 있을 뿐이다.

장도윤은 몇 번이나 사과를 하면서 고개를 연거푸 조아렸다. 그렇게 체면을 세워주지 않으면 노인의 허리춤에 찬 철주판이 언제 장도윤의 머리에 박힐지 모르는 노릇이다.

"말이 아주 안 통하는 사람은 아니로구만. 아직 여유가 있으니 잘 생각해 보시게나. 흠흠."

노인이 자리를 털고 나가자, 장도윤은 짧은 한숨을 내쉬었다.

오늘 마신 차만 수십 잔이었다. 물배가 차서 더부룩하다 못해 쓰릴 지경이다. 밥맛이 없어 점심도 걸렀다.

"정말 쉽지 않은 노릇이구나."

장도윤은 속이 타서 또다시 차를 따라 홀쩍 마셨다.

다행히도 슬슬 저녁 시간이 되어 오니 잠시 손님이 끊긴 모양이다. 하지만 저녁을 먹고 나면 마을로 나가서 술이라도 한잔 하자는 얘기가 여러 군데서 올 터였다.

그나마 아직까지는 체면문제 때문인지 정말 거물이라 할 수 있는 검왕 남궁호나 독선이 찾아오지 않은 게 다행이라 할 수 있었다.

"어떻게 해야 되는지……."

장도윤은 지끈거리는 머리를 잡고 의자에 몸을 깊숙이 파묻었다.

"잘난 아들을 두어도 고민일세, 그려."

장도윤은 그래도 실실 웃음이 나왔다. 걱정도 되지만 그만큼 자랑스럽기도 했다.

그때 사미승이 문 밖에서 말했다.

"손님이 오셨습니다."

또다.

장도윤이 피로한 기색으로 의자에서 일어섰다.

그러나 문이 열리고 들어온 사람을 본 순간, 피로감이 싹 달아났다.

당사등을 알아본 것이다.

'드디어 시작이구나!'

말이 씨가 된다더니, 가장 마주치고 싶지 않았던 인물 중의 한 명이 장도윤을 찾아왔다.

"드시지요."

천하 거상 장도윤도 긴장할 수밖에 없는 자리였다.

장도윤은 자리를 내주고 차를 따랐다.

언제 속이 불편했냐는 듯 쓰리던 배가 순식간에 가라앉았다.

당사등은 자리에 앉아서도 한참을 아무 말도 하지 않았다. 들어온 후부터 일다경이 넘도록 한 마디도 하지 않고 있는 것이다.

장도윤은 온몸이 다 따끔거렸다.

아무 말도 없이 앉아서 보고만 있을 뿐인데 무수한 질문을 던지는 듯하다.

'어떻게 해야 할까.'

이제가지 찾아온 이들과는 차원이 다르다. 당장 손을 쓰지 않더라도 장도윤이 소림을 나가는 순간 피를 토하며 죽게 만들 수도 있고, 단신으로 장가장을 잿더미로 만들 수도 있는 인물이었다.

무인들에게는 존경의 대상이나 일반인들에게는 신선이나 다름없는 이들이 우내십존이요, 그 중에서도 독선은 공포스럽기 짝이 없는 염라대왕 같은 존재다.

'침착해야 된다. 침착해야 돼.'

장도윤은 자신의 안위도 걱정이지만 그보다도 장건이 더 걱정스럽다.

아들을 위해 최선의 선택을 해야 하는 것이 아비 된 도리라 장도윤은 다짐했다.

독선이 찾아온 이유를 짐작하는 건 어렵지 않다. 며칠 전 당가의 여식이 자신을 소개한 적이 있었으니까.

남은 것은 장도윤의 결정이다.

독선이 선뜻 직접 찾아온 것은 괜히 장도윤의 의중이나 떠보고자 함이 아닐 것이다.

독선 자신의 체면과 가문의 자존심이 걸려 있는데도 직접 왔다는 건 확답을 얻고자 함이다.

그러나 다른 사람은 몰라도 독선에게는 쓸데없이 말을 돌릴 수 없다. 적당히 체면을 세워주면서 슬쩍 대답을 회피하는 것도 불가능하다.

무언의 압박.

둘 중 하나를 선택하라는 태도다.

이런 상황에서 괜히 주판알이나 튕겼다가는 목이 달아난다.

장도윤은 자리에서 일어났다.

결정을 하고 나니 떨림도 가라앉았다.

장도윤은 정중하게 고개를 숙였다.

"죄송합니다."

장도윤의 입에서 나온 것은 그 한 마디였다.

독선이 말을 하지 않고도 수많은 의미를 내보였던 것과 마찬가지로 장도윤의 한 마디에도 많은 내용이 함축되어 있었다.

 장건이 억지로라도 혼인을 해야 한다면, 적어도 장건을 해하게 했던 집안으로는 보내고 싶지 않다는 의지의 표현이었다.

 고개를 들지 않아 독선의 표정을 볼 수는 없으나 주변의 공기 변화가 심상치 않다. 무공을 배우지 않은 장도윤인데도 그것을 느낄 수 있을 정도다.

 묵직하고 날카롭다. 공기 중에 작은 칼날들이 무수히 떠다니며 장도윤의 피부를 쿡쿡 쑤시는 듯하다. 숨을 쉴 때마다 기관지가 따끔거린다.

 떨지는 않았지만 장도윤의 이마에는 어느덧 땀이 배었다.

 드디어 독선 당사등의 입이 열렸다.

 "노부는……."

 꿀꺽.

 장도윤은 마른침을 삼켰다.

 당사등의 말이 이어졌다.

 "노부는 그저 건이가 탐났을 따름이었다."

 장도윤은 그 말을 장건에게 해코지하려 한 게 아니었다는 것으로 받아들였다.

 그래도 대답은 같았다.

 "죄송합니다."

 당사등도 자리에서 일어섰다. 당사등이 입을 열기까지의 극히 짧은 시간이 장도윤에게는 억겁처럼 길게만 느껴졌다. 등허리에 배인 땀이 축축하다.

"후회하지 않겠는가?"

장도윤이 고개를 끄덕였다.

"장건이란 아이에게는 소림 선대의 은원이 얽혀 있다. 아니, 현재라고 해야겠지."

무림인들의 은원이, 그것도 우내십존 급의 은원이 얽혀 있다는 언질이자 마지막 경고였다. 이제 장도윤은 며느리를 선택할 때에 한 가지 기준을 더 추가해야 할 터다.

우내십존과 맺은 은원을 해결할 수 있을 정도의 가문……

말을 잠시 멈추었던 당사등이 찻잔을 들어 장도윤에게 내밀었다.

"권주를 마다하고 벌주를 마시겠다면 노부도 어쩔 수 없는 일이다."

장도윤은 눈앞에 보이는 찻잔과 그 안의 맑은 찻물이 그토록 두렵기는 처음이었다.

하지만 장건을 위해서는 도리가 없었다. 장도윤은 찻잔을 받아 단숨에 입에 털어 넣었다.

당사등의 눈썹이 꿈틀거렸다. 장건도 그렇지만 아비란 자도 대단한 배포를 가졌다. 괜히 거상이 될 수 있던 게 아닌가 보다.

이런 자를 아무리 협박해 봐야 소용이 없을 것이다. 당사등은 그렇게 판단했다.

당사등이 물끄러미 장도윤을 바라보다가 밖으로 나갔다.

밖에는 장도윤을 만나기 위해 왔다가 당사등을 보고 멈칫거리는 중년인들이 있었다.

당사등은 그들을 무시하고 어두워져가는 하늘을 바라보았다.

"하하하하!"

갑작스런 웃음이 터져 나왔다.

가슴 안에 맺혀 있던 분노와 허무함이 잔뜩 깃든 허망한 웃음소리였다.

공력이 깃든 당사등의 웃음소리에 경내가 쩌렁쩌렁 울린다. 사미승들과 중년인들의 안색이 순식간에 파리해졌다.

"하하하하하!"

당사등은 한참이나 그렇게 웃다가 돌연 바람처럼 사라졌다. 그가 사라지고 난 후 사미승과 중년인들이 답답한 숨을 토해냈다.

웃음소리만으로 내상을 입힐 정도로 가공할 내공을 지닌 당사등의 위용이 새삼스럽다.

"아무래도…… 오늘은 날이 아닌 듯하구만."

장도윤을 찾아왔던 소문파의 장로급 중년인은 혀를 내두르며 온 길을 되돌아갔다.

당가와 얽히는 것도 두렵지만 화가 나 있음이 분명한 당사등의 심기를 거스르고 싶은 마음은 더더욱 없었다.

*　　　*　　　*

 장도윤은 찻잔을 내려놓지도 못하고 온몸이 땀으로 범벅이 되어 경직된 채 서 있었다.
 밖에서 당사등의 쩌렁거리는 웃음소리가 들려오더니 찻주전자 안의 찻물이 불로 끓이는 것처럼 들끓는 것이 보인다.
 달그락 달그락.
 찻주전자가 흔들리면서 한쪽 벽에 걸린 아담한 족자가 툭 떨어진다.
 머리가 깨질 듯 아팠다.
 그러나 다행스럽게도 장도윤이 마신 차 안에는 독이 없는 모양이었다.
 웃음소리가 사라지자마자 장도윤은 기진맥진하여 주저앉았다.
 "후우, 후우……"
 생에 몇 번 안 되는 끔찍한 경험이었다.
 장도윤은 기력이 없어 한참이나 의자에 늘어지듯 붙어 있었다.
 얼마 지나지 않아 장건이 찾아왔다.
 워낙 사람들의 눈이 장건에게 쏠려 있는지라 장건은 하루에

한 번 장도윤을 찾아오기도 힘들 지경이었다. 해서 느즈막한 저녁이 되어서야 몰래 찾아오곤 했다.

"아빠!"

"오, 우리 아들 왔구나."

장도윤의 목소리에는 힘이 쭉 빠져 있었다.

장건은 장도윤의 안색이 좋지 못한 데다 땀까지 흘리는 것을 보고 걱정스럽게 물었다.

"어디 몸이 안 좋으세요?"

"괜찮다. 네가 신경 쓸 일이 아냐."

당사등이 경고의 말을 남기고 가긴 했으나, 어쨌든 자신의 뜻을 확고히 밝혔으니 같은 일로는 귀찮게 하지 않을 터였다. 장도윤은 굳이 장건에게 그 얘기를 할 필요는 없다 생각했다.

"그래. 오늘은 뭘 하고 지냈느냐?"

"맨날 똑같죠, 뭐. 아픈 분들을 돕고 그랬었는데 많이들 나아지셔서 소림을 나가시니까 딱히 할 일도 없어요."

장건은 하루 있었던 일을 이것저것 장도윤에게 말하며 수다를 떨었다.

속가 제자들의 정기 수련 시간도 당분간 미뤄진 상태라 내원에 틀어 박혀 있는 장건의 하루 일과가 그리 대단할 것도 없었다.

남아 있는 환자의 치료를 돕거나 친구들의 얘기를 하는 것이 고작이다.

그래도 장도윤은 지금 순간이 너무나 즐겁고 행복했다. 그가 그렇게나 그리던 평범한 부자의 모습이다.

당장의 고민만 없으면 더 행복할지도 모르지만 말이다.

장건의 얘기를 웃으면서 듣고 있던 장도윤이 은근슬쩍 물었다.

"그런데 말이다, 아들아."

"네."

"혹시 그 사이에 네가 괜찮다 생각하는 처자는 생겼냐?"

그나마 장건이 마음에 있는 여아가 있다면 장도윤은 그 처자와 연을 맺게 해주고 싶은 심정이다. 어차피 재산이야 장가 장에도 넘칠 만큼 있고, 상대의 가문도 몇몇 세가를 제외하면 다 비슷비슷하니 말이다.

만일 선택에 따른 책임과 위험을 감수해야 한다면 차라리 장건이 좋아하는 아이와 맺어주는 게 나을 거라는 것이 장도윤의 생각이었다.

한데 장건은 장도윤의 물음에도 별로 고민을 하지 않는다. 며칠째 장도윤이 매일 묻는데도 그냥 평범하게 말하듯 대답한다.

"글쎄요? 왜 맨날 똑같은 걸 물어보세요?"

"아, 이 녀석아. 예쁜 처자들이 저렇게 잔뜩 있는데 그 중에 한 명도 마음에 드는 사람이 없어?"

"친구들은 누가 이쁘다 누가 더 예쁘다 그러는데, 전 잘 모르겠어요."

"그런데 넌 안 그렇다고?"

장건이 고개를 끄덕인다.

장도윤이 다시 물었다.

"예쁜 애를 봐도 아무렇지 않단 말이냐?"

끄덕끄덕.

그나마 장건은 제갈영이 귀엽다고 생각은 하지만 동생으로 삼고 싶다는 마음이 강했다.

"허어."

장도윤은 아무래도 이상하단 생각이 들었다.

벌써 사춘기에 접어들고도 남았을 나이다. 예쁜 여자를 보면 밤에 잠도 안 오고, 괜히 그 여자를 생각하면서 얼굴에 홍조도 띠워야 정상이다.

장건처럼 아무 표정의 변화도 없이 여자를 대하고 말하는 건 정상이 아니다.

'하긴, 그러니까 백리가의 여식을 다짜고짜 두들겨 팰 수도 있었겠다만.'

엄청난 미녀보다도 아비의 위험에 더 마음을 써준 건 고마운데, 통상적으로 그런 미녀를 상대로 그렇게나 과격하게 손을 쓰는 남자는 없지 않은가.

"네 엄마가 너무 예뻐서 다른 여자들이 눈에 안 들어오는 거냐?"

문득 그럴 수도 있겠다는 생각이 들었다. 손 씨 부인은 젊었을 적에 절색이란 소리를 들었던 만큼 나이를 먹은 지금도 미모를 유지하고 있었다.

장건이 소림에 오기 전에는 나중에 커서 엄마에게 장가가겠다고 한 적도 있었던 것이다.

장건이 성인이었다면 끔찍한 소리일 수도 있었으나 보통 그 나이 또래의 아이들은 대부분 그런 말을 하곤 하니 이상한 일도 아니었다.

문제는, 어렸을 때만 해도 그렇게 정상적이었던 장건이 알 것 다 아는 나이가 되어서는 왜 비정상처럼 보이느냐 하는 것이었다.

'산에 너무 오래 살아서 그런가……'
장도윤은 장건의 대답을 기다렸다.
장건이 손사래를 치며 대답했다.
"에이, 엄마는 엄마잖아요."
"이놈아, 너 옛날엔 엄마랑 결혼하겠다 그랬어."
"정말요?"
너무 어렸을 때 일이라 장건은 기억을 못했다. 장건은 고개를 갸우뚱하며 말했다.
"그래도 엄마가 예뻐서 그랬다고 생각하지는 않는 걸요."
"허허. 네 말이 맞긴 하다만 그래도……"
장건이 생뚱한 표정으로 되물었다.

"예쁘면 뭐해요?"
"응?"
"여자가 예쁘다고 쌀이 나오나요, 돈이 생기나요."
"컥!"
장도윤은 위장 안의 찻물까지 내뱉을 뻔했다.

남의 아이가 그런 말을 했다면 한바탕 웃으면서 '고놈 참 맹랑하구나'라고 했을 텐데, 자기 아이가 그런 말을 하니 장도윤은 웃을 수가 없었다.

적어도 그건 열여섯 사춘기 남자아이가 할 말은 분명 아니었다.

수천 년 역사가 지속되어 온 이래, 미인을 위해서 목숨을 건 남자가 얼마나 많으며 미인 한 명 때문에 나라가 뒤집혔던 경우는 또 얼마나 많았던가.

'아무래도 이상한데?'

장건의 말은 현실적이긴 하나 너무 현실적이어서 장도윤도 뭐라고 할 말이 없었다.

불현듯, 장도윤은 겁이 났다.

무인들 중에는 무공에 빠져 평생을 독신으로 사는 사람도 있다 했다.

'혹시 우리 건이도?'

장도윤은 애써 침착함을 유지하며 말했다.

"건아."

"네."

"남자가 큰 뜻을 품고 한 가지에 정진하는 것은 좋은데 말이다. 과도할 정도로 빠져드는 건 좋지 않은 거다. 그래, 과유불급(過猶不及)이란 말도 있지 않으냐. 지나치면 모자람만 못하다고."

장건은 장도윤의 말뜻을 알아듣지 못하겠다는 표정이었다. 눈을 빤히 뜨고 되물었다.

"예쁜 여자와 과유불급이 무슨 관계가 있는데요?"

장도윤은 한숨을 내쉬었다. 장건이 답답해서가 아니라 왠지 안쓰러워서다.

"네 나이 때에는 친구들과 뛰어 놀기도 하고 예쁜 여자를 좋아하기도 하고 그래야 되는 건데……."

부모의 입장에서 자식이 유별나게 자라는 것은 원하지 않았다. 그러나 장건의 험한 사주 때문에 이런 상황이 된 것이니 누굴 탓할 수도 없는 노릇이었다.

장도윤은 다시 한숨이 나오려는 걸 참고 말했다.

"건아. 네 혼인 상대를 이 아비가 결정하는 게 아무리 당연한 일이라고 해도 말이다. 그래도 나는 네가 가능한 마음에 드는 처자와 혼인을 했으면 좋겠구나."

말똥말똥.

"그런 처자 없다니까요?"

"앞으로라도 만들면 될 거 아니냐."

"왜요?"

"……."

"그냥 아빠가 골라주시면 되잖아요."

"……."

장도윤은 점점 더 장건의 이 문제가 심각하다는 걸 깨닫고 있었다.

소림사도 좋고 무술도 좋지만, 장건은 가업을 물려받고 대도 이어야 하는 독자다.

이대로 두면 가업이고 가정이고 다 팽개치고 소림에 틀어박혀 무공이나 배우겠다고 할 판이다.

혼인도 중요하고 가문을 보고 고르는 것도 중요하지만, 장건의 무관심 병부터 고치지 않으면 안 될 것 같다.

"너 우리 집안의 가훈이 뭔지 아느냐?"

너무 오래돼서 잘 기억이 안 나는 장건이었다.

"정직, 성실, 그리고…… 잘 모르겠어요."

"하나는 화목이다, 화목. 남자는 가정이 화목해야 바깥일도 잘 풀리는 법이다. 가정을 내팽개쳐서는 아무리 대단한 일을 한대도 잘 될 수가 없는 거야."

평생 부인을 아끼고 살아온 장도윤이니 할 수 있는 말이기도 했다.

그러나 장건은 왜 자꾸 장도윤이 이상한 소리를 하는지 모르겠다는 표정이다.

"아무래도 안 되겠다. 오늘부터 일주일간 날 찾아올 때마다 매일 처자들 이야기를 하거라."

"네에? 무슨 얘기를요?"

"어떤 처자의 어떤 점이 괜찮다든지, 저 여자랑 살면 어떨 것 같다든지 뭐 그런 얘기 말이다. 모르겠으면 친구들에게라도 물어보고. 그래서 최소한 반시진은 내게 처자들에 대한 얘기를 해주어야 한다. 알겠느냐?"

역시 그런 이야기는 친구들이 해주는 게 제일이다.

장건에게는 정말로 쓸데없는 일이라고 생각되었으나, 장도윤의 표정은 아주 진지했다.

장건은 오글오글 소름이 돋아 오르는 것을 느끼며 억지로 대답했다.

"알겠어요."

오늘따라 장건에게는 아빠가 이상하게 보였다. 장도윤이 혼인 문제로 얼마나 노심초사 하고 있는지 모르는 까닭이었다.

"아참, 친구들 이름이 뭐라고 했지?"

"여러 명 있는데요. 제일 친한 애는 소왕무랑 대팔이에요. 그건 왜요?"

"아니다."

장도윤의 입장에서도 장건을 걱정하지 않을 수 없다. 남의 일도 아니고 장건 본인의 혼사 때문에 심지어 그 대단한 독선의 앞에서까지 용기를 냈는데, 정작 장건은 여자에 관심도 없어하는 것이다.

"자자, 알았으면 당장 나가서 누구라도 만나고 얘기라도 좀 하고 오너라."

"이제 곧 저녁 공양시간인데요?"

"아, 인석아! 그럼 밥이라도 한 끼 같이 먹자고 하면 되지!"

장건이 입을 삐죽 내밀고 투덜거렸다.

"나 먹기도 모자란데……."

"어이쿠야!"

장도윤은 뒷목을 잡았다.

정말 몰라서 하는 말은 아닌 것 같은데, 장가를 가겠다는 녀석 치고는 참으로 불량한 태도이기 그지없는 것이었다.

*   *   *

당예는 갑작스런 당사등의 부름을 받고 한달음에 달려왔다.

"무슨 일이세요?"

당유원이 비통한 얼굴로 고개를 떨군 채 앉아 있었고, 당사등도 뒷짐을 지고 창 앞에 서 있었다.

심상치 않은 분위기다.

당사등이 힘겹게 입을 열었다.

"짐 싸거라. 사천으로 돌아가야겠다."

"네에?"

당예의 눈이 휘둥그레졌다. 당사등이 검왕 남궁호를 만난 후 갑자기 칩거에 들어가 어느 정도는 예상하고 있었지만, 바로 돌아가자고 할 줄은 몰랐다.

당유원이 당예를 타박했다.

"그러게 내가 뭐랬느냐! 남궁가에서 오기 전에 하루라도 빨리 네가 그 아이의 마음을 빼앗아야 한다 했지!"

당사등이 당유원을 조용히 나무랐다.

"예의 탓이 아니다."

"하지만, 백부님! 이대로 물러설 수는 없습니다! 본가에서 출자한 것이 얼마인데 그냥 포기한단 말입니까!"

당사등이 꾸짖었다.

"너는 그럼 남궁호가 가져온 것이 본가의 신패가 아니고 단순한 노리개라고 잡아뗄 셈이란 말이냐! 우리가 상인도 아니거늘 왜 돈에 연연해! 재물은 다시 쌓으면 그만이나, 한 번 손상된 가문의 체면은 다시 쌓기가 얼마나 어려운지 모른단 말이냐! 본가의 신패가 더 이상 염라패가 되지 못한다면 본가는 남들에게 우습게 여겨지고 말 터이거늘!"

당유원이 모를 리 없건만, 손해가 너무 막심했다. 당분간 당가는 재정을 긴축하여 허리를 졸라매야 할 판이다.

당유원은 입술을 질끈 깨물고 원망어린 눈초리로 당예를 쳐다보았다.

당예는 눈앞이 캄캄해졌다. 다리에 힘이 풀려 금방이라도 쓰러질 것 같았다.

당사등은 고개를 돌려 다시 어두워진 창밖을 내다보았다.

"어차피 예가 건이를 포섭할 수 있다는 보장도 없는 판에 굳이 모험까지 할 수는 없다. 나라고 아깝지 않겠느냐마는 이쯤에서 접는 것이 최선이야."

어디서 그런 힘과 용기가 나왔을까?

당예가 주먹을 쥐고 소리쳤다.

"그럴 순 없어요! 전 아직 포기하지 않았어요!"

당유원이 마주 고함을 질렀다.

"이제 다 끝났다니까! 더 이상 소림에 있어봐야 나아질 것도 없는데 무슨 창피를 더 당하겠다고!"

"그렇지 않을 거예요! 제가 한다고 했잖아요!"

당예는 빽 소리를 지른 후 방문을 젖히고 뛰쳐나갔다. 당유원이 말릴 틈도 없었다.

"후우우……."

당유원이 길게 한숨을 내쉬자, 당사등이 돌아보지도 않고 말했다.

"내버려두어라. 그간 예도 노력한 게 있으니 아까워서 저럴 거다. 그래도 며칠 시간이 있으니 좀 지나면 기분을 추스를 여유는 있겠지."

당사등은 공허한 눈을 들어 희미하게 빛나고 있는 하늘을 마냥 올려다보고 있었다.

화촉의 장, 분노의 장

언뜻 포기한 것 같으나, 당사등은 곱게 물러날 생각은 없었다.
 당사등이 장도윤을 만나고 온 직후, 당사등이 직접 쓴 서한을 담은 전서구 한 마리가 은밀히 소림을 떠났던 것이다.
 '내가 가질 수 없다면 누구도 가질 수 없다! 설사 부서뜨려서라도 가지지 못하게 만들어 주마.'
 당사등의 입가에 공허한 눈빛과 어울리지 않는 살기어린 미소가 감돌았다.

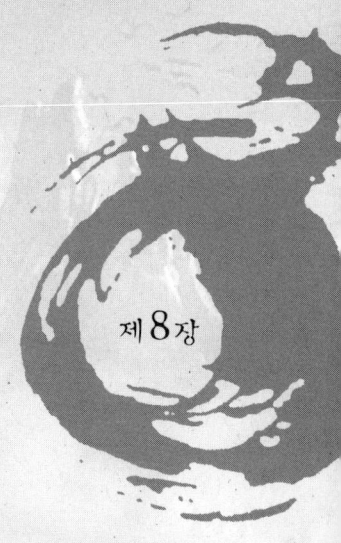

제8장

소년의 사춘기

문사명이 애절하게 외쳤다.

"소저!"

그러나 들은 척 만 척 남궁지는 걸음을 옮기고 있었다.

문사명이 한달음에 남궁지를 지나쳐 앞을 막아섰다.

"소저. 갑자기…… 갑자기 왜 이러시오?"

남궁지는 예의 무표정한 얼굴로 문사명을 올려다보았다. 그 빤한 눈동자에 문사명은 얼굴이 붉어졌지만 그래도 할 말은 해야 했다.

"내가 무슨 잘못을 했다고 이리 차갑게 대하는 겁니까."

이른 아침부터 문사명은 남궁지의 숙소 앞에서 기다렸다.

한데 남궁지는 그런 문사명을 본 척도 하지 않았던 것이다.

누가 들어도 문사명의 목소리는 절박하다. 그의 눈동자가 이미 사랑에 빠진 한 남자의 것이라는 게 빤히 보일 지경이었다.

남궁지가 대답했다.

"아무 잘못도…… 없어요."

"그런데 왜 갑자기 날 내치냐구요."

"……."

"뭐라고 말 좀 해 봐요. 안 그러면 내 가슴이…… 터질 것 같단 말이오."

"……."

"나 문사명이! 진실로 21년간 이런 마음을 느껴본 적은 한 번도 없었소. 나는 진심이오. 내가 왜 이러는지도 잘 모르겠단 말이오."

남궁지가 답했다.

"하지만…… 내가 왜 이러는지는 알잖아요?"

"내가 그걸 어떻게 압니까! 모르니까 묻고 있지 않습니까."

"그럼 내가 소림에 온 이유는?"

문사명의 말문이 한순간에 막혔다.

"그, 그건……."

문사명이라고 눈이 없고 귀가 없을 리 없다. 이미 장도윤에게 남궁지가 자신을 소개하기까지 했으니 말이다.

문사명이 입술을 깨물었다.

잘생긴 남자의 지극히 상처받은 표정……. 남궁지가 아니라 다른 소녀가 보았다면 끌어안아 주었을지도 몰랐다.

그러나 남궁지는 표정 하나 변하지 않고 가만히 문사명을 보고 있을 뿐이다.

"이미…… 알잖아요. 그러니까 이제 관둬요."

문사명이 힘들게 입을 연다.

"대상인 장건의 집안에 비하면 초라해 보일지도 모르나, 본인의 집안도 남들이 얕잡아 볼 정도는 아니오. 증조부께서 낮지 않은 벼슬을 하시었고 집안도 풍족하오."

남궁지가 대답을 않자 문사명이 설득하듯 다시 말했다.

"그런데도 내가…… 장건보다 못한 게 무엇이오?"

문사명의 강렬한 눈빛에 남궁지가 살짝 흔들리는 듯했다. 그러나 남궁지는 태연히 대답했다.

"두 가지……."

"말해 주시오! 말해 주시오!"

"첫째는 너무 잘나서……. 그리고 두 번째는 무공이 모자라서."

너무나 직설적인 남궁지의 대답에 문사명은 속이 쿡 하고 찔린 느낌이다.

잠시 허허로운 눈을 하다가 이내 불길을 태운다.

"내가…… 무공이 모자라단 말이오?"

소년의 사춘기 243

문사명의 몸에서 투기가 끓어오른다.

그가 누구인가!

강호에서 최고의 위세를 자랑하는 구대문파, 그 중에서도 둘째가라면 서러운 화산의 문도다. 게다가 그의 스승은 우내 십존 중의 일인인 검성 윤언강이었다.

이미 배분만 해도 소림의 굉자배와 같으니 강호에서의 위치도 결코 모자라지 않는다.

다만 윤언강이 하도 문사명을 끌고 다니는 바람에 세상에 많이 알려지지는 않았으나 그의 숨겨진 무위는 가히 그의 사형들을 뛰어넘을 만할 정도다.

그런 그가 무공이 모자라다는 소리를 들었다.

장건의 폭풍 같은 위용도 보았고, 장건의 실력이 대단하다 감탄도 했지만 자신이 모자라다고는 생각하지 않았다.

문사명의 투기를 느낀 남궁지가 살포시 미간을 찡그렸다.

"내가 이긴다면, 그땐 내게로 와주시겠습니까?"

문사명의 말에 남궁지는 여전히 눈을 찡그리기만 했다. 문사명의 마음을 모르진 않았지만, 남궁지가 원하는 것과 문사명이 원하는 것은 서로 다르다.

남궁지는 나지막이 한숨을 내쉬다가 문득 눈을 크게 떴다. 그러더니 그대로 문사명을 지나쳐갔다.

"남궁 소……!"

문사명이 남궁지의 시선 앞쪽을 보니 멀리에 장건의 모습이 보인다. 남궁지는 장건을 발견하고 문사명은 안중에 두지도 않고 가 버린 것이다.

 울컥!

 문사명의 눈에 분노의 감정이 크게 맴돌았다.

 저도 모르게 허리에 손이 갔다.

 그러나 검은 소림에 들어오면서 풀어 두었다. 잘 때도 놓지 않던 사문의 보검인지라 갑자기 그런 검을 놓게 한 소림까지도 미워진다.

 그 순간 문사명의 어깨에 누군가 손을 얹었다.

 문사명이 기겁하여 돌아보니 바로 스승인 윤언강이었다.

 "쯧쯧, 못난 놈 같으니."

 문사명은 입술을 깨물고 고개를 떨궜다. 스승의 앞에서 못난 행동을 보인 것 같아 마음이 아프다.

 하지만 어쩌겠는가!

 가슴에서 이리도 불꽃이 치미는데.

 윤언강이라고 그런 마음을 모르지 않는다. 며칠째 문사명이 들떠 있던 것을, 그것이 누구 때문인지를 단박에 눈치챘다.

 한창 뜨거운 피를 주체 못할 나이에 매일 무공만 익히게 했으니 미안한 감정도 든다.

 하지만 하필이면, 그게 남궁가의 여식이라니…….

 "사명아."

 윤언강이 애써 부드럽게 문사명을 불렀다.

"사부님……."

"검왕은 자신의 가문에 필요한 인재를 끌어들이기 위해 저 아이를 보낸 것이다. 어느 문파에도 얽매이지 않고 자신의 마음대로 할 수 있는 이를 원하였지, 화산의 제자이며 검성의 제자인 널 원하는 건 아니란다."

문사명은 가슴이 찢어지는 듯하다. 그를 바라보는 윤언강의 마음이라고 별반 다르지 않다.

"내 제자인 게 원망스러우냐? 화산에 든 것이 억울하냐?"

"그, 그렇지 않습니다!"

문사명이 항변하며 가슴을 쥐어뜯었다.

"그런데…… 가슴이 너무 아파서 견딜 수가 없습니다. 어찌해야 할지 모르겠습니다."

아무래도 심하게 열병이 든 모양이다.

이른 아침인데도 외원 곳곳에서, 나무 그늘 아래에……, 혹은 반반한 돌 의자에 몇 쌍의 남녀들이 앉아 있다.

문사명도 평소에는 그들을 볼 때마다 가슴이 설레고 행복했는데, 오늘만큼은 죽여 버리고 싶을 만큼 눈이 아렸다.

윤언강이 문사명의 어깨에서 손을 떼었다.

열병은 터뜨려야지 담아두면 병이 될 뿐이다.

"가거라."

"예?"

윤언강이 빙긋 웃었다.

"네 마음이 원하는 대로 돌아보지 말고 앞으로만 가거라. 뒷일은 생각하지 마라. 이 사부는 몰라도 넌 그래도 될 나이가 아니냐."

"사, 사부님."

"이번만큼은 눈 감아 주마. 하지만 소림을 떠날 때에는 한 줌의 미련도 남지 않도록, 모든 것을 다 쏟아 붓고 가거라. 알겠느냐?"

문사명이 미적거렸다. 윤언강의 말뜻을 어떻게 받아들여야 할지 몰라 망설이는 것이다.

성격도 강직하고 머리도 좋은데, 눈치가 없는 점이 유일한 단점이다. 그것도 너무 강직해서 그런 탓이겠지만.

윤언강이 다시 웃으면서 문사명의 어깨를 떠밀었다.

"뒷일은 내가 책임질 테니 네 마음껏 내키는 대로 하거라. 치고받고 싸우든 뭘 하든 단언코 이 사부가 반드시 돌보아 주마."

원군을 얻은 문사명의 가슴이 터질 듯했다.

문사명은 그 자리에서 큰절을 올리더니 재빨리 남궁지를 뒤따라갔다.

문사명의 뒷모습을 보며 윤언강은 자기도 모르게 너털웃음을 터뜨렸다.

"좋은 나이구나!"

수십 년 전 강호행을 할 때, 자신 역시 그러하였다. 예쁜 처자를 보면 설레기도 했고, 그 처자를 함께 좋아한 동료들과 주먹다짐을 하며 싸우기도 했다.

생각하면 철없던 시기의 이야기지만 그런 추억과 경험들이 지금의 자신을 만들어 준 소중한 과거인 것이다.

"음?"

그런데 문득, 윤언강은 불쾌한 기억 하나가 떠올랐다.

홍오와 성격이 잘 맞아 유난히 친하게 어울리던, 거의 홍오와 비슷한 악질적인 친구의 기억이었다.

"에이잉! 그 망할 놈이 왜 갑자기 생각나?"

평소에도 언행을 늘 조심하는 윤언강의 입에서 모처럼 거친 말투가 튀어나왔다.

다 늙어서 이제 추억이라는 게 달콤한 지경에 이르렀는데도 그 친구만 생각하면 이가 갈렸다.

젊은 시절 윤언강이 좋아하던 여인을 냉큼 가로채 청년 윤언강의 눈에서 피눈물을 나게 한 친구였다.

윤언강은 그런 친구의 얼굴이 떠오른 것이 못내 찝찝했다. 생각할수록 괘씸한 일이었으나 여인이 그 친구를 택한 것이니 당시에는 누구에게 따질 수도 없어서 혼자 속앓이만 했었다.

유난히 여자를 좋아하는 바람둥이였으니 그게 더 윤언강에게는 가슴이 아팠다.

"크흠!"

윤언강은 장포의 옆 자락을 손으로 탁! 때려 뒤로 휘감으면서 걸음을 돌렸다.

 누구에게나 안 좋은 기억은 있는 법이지만, 하필이면 날도 청명한 오늘 같은 때에 떠올릴 만한 기억은 아니었다.

 그래도 하나 위안은 되는 것이, 만일 그 친구가 지금 소림에 수많은 여인네들이 몰려들었다는 것을 들었다면 좀 배가 아플 거란 사실이었다.

 그 친구는 홍오와 마찬가지로 평생 문파를 벗어나지 못하고 있어야만 하니까.

　　　　　*　　　*　　　*

 장건은 새벽에 일어나 단전 수련을 하고 아침 공양을 한 직후, 바로 내원을 나왔다.

 평소 같으면 내원을 나오지 않겠지만 오늘부터는 나올 수밖에 없었다.

 바로 부친 장도윤의 엄명 때문이었다.

 오늘부터는 장도윤을 만나러 갈 때에 무엇이든 여자들에 대해 '얘깃거리'를 들고 가야 했다.

 '왜 여자를 좋아해야 하지?'

 갸웃갸웃.

 '왜왜? 그것도 예쁜 여자를?'

 장건은 고개를 좌우로 까딱까딱 하면서 장도윤의 말을 곱씹고 있었다.

 장건이 예쁜 여자를 구분하지 못하는 것은 아니다. 다만 혼인을 하는 데 예쁜 여자가 무슨 필요가 있나 생각되는 것이다.

 장도윤에게 했던 말 그대로 예쁜 여자랑 산다고 밥이 나오는 것도 아니고 떡이 나오는 것도 아닌데 말이다.

 '그게 그렇게 중요한가?'

 아무리 생각해도 이해할 수가 없다.

 "어휴. 진짜 아빠는 왜 이런 이상한 걸 시키는 거야?"

 장건은 여자를 만나 얘깃거리를 구해 오는 것보다 무공을 생각하는 게 즐겁다.

 며칠 전 소림의 정문에서 큰 싸움을 했던 것을 아직도 복기하며 하나씩 되짚어 보는 게 더 재미있었다.

 특히나 철비각 종유와의 대결에서 자신의 부족한 점을 알았다.

 내공 차이가 큰 상대를 만나면 유원반배로 받을 수가 없다는 점이었다.

 유원반배로 되돌릴 수 없을 정도로 강력한 공력에 장건은 그저 피하는 것밖에는 방법이 없었다. 상대의 힘을 이용하지 못하고 본신의 힘으로 위기를 쳐야 했다. 내공의 소모가 심해서 두 번은 어려운 방법이었다.

 만일 종유 같은 고수를 둘 정도만 만나도 장건은 필패하고 말 터였다.

물론 현재 소림사의 상황을 제외한다면, 드넓은 강호에서 종유만한 고수 두 명과 한자리에서 싸울 만한 일은 거의 없다. 하나 장건은 자기가 어느 정도의 위치에 있는지, 종유가 강호에서 얼마나 고수인지 크게 감을 잡지 못한 상태였다.

 워낙에 고수가 즐비한 소림에서 자란 탓인지도 몰랐다. 장건은 다른 이들이 소림에서 본 스님들에 비해 상대적으로 약하다 생각할 뿐인데, 사실 그들은 강호에서는 그래도 한 수 한다는 수준인 것이다.

 어쩌면 장건에 대한 장도윤의 걱정은 아예 기우는 아니었는지도 몰랐다.

 이유야 어쨌든, 적어도 장건이 지나치게 무공에 빠져 있는 것은 확실했다.

 "방법을 찾아야 하는데……."

 장건은 무공에 대한 생각을 하다가 자신의 머리를 탁탁 쳤다.

 "내가 이럴 때가 아니지, 참."

 얘깃거리를 구하는 게 우선이었다. 어차피 딱히 할 일도 없는데 얘깃거리를 구해 놓고 난 후에 여유롭게 생각해도 될 일이다.

 장건은 소왕무와 대팔을 찾아갔다. 조언을 구하고자 찾아간 것인데 마침 둘 다 자리에 없었다.

 "하아, 막막하다. 이럴 때 어딜 간 거야."

막상 내원을 나오긴 했지만 장건은 딱히 어떻게 해야 할지 갈피를 못 잡고 있었다.

내원을 나와 외원의 법당들 사이를 돌아다니는데, 여기저기에 삼삼오오 모여 있는 남녀들의 모습이 보인다.

뭐가 그리 즐거운지 평범한 모습의 장건에게는 관심도 주지 않는다. 조금만 자세히 보면 장건의 나무토막 같은 걸음이 특이하다는 걸 알 수 있을 테지만, 힐끗 보면 그저 평범한 속가 제자의 모습 정도일 뿐이었다.

그렇게 내원을 걷다 보니 개중에는 장건을 알아보는 이도 있었다.

"어? 저기, 저기, 쟤가 걔 아냐?"

"응? 그러네? 장건이잖아!"

삼남이녀가 대화를 나누다가 장건을 보고 놀란 듯 작게 외쳤다. 그들이 쑥덕대듯 서로 나누는 말들이 장건의 귀에 들어왔다. 장건은 괜히 귀가 간질거리고 쑥스러워졌다.

그들이 말을 걸까봐 걸음을 빨리해 그 자리를 벗어나는 장건이었다. 그나마 다행(?)인지 이른 아침이라 낮보다는 사람이 적어 장건을 알아보는 이도 드물었다.

장건의 기묘한 걸음새에 삼남이녀의 눈이 휘둥그레졌지만, 이미 장건은 그들이 말을 걸 수 있는 거리를 벗어나 있었다. 순식간에 법당과 전각 세 채를 지난 장건은 기둥에 기대어 숨을 내쉬었다.

"후아아!"

남들이 알아보고 말을 걸고 하는 것들이 부담스러웠다. 소왕무나 대팔은 친구들이기라도 하지, 생판 모르는 남이 아는 척하는 건 왠지 기분이 이상했다.

사실상 장건은 숙맥이었다.

"아아, 이러면 안 되는데."

장건은 스스로를 자책하며 자꾸만 자기 머리를 때렸다.

그러다가 시야 저편에 꽤 많은 사람들이 모여 있는 게 눈에 들어왔다.

"뭐지?"

장건은 호기심을 이기지 못하고 그쪽으로 다가갔다.

그곳에는 바위 위에 아무렇게나 걸터앉은 젊은 도인 한 명을 둘러싸고 십여 명의 여자아이들이 모여 깔깔대고 있었다.

젊은 도인은 길쭉한 도관을 머리에 쓰고 있었는데, 피부는 백옥처럼 곱고 얼굴도 꽤 어려 보였다. 십대 중반이나 되어 보일까 싶었지만, 말을 들어보니 실제로는 이십대 중후반 정도인 듯했다.

얼굴에는 온화하고도 부드러운 미소를 늘 짓고서 이야기를 하는데, 눈은 생기 있게 반짝거려서 호감이 가는 얼굴이었다. 잘생긴 미남이라기보다는 여자들이 좋아할 만한 동안의 곱상한 외모였다.

평범하고 왜소한 장건에게는 비할 바가 아니었다.

여자들은 젊은 도인의 모습에서 눈을 떼지 못하고 그의 이야기에 완전히 집중하고 있는 듯했다.

장건은 고개를 갸우뚱했다.

뭐랄까.

여자들이 젊은 도인을 좋아하고 있다는 게 눈에 보였다. 장건은 그게 남녀 간의 감정인지 단순한 호감인지는 구분하지 못했다.

하지만 자신을 둘러쌌던 수많은 여자들의 표정이나 분위기와는 확실히 다르다는 건 알 수 있었다.

장건을 둘러싸고 장도윤에게 자신을 소개했던 여자들은 다들 장건을 볼 때 호기심 반, 흥미 반, 혹은 단순한 집착 그 이상의 표정은 보이지 않았었다. 마치 장건을 사람으로 보는 게 아니라 물건을 보는 것 같았다.

말로 표현할 수는 없었지만 지금처럼 몽롱한 눈빛으로 젊은 도인의 일거수일투족에 세심하게 반응하거나 하지는 않았다.

심지어 당예도 그러했다. 그나마 제갈영만이 가끔 저 자리에 있는 여자들처럼 그런 눈빛을 보내주곤 했다.

왜인지 장건은 약간 섭섭하기도 하고 슬프기도 했다. 복잡한 감정이어서 그게 어떤 감정인지 확연히 구분하지도 못하면서 괜히 우울했다.

장건은 아예 한쪽 구석에 조용히 서서 젊은 도인과 여자들을 지켜보기로 했다.

도대체 젊은 도인의 어떤 점이 여자들에게 저런 표정을 짓게 하는 것일까?

장건은 뒤쪽에서 남궁지가……, 그리고 그 뒤에서 또 문사명이 따라오고 있음도 모른 채 젊은 도인의 이야기를 경청했다.

"……그래서 제가 그 흉악한 놈들에게 물었지요. '너희들이 지금 무슨 죄를 짓고 있는지 아느냐?' 그랬더니 그자들이 이렇게 대답하더군요. '우리가 그걸 알면 여기서 도둑질을 하고 있을까!' 라고요."

젊은 도인의 말에 여자들이 까르르 웃어댔다. 평범한 이야기인데 젊은 도인의 손짓이나 말투가 생동감이 있고, 얘기를 재미있게 끌어가는 재주가 있었다.

다소 어려 보이는 여자아이가 눈을 초롱거리며 물었다.

"그래서요? 그래서 어떻게 됐어요?"

"어떻게 됐을까요?"

말을 잠시 끊으며 빙그레 웃음을 짓자 여자아이들의 시선은 완전히 젊은 도인에 박혀 떠나질 못한다.

"도망치셨어요?"

"하하하. 설마요. 아무래도 그자들을 그냥 내버려두면 선량한 사람들이 피해를 볼 것 같아서, 이렇게! 순식간에 혈도를 제압해서 무릎을 꿇려놨지요."

젊은 도인이 허공에 대고 손가락을 퉁퉁 튕기는 자세를 취

했다.

"거짓마알—."

"도사님은 파리 하나 잡을 힘도 없으실 거 같은데요?"

여자아이들은 단순히 깔깔댔지만 장건은 '어?' 하고 탄성을 냈다.

공력도 담지 않은 단순한 손동작이 그렇게 미려할 수가 없었다.

'어어?'

넘치지도 않으면서 모자라지도 않는다. 풍진의 검법은 과감하게 불필요한 것을 모두 잘라낸 느낌이었는데, 젊은 도인의 손동작은 담을 건 모두 담으면서도 굳이 버리지 않은 그런 느낌이다.

아주 잠깐 젊은 도인의 시선이 장건을 스쳐갔다. 젊은 도인의 눈이 이채를 띠었으나 그것도 잠시, 젊은 도인은 이야기를 이어갔다.

"해서 제가 반나절을 설교했더니, 도둑의 수장이 제발 좀 살려 달라 하더군요. 다리가 저려서 못 살겠다고요."

여자아이들이 '우우—' 하고 비난성을 냈다.

"정말 나쁜 놈들이네요."

"다리 저린 것도 못 참으면서 남들을 괴롭히고 다니다니요. 그런 놈들을 그냥 두셨어요?"

"아뇨. 그래서 반나절을 더 앞에 두고 설교를 했지요."

다시 여자아이들이 깔깔대고 웃어댔다.

"정말 도사님이 칼 든 악적들을 잡으신 거 맞아요? 겉으로는 전혀 그렇게 안 보여요. 혹시…… 무당파에서 오신 기예요?"

질문한 이의 옆에 있던 여자가 대신 말했다.

"무당파 도복에는 태극 문양이 있는데 이 도사님은 없으시잖아. 도사님이라고 다 무당파겠니?"

젊은 도인이 대답했다.

"하하. 그렇습니다. 저는 무당이라면 아주 치를 떠는 사람입니다."

"그래요? 희한하다. 그런데도 그렇게 무공이 강하시다니."

여자들이 똘망똘망한 눈으로 도사를 보았다. 누군가가 다시 물었다.

"그런데요. 수행하는 도사님이신데 이렇게 우리하고 얘기하고 그래도 되나요?"

젊은 도인이 방긋 웃었다.

"본래 천지만물은 음양(陰陽)에서 비롯되는 것입니다. 하늘이 있으면 땅이 있고, 여자가 있으면 남자가 있지요. 그 둘이 조화로울 때에야 비로소 궁극경인 태극을 이룹니다. 이것은 자연의 이치인 것입니다. 남녀를 내외하는 건 오히려 자연의 이치에 반하는 것이라 하겠지요."

젊은 도인의 말은 틀린 것이 없었다. 장건도 다시금 여자에 대해 생각해 보게 하는 말이었다.

하나 장건은 '혼인을 하면 저절로 조화가 되는 거 아닌가?' 하고 생각했다.

그런데 그때.

"건."

짧은 한마디가 장건을 불렀다.

"어?"

장건은 또 누군가 자신을 알아보았나 보다 하고 급히 고개를 돌렸다.

바로 옆에 자그마하고 예쁘장한 여자아이 한 명이 장건을 똑바로 보며 서 있었다.

여자아이, 남궁지가 인사했다.

"안녕?"

장건이 자기도 모르게 같이 인사했다.

"아, 안녕."

어쩐지 낯이 익다 싶었더니 소림의 정문 앞에서 본, 그리고 제일 먼저 장도윤에게 인사를 한 남궁가의 아이였다.

남궁지가 젊은 도인과 다른 여자아이들을 무시하고 장건에게 말을 건 탓에, 그들 모두가 장건과 남궁지를 쳐다보게 되었다.

여자들이 깜짝 놀란 투로 말을 주고받았다.

"저 사람이 장건이야?"

"어, 그러고 보니 장 대…… 소협이 맞네?"

대협이라 부르기엔 장건은 너무 평범했다.

"우와아. 저렇게 평범할 줄은 정말 몰랐어."

"으응. 나도 처음에 깜짝 놀랐다니까?"

장건은 현 강호의 최대 관심사이자 신성이다. 풍진의 검을 받아낸 것이 우연이 아니었다는 듯 소림을 무시한 백 명의 무인들을 쓰러뜨리기까지 했다. 소문으로는 수백 명까지 부풀려졌다.

외모에 대해서야 둘째치고서라도 선망의 대상이 되지 않을 리 없다. 게다가 문파에 얽매인 것도 아니고 속가라서 자유로운 장건의 가치는 상상을 초월한다.

굳이 비유하자면, 만년한철로 만들어진 단단한 금고 안의 보검이 아니라 누구라도 집어 가질 수 있도록 길가에 놓인 보검이다.

"장건이란 사람이 저렇게 생겼구나……."

"저렇게 어려 보이는데 그렇게 세다니……."

이쯤 되면 화려한 말재주나 외모는 잠시 관심 밖이 되어 버리기 마련이다.

"안녕하세요?"

여자들이 연이어 장건에게 인사를 했다.

"아, 안녕하세요."

장건이 꾸벅 합장을 하고 고개를 숙였다.

"어머어머! 나한테 인사했어."
"까르륵! 귀엽다아!"
"정말. 난 엄청 무서운 사람일 줄 알았어."
"되게 착한가봐."
"그러니까 백리연, 고것이 정말 못된 계집이었지. 저렇게 착한 사람이 그렇게 화가 났을 정도면 말야."
"맞아. 내가 보기에도 그런 거 같아."
순식간에 백리연은 공적이 되어 버렸다.
여자들의 관심이 장건에게 옮겨지자, 장건은 괜히 불편해져서 안절부절못하는 가운데에도 조금은 기분이 좋아지는 듯했다.
하지만 젊은 도인의 표정은 살짝 찡그려졌다.
"하하! 그 소문의 장 소협이셨군요. 제가 소림에 어제 겨우 온 탓에 그 협행은 보지 못했지만……."
젊은 도인이 그렇게 말을 하는데, 다른 한 명이 또 끼어들었다.
바람처럼 남궁지의 앞에 나타난 문사명이다.
"장 소협!"
문사명은 예전에도 본 적이 있다.
장건이 합장하며 고개를 꾸벅 숙였다.
"안녕하세요."
너무나도 순박한 인사에 문사명은 순간 움찔했다. 왠지 모르게 자기도 웃으면서 인사를 해야 할 것 같았다.
 하지만, 문사명은 꿋꿋이 고개를 쳐들고 대답을 하지 않았다.
 남궁지가 문사명에게 조용히 말했다.
 "그만둬요. 문 대협."
 문사명은 이미 각오를 했다. 검성까지 힘내라고 등을 떠밀어준 마당에 두려울 것도 없고 물러설 수도 없었다.
 "비켜주시오. 이건 남자끼리의 문제요."
 남궁지를 옆으로 슬쩍 밀어낸 문사명이 장건을 마주했다.
 장건은 문사명이 왜 눈을 부릅뜨고 자신을 쳐다보는지 이해하지 못하고 있었다.
 여자들이 다시 수군댔다.
 "어머? 소매에 매화가……."
 "지금 저 애가 문 대협이라고 하지 않았어?"
 "설마……. 검성 어른의 제자인 문사명?"
 "그 사람이 저 사람이야?"
 "잘생겼다……."
 문사명의 외모는 출중한 편이다. 키도 크고 몸도 탄탄하다. 남자다우면서도 거칠지 않고 약간 날카로운 듯 세련된 외모를 가졌다.
 "오늘 우린 운이 좋은가봐. 세상에……. 이런 거물들을 한 자리에서 보게 되다니."

소년의 사춘기 261

"그러게. 그런데 무슨 일이지? 화가 난 것처럼 보이지 않아?"

문사명은 그들의 말이 귀에 거슬렸으나 내친걸음이었다.

"장 소협!"

굵직하고 힘있는 목소리에 장건이 깜짝 놀라 대답했다.

"네?"

"장 소협은 남궁 소저를 사모하오?"

"네에? 사모요?"

장건은 얼떨떨했다.

"무슨 사모요? 오늘 처음……은 아니지만 거의 처음 보는데요?"

문사명이 장건에게 시비 거는 이유를 여자들은 다 눈치챘다.

사랑싸움이다! 그것도 삼각관계인!

"아아! 멋지다."

"강호의 전설을 지금 내가 눈앞에서 보고 있는 건가봐."

화산파 검성의 제자인 문사명이 한 여자를 위해 소림의 신성 고수인 장건에게 도전하고 있는 모습이었다. 절대 흔히 볼 수 있는 광경이 아니었다.

이제 여자들의 관심은 젊은 도인에게서 완전히 떠났다.

무명(無名)의 곱상한 도인보다도 화산의 용(龍)과 소림의 호(虎)가 대립하는 한 편의 소설 같은 장면에 더 관심이 집중되고 있었다.

여자들은 남궁지를 힐끔거리고 쳐다보았다. 가만히 입을 다물고 있으면 인형이라고 해도 믿을 만큼 귀엽고 신비한 매력이 있는 여자아이였다.

"그런데 쟤는 누구지?"

"남궁 소저라 불렀으니, 남궁가에서 온……."

"검왕 어른과 같이 온 애라고?"

"와……. 정말 딴 나라에서 온 애 같아."

평생 가도 한 번 얼굴 보기 힘든 검왕과 검성, 그 둘이 데려온 이들이었다.

"좋겠다……. 나도 저렇게 나를 위해 싸우겠다는 남자가 있었으면……."

"너도 쟤처럼 예쁘면 돼."

"시끄러워."

수군대는 여자아이들의 말에 문사명은 약간 곤혹스러웠다. 다른 쪽에 있던 이들도 '무슨 일인가?' 하며 슬슬 몰려들고 있었다.

문사명은 바로 용건을 꺼내었다.

"단도직입적으로 말하겠소. 남궁 소저를 포기하시오. 남궁 소저는 장 소협에게 어울리지 않소. 좋아하지도 않는 사람을 애써 데려가려 하지 마시오."

장건은 황당할 뿐이다. 요즘 들어 말도 안 되는 문제로 시비

거는 사람들이 왜 이리 늘어났을까?

"내가 언제 누굴 데려가요? 처음 본 사람을 뭘 포기하고 말고 하란 거죠?"

"그렇다면 나중에라도 딴 소리 하지 않겠소?"

"내가 무슨 상관이 있다고 나한테 그러냐니까요?"

"확실히 대답하시오!"

"난 모르는 일이니까 알아서 하세요. 진짜 이상한 사람이네."

문사명의 돌발적인 행동에 곤란하게 된 건 남궁지였다. 이래서는 가문의 행사에 차질이 생기고 만다.

한데 남궁지는 장건의 '알아서 하라'는 말에 미묘한 감정의 동요를 느꼈다.

남궁지가 장건을 빤히 보며 물었다.

"왜 자기 걸 남에게 그냥 넘기려고 하지?"

장건은 눈을 똥그랗게 떴다.

'이건 또 무슨 소리람?'

제9장

정체불명의 도인

눈을 꿈벅거리는 장건에게 남궁지가 말했다.
"실망이야……. 어떻게 자기 걸 남이 빼앗아 가려는데 마음대로 하라고 해?"
"뭐가 내 거고, 또 누가 그걸 뺏아 간다고 그러는 거예요?"
기가 차서 얼른 자리를 뜨고 싶은 심정인 장건이다.
남궁지가 단호하게 한 자로 대답했다.
"나."
장건이 당황해하면서 손사래를 쳤다.
"저기요! 우린 오늘 거의 처음 보잖아요. 그리고 소저는 물건도 아니고, 전 소저를 가진 적도 없구요. 그러니까 자꾸 이상한 소리 하지 마세요."

"……그리고 소림에 온 모든 여자들."

"네?"

남궁지의 띄엄띄엄한 말에 장건은 잠깐 무슨 뜻인지 생각해야 했다.

남궁지가 기다리지 않고 설명했다.

"소림에 있는 모든 여자는 다 네 거야. 누구라도 네가 가지고 싶다 하면 거부할 수 없어."

장건은 쩍 하고 입만 벌렸다.

젊은 도인이 억지웃음을 띠며 말했다.

"남궁 소저라고 했던가요? 말이 너무 심하군요. 장 소협의 말씀대로 사람은 물건이 아닙니다. 하물며 소림에 계신 모든 여자분들이 장 소협의 것이라니요. 그건 너무 지나친 언사입니다."

남궁지는 물끄러미 젊은 도인을 보다가 대답했다.

"아저씨? ……는 됐고."

젊은 도인의 얼굴이 왕창 일그러졌다.

"아저씨라니!"

젊은 도인은 남궁지를 째려보다가 흠칫했다.

'어라? 이 여자애 눈이……. 심안(心眼)인가?'

날 때부터 사물을 있는 그대로만 볼 수 있는 특이한 체질의 사람이 있다. 그냥 보는 것만으로도 허와 실을 구분할 수 있어서 진법도 꿰뚫어 보고, 무공을 하면 현란한 허초에 혹하지 않는다.

'이상한 애가 꼬였군. 흠.'

젊은 도인은 잠시 입을 다물기로 했다.

남궁지가 모여 있는 여자들을 보며 물었다.

"싫은 사람?"

앞 말이 빠져 있긴 하지만, 장건이 자신들을 택했을 때 거부하겠느냐는 의미였다.

당연히 싫을 리 없었다.

중원에서 내로라하는 거상의 자식이요, 소림에서는 인정받는 기대주요, 강호에서는 이미 모르는 사람이 없는 고수인 장건이다.

성격이 지랄 맞다거나 한 것도 아니고 지금 보니 순수하고 순박하기까지 하다. 강호제일미 백리연을 두들겨 팼을 정도니 미색에도 혹하지 않아 바람을 필 일도 없어 보인다.

그런 남자를 굳이 애써 마다할 필요는 없는 것이다!

물론 장건이 자신을 선택해 준다면 말이다.

여자들이 가만히 있는 것은 무언의 답이나 마찬가지였다.

장건은 뻘쭘해졌다.

"왜 가만있는 사람을 이상하게 만들어요?"

남궁지가 장건을 보며 말했다.

"나 역시 마찬가지야. 네가 싫다기 전까지, 난 네 것이나 다름없어."

 장건의 대답은 당연하게도…….

 "싫어요!"

 였고, 남궁지의 표정에는 그늘이 졌다.

 얼음 같던 마음에 한 줄기 실금이 생겨났다. 자신의 여자라고 하는데도 설마하니 대놓고 싫다 할 줄은 몰랐다.

 "아……."

 남궁지의 입에서 탄식이 나오고, 그녀의 표정이 어두워지자 장건은 조금 미안하긴 했다.

 "어, 그러니까. 소저가 싫다는 게 아니라 그렇게 말을 하는 게 싫다는 건데……. 그렇다고 좋다는 것도 아니지만…… 어쨌든간요."

 문사명의 눈에는 불똥이 튀었다.

 "감히 남궁 소저를 조롱하다니!"

 자신은 가지고 싶어도 갖지 못하는데. 밤마다 애를 태우며 뒤척이다 잠이 들고, 일어나면 가장 먼저 그녀의 얼굴이 떠오르는데.

 그런 그녀를 농락하는 장건을, 문사명은 도저히 용서할 수 없었다.

 "장 소협! 정식으로 비무를 요청하겠소!"

 아무래도 괴상한 일에 얽힌 것 같다.

 장건은 딱 잘라 대답했다.

"그건 진짜로 싫어요."

그 말에 문사명은 물론이고 젊은 도인, 심지어 남궁지를 포함한 여자들까지도 황망한 표정을 지었다.

정식 비무 요청을 거절한 무인은 남들의 조롱거리가 된다. 실력 차가 너무 난다면 모를까 어지간한 사람이라면 비무 요청을 받았을 때 물러서지 않는다.

그런데 장건은 단숨에 거절을 해버렸다.

"그럼 전 이만."

거기다 그냥 가겠다고까지 한다!

아무리 문사명이 인내심이 있다 해도 도저히 용납할 수가 없는 상황이었다.

하물며 지금은 그가 연모하는 남궁지의 앞이다.

"수백의 무인들을 상대로 보인 기백은 어딜 간 것이오!"

문사명은 벼락처럼 손을 떨쳤다.

검이 없으니 엄지를 감고 검지와 중지를 세워 검결지를 쥐었다. 청운신법을 극대로 펼치며 순식간에 매화십삼검을 뿌려냈다.

죽이겠다는 의도는 없었다. 그러나 분노한 나머지 문사명은 숨겨두었던 실력을 반 이상 드러냈다. 그래야 장건이 달아나지 못하고 비무를 받아들일 거라 생각했다.

문사명의 검결지가 아름답게 뻗어나는 매화 가지를 그리다가 일순간에 장건의 가슴을 파고들었다.

장건은 이미 문사명의 몸에서 공력이 생겨나고 있음을 알았다. 문사명의 위기가 점차 두터워지고 색이 진해지고 있었던 것이다.

문사명의 위기는 나이에 맞지 않게 커다랬다. 종유와도 비견할 만했다.

거기에 검결지에 담긴 공력까지 보통이 아니었다.

종유의 섬뢰분연각이 철퇴를 여러 번 휘두르는 것 같았다면 문사명의 검결지는 예리한 송곳같이 한 점을 찔러오고 있었다.

두 공격의 파괴력이 같다면 한 점으로 들어오는 문사명의 검결지가 더 치명적으로 위험하다.

'이건 정말 유원반배로 못 받겠어!'

장건은 미리 예상을 했으니 다행이라 생각했다. 갑자기 손을 쓴 것은 화가 나지만, 그냥 이 자리를 벗어나는 게 우선이라는 마음에 불영선보를 써서 뒤로 쭉 빠졌다.

'빨리 내공을 더 키우든가 다른 방법을 찾지 않으면 안 되겠어.'

약점을 극복하는 일이 더 절실해졌다.

한데 문사명의 검결지는 멈추지 않고 장건을 따라왔다. 장건이 뒷걸음질을 치는 것보다 더 빠르게 달라붙었다. 나한보를 써서 떨쳐내려고 해도 검결지는 눈이라도 달린 것처럼 장건을 쫓아왔다.

'어어?'

이런 공격은 처음이다.

피할 수가 없는 공격!

이런 공격을 약간의 차이로 피해내려고 했다가는 된통 당할 수밖에 없을 것이다.

장건이 할 줄 아는 거라고는 몇 되지 않았다.

나한보로 피할 수도 없고, 공력차가 큰 탓에 유원반배로도 받지 못한다.

매화검법에 담긴 오의를 풀어낼 수 없는 것이다.

용조수로 어떻게든 막을 수는 있겠지만, 혹은 금강권으로 위기를 공격해 물러나게 만들 수도 있었겠지만, 어떤 방법이든 다소의 부상을 감수하지 않고는 불가능했다.

장건의 최우선 목표는 다치면서까지 막는 게 아니라 자리를 벗어나는 것이었다.

장건은 더 빠르게 발을 박차고 뒤로 물러났다. 이렇게까지 몸을 움직이면서 보법을 사용한 적이 없는지라 다소 완벽하지 않았다.

그러나 문사명의 검결지는 처음부터 지금까지 장건만을 향해 섬광처럼 쫓아오고 있었다. 뒤로 가는 속도보다 더 빨라 마주칠 수밖에 없었다.

'아차!'

장건이 별수 없이 대응하기로 마음을 먹었다. 어떻게 된 사람들이 조금만 수틀리면 주먹부터 내고 볼까? 장건은 불만스러웠다.

그런데 그때, 부드러운 경력이 장건을 뒤로 더 밀어냈다. 약간의 차이로 장건은 문사명의 검결지 범위에서 벗어났고, 그 사이로 누군가가 들어왔다.

"아?"

잠시 주인공이 되어 있다가 한순간에 한지로 밀려났던 젊은 도인이 끼어든 것이다.

"위험……!"

위험하다는 말을 채 하기도 전에, 장건은 너무 놀라서 눈이 찢어져라 크게 뜨고 말았다.

젊은 도인이 무엇이든 베어 버릴 것 같은 검결지를 오른손으로 그냥 잡아채려 하고 있었던 것이다.

* * *

"응?"

문사명을 보내고 방장 굉운을 찾아가던 윤언강이 돌연 걸음을 멈추고 뒤를 돌아보았다.

전각들에 가려져 보이지 않는 어딘가에서 그의 감각을 미세하게 건드린 누군가가 있었다.

그것도 아주 희미하긴 했지만 익숙한 기운……

괜히 이상한 기분이 들게 만드는 기운이었다.

"이상한걸?"

소림에 많은 고수들이 있다고는 해도 그 중에 이만큼 소림의 기운과 다르면서 기억에 남는 기운은 흔치 않았다.

거리가 있는데다 아주 찰나의 순간이었기에 윤언강은 무어라 그 기운을 확신할 수 없었다.

"흠……."

윤언강은 걸음을 멈춘 채 기운이 느껴졌던 방향을 응시했다.

불안하게도 별로 확인하고 싶지 않았다.

"뭐냐?"

아침부터 허리를 구부정하게 구부리고 뒷짐을 진 채 소림 이곳저곳을 쏘다니던 풍진도 걸음을 멈추고 있었다.

풍진은 고개를 갸웃거리다가 혼잣말을 내뱉었다.

"내가 노망이 들었거나, 천지가 개벽하지 않은 이상은 이럴 리가 없는데? 내가 잘못 느꼈나?"

실오라기 같은 단서라도 잡아 보려 했지만, 기운이 느껴진 시간은 극히 짧았다.

"이거 가보자니 귀찮고 안 가보자니 찝찝하고. 재미난 일이 있을 것도 같고, 아닌 것도 같고."

풍진은 한동안 투덜대면서도 걸음을 쉽사리 옮기지 못했다.

장도윤을 만난 이후, 계속해서 두문불출하고 있던 당사등의 눈이 번쩍하고 빛났다.

"벌써?"

훈련받은 비둘기는 한 시진이면 오백 리를 간다. 그렇다고 해도 벌써 도착했을 리는 없을 터다. 평소 전서구를 주고받았던 사이이니 대강 시간 계산이 된다.

호북에서 하남까지의 거리는 적지 않다. 지금쯤 당사등이 보낸 서신을 받아 들었어야 옳다.

"이상한 일이군."

그러나 당사등은 섣불리 움직이지 않았다.

어차피 곧 그가 자신을 찾아올 게 분명했으므로.

방장실에서 홍오와 대면하고 있던 굉운도 미세한 그 기운을 느꼈다. 기운을 느꼈다기보다는 기척에 가까웠다.

굉운이 말을 하다 말고 멈춘 것이 이상했는지, 홍오가 물었다.

"무슨 일인가?"

"손님이 찾아오신 모양입니다."

"그래?"

홍오가 끙끙댔으나 이미 사라진 기운을 느끼기에는 요원했다.

"난 잘 모르겠는데?"

"글쎄요……. 저도 확실치는 않습니다. 왜 이런 분이 소림에 들 때까지 몰랐을까요. 이상한 일입니다."

홍오가 갑자기 눈을 비볐다.

굉운이 물었다.

"괜찮으십니까?"

"요즘 들어 눈도 좀 침침하고, 기운도 없고 그렇구먼. 갈 날이 머지않아서겠지."

홍오가 씁쓸하게 웃었다.

굉운이 알아챈 것을 자신은 알아채지 못했다.

감각은 둔해지고, 내공은 조금씩 소실되고 있다. 자주 두통에 시달리며 관절이 뻐근함을 느낀다. 가끔 기억을 잃기도 하지만 기억을 잃은 사실조차 인지하지 못한다.

급속도로 쇠약해지고 있는 것이다.

농담처럼 말했지만, 홍오 스스로도 정말로 입적할 때가 다가오고 있다는 걸 느끼고 있었다.

장건에게 백보신권을 보여준 후부터의 일이었지만, 사실 홍오는 그것까지는 생각하지 못하고 있었다. 아니, 이미 거기까지 생각할 기력이 없다고 해야 했다.

굉운이 말했다.

"그런 말씀 마십시오. 탕약을 지어 드릴 테니 매일 드시면서 몸을 보중하셔야지요."

갑자기 홍오가 굉운을 물끄러미 보았다.

"한데 우리가 무슨 얘기를 하고 있었지?"

방금까지 장건과 문각의 무공에 대해 말하고 있었는데 홍오는 그 사이에 그것도 잊은 모양이다.

"손님이 왔다고 하니 내가 한 번 나가볼까나?"

얘기가 다 끝나지도 않았는데 갑작스러운 변덕을 부리면서 홍오가 일어섰다.

굉운의 표정이 어두워졌다.

그 역시 최근 홍오의 변화를 인지하고 있었다. 말이 별로 없어졌고 여기저기 끼지도 않는다.

그러나 이렇게까지 심각할 줄은 몰랐던 일이었다.

"사숙……."

* * *

젊은 도인의 수법은 장건이 처음 보는 것이었다.

문사명의 검결지를 잡아채는가 싶더니, 갑자기 팔을 빙글빙글 돌리기 시작했다.

손가락부터 손목 관절이 작은 원을 그리고 팔꿈치가 그 선을 이어받아 원을 그리며, 다시 어깨가 원을 그린다. 수없이 크고 작은 원이 하나의 선을 이루며 그려지고 있었다.

"와아."

마치 허공에 소용돌이 모양의 원을 계속해서 그리듯이 젊은 도인의 팔이 움직인다.

처음엔 크게, 그리고 점점 작은 원을 그리는데 뒤로 물러나면서 원뿔 모양으로 원을 그리고 있다. 정말로 완벽한 원이다.

날카로운 검결지를 손 안에 두고 있으면서도 전혀 긴장한 기색도 없이 부드럽게 팔을 휘젓는다.

놀라운 것은 문사명이 그 원안에서 손을 빼지 못하고 있다는 것이다.

"크윽!"

문사명이 당황한 외침을 내뱉었다.

문사명은 빨려가듯 젊은 도인의 움직임을 따라 검결지를 움직이고 있을 뿐이었다. 젊은 도인은 뒤로 두어 걸음을 물러서면서 연신 원을 그렸고, 문사명은 넘어지지 않으려 애쓰면서 젊은 도인의 걸음에 발을 맞추어야 했다.

그렇게 그리던 원이 마침내 하나의 작은 점이 되자 젊은 도인이 손가락을 부드럽게 끌어 올리며 옆으로 튕겼다.

"헛!"

문사명의 검결지가 풀어지며 그의 손은 어느새 옆으로 늘어져 있었다.

만약 검을 들고 있었다면 분명 검을 놓쳤을 것이다.

문사명은 어이없는 얼굴로 고개를 들었다.

'도저히 저항할 수가 없었어!'

젊은 도인은 미소를 지으면서 문사명의 어깨를 툭툭 쳤다.

"아리따운 여자분들이 계신데 굳이 피를 봐서야 되겠소?"

문사명은 대꾸도 할 수 없었다.

비록 검을 들고 있지 않았다 하더라도 이렇게 허무하게 당했다는 것은 말도 되지 않는 일이었다.

"어, 어떻게……."

젊은 도인은 벌써 문사명에게서 고개를 돌린 후였다. 그는 마치 광대 같은 몸짓으로 여자들을 보며 말하고 있었다.

"자아, 내 말이 사실이죠? 아까 말한 흉악한 도둑들을 잡았다는데 믿지 않았던 분들은 빨리 사과하세요. 엇험."

여자들도 어안이 벙벙했다.

"검성의 제자를……."

"그냥 빙글빙글 돌리면서 휙 하니까, 끝나 버렸어……."

여자들이 감탄하고 환호성을 지를 거라 생각했었는데 다른 반응이 나오자 젊은 도인이 이마를 긁적거렸다.

"아차차. 이건 좀 아닌데? 내가 너무 주책 맞았나?"

젊은 도인은 고개를 내젓더니 여자들을 향해 포권을 했다.

"그럼 다음에 또 뵙죠."

젊은 도인은 장건을 보더니 눈을 찡긋했다.

"그 불영선보와 나한보, 대나한선보는 꽤 특이한데? 덕분에 구경 잘 했어."

장건은 유유히 사라져가는 젊은 도인을 멍하니 바라보았다. 자신이 쓴 보법을 알아봐서가 아니었다.

그가 보여준 충격적인 움직임이 장건의 뇌리 깊숙이 파고들었던 것이다.

'유원반배로 받을 수 없는 공격을 거의 공력을 쓰지 않고도 무마시켰어.'

장건도 남들이 상식적으로 이해하기 어려운 무공을 사용하고 있었지만, 젊은 도인의 수법 역시 장건의 상식으로는 이해하기 어려웠다.

공력을 전개하지 않아서 위기도 거의 보이지 않았다.

'희한한 무공이네?'

젊은 도인이 자리를 떠난 후에도 남은 이들은 한참이나 이 황당한 일을 현실로 받아들이지 못했다.

특히나 장건은 어느새 '여자'에 대한 일을 까맣게 잊고 있었다.

'내공이 거의 필요치 않은 저런 수법을 쓸 수 있다면……'

장건의 관심사는 순식간에 도인의 무공에 쏠리고 말았다.

*　　　*　　　*

젊은 도인은 '쳇' 하고 걸음을 멈추었다.

어느 샌가 세 명의 인영이 젊은 도인을 세 방향에서 둘러싸듯 하고 있었다.

"하여간 노인네들이 눈치는 빨라요."

정체불명의 도인 281

하나 단순히 노인네들이라고 하기에 그의 앞에 있는 인물들의 면면은 대단하다.

검성과 검왕, 그리고 홍오까지 가세했다.

젊은 도인이 그들을 알고 있는 듯 대하는 데 비해 윤언강과 남궁호의 얼굴은 귀신이라도 본 표정이었다.

"이……이럴 수가!"

"허어! 내가 꿈이라도 꾸는 겐가?"

젊은 도인은 '킁' 하고 콧김을 내뿜었다. 곱상한 얼굴에 어울리지 않는 삐딱한 태도였는데, 그게 의외로 자연스러웠다.

"뭐 오랜만에 만났으니 반갑다고는 해두지. 흐흐."

윤언강이 '허!' 하고 다시 탄성을 냈다.

"자네……, 자네가 맞는가?"

젊은 도인이 킥킥 웃었다.

"그러는 자넨 아직도 그때 그 처자를 못 잊어서 밤마다 찔찔대고 울고 있나? 그때 일은 참으로 미안하게 생각하고 있어. 근데 어쩌겠나. 본 성품이 이렇게 태어난걸."

윤언강이 울컥했다.

"맞구나!"

남궁호가 고개를 내저었다.

"내 눈으로 직접 보고 있는데도 믿을 수가 없군. 어떻게 이렇게 똑같을 수가……!"

젊은 도인은 방정맞게도 킥킥댔다. 그러다가 돌연 싸늘하게 홍오를 쳐다보았다.

섬뜩한 살기가 홍오를 찌르자 홍오가 얼굴을 찡그린다.

"이 핏덩이가 눈알 부라리는 거 봐라?"

젊은 도인이 아랑곳 않고 홍오를 향해 말했다.

"너……, 각오는 되어 있겠지? 유언은 남겨 놨냐?"

윤언강과 남궁호는 아차 싶었다.

젊은 도인과 홍오에게는 씻을 수 없는 악연이 있다. 만일 그것을 갚고자 찾아 왔다면 소림에 다시 한 번 폭풍이 몰아칠지도 모른다.

그러나, 홍오의 표정은 찡그린 그대로다.

홍오가 소리를 버럭 질렀다.

"어디서 새파랗게 젊은 놈이 버르장머리도 없이 막말이냐! 이놈이 그냥?"

"응?"

어딘가 이상하다.

이윽고 뭔가를 깨달은 젊은 도인이 황당하다는 얼굴로 윤언강과 남궁호를 쳐다보았다.

그러나 사정을 알 수 없는 건 윤언강과 남궁호도 마찬가지였다.

젊은 도인이 손가락으로 자기 얼굴을 가리키며 홍오에게 물었다.

"너, 나 모르냐?"

홍오는 그 물음에 거품을 물고 대답했다.

"니놈이 누군진 몰라도 제대로 배워 처먹지도 못한 놈이라는 건 알겠다! 오냐. 내 오늘 불지옥에 떨어지는 한이 있어도 핏덩이 하나 교육 좀 시켜야겠다!"

홍오가 승복의 소매까지 치켜올리며 씩씩대자 젊은 도인은 뒤로 주춤 물러나며 소리쳤다.

"너 정말 나 모르는 척하는 거 아니지?"

"이놈이 그래도? 어서 이리 오지 못해? 당장 궁뎅이를 두들겨서 네 부모 앞에 들고 가주마."

젊은 도인의 입가가 씰룩거렸다.

"아냐……. 이럴 순 없어. 이럴 순 없다고!"

젊은 도인은 절규하듯 외치며 놀랍도록 빠른 경공술로 튀어 올랐다. 그가 디딘 땅에는 발자국조차 남아 있지 않았다.

뒤따라가려던 홍오가 씩씩대며 윤언강과 남궁호를 보고 물었다.

"거 도망치는 건 일품이네. 근데 너희들은 쟤가 누군지 아냐?"

윤언강과 남궁호는 서로를 한 번 마주 보았다가 다시 홍오를 보았다.

홍오를 보는 둘의 눈은 어이없음을 넘어서서 충격을 받은 듯한 빛까지 띠고 있었다.

홍오가 빽 소리를 질렀다.

"아, 왜 그런 동태 눈깔 같은 눈초리로 날 보는 게야!"

*   *   *

 그 시각, 소왕무와 대팔은 어리둥절한 얼굴로 장도윤의 앞에 와 있었다.
 장건이 어디 갔나 찾았는데, 장도윤이 불러서 와 있었던 것이다.
 소왕무와 대팔은 이번 소림에서 일어난 일로 가뜩이나 장건에게 경외심을 가지고 있었는데, 거상인 장도윤이 불렀다고 하자 바짝 긴장하고 있었다.
 해독이 다 되었음에도 아직 얼굴이 거무스름한 대팔이 물었다.
 "저……, 저흴 보자고 하셨다면서요?"
 "그래. 건이 친구들이라길래 어떤 친구들인가 해서 만나게 해달라고 스님께 부탁했다. 거기 앉거라."
 소왕무와 대팔이 자리에 앉자, 장도윤이 물었다.
 "사실 말이다. 내가 건이 때문에 걱정이 좀 되어서 그러는데……. 솔직하게 말해 주었으면 좋겠구나."
 죄 지은 것도 없는데 소왕무와 대팔은 침을 꼴깍 삼켰다.
 "마, 말씀하세요."
 "우리 건이가 말이다. 혹시 너희들과 어울리면서 여자 얘기하지 않든?"

"여자 얘기요?"

소왕무와 대팔은 서로 얼굴을 마주 보았다가 똑같이 대답했다.

"안 하던데요."

장도윤은 '끙' 하고 앓는 소리를 냈다.

소왕무가 조심스럽게 물었다.

"왜 그러시는데요? 건이가 당가나 제갈가 말고 다른 집안의 애가 마음에 든다고 했나요?"

"그랬으면 얼마나 좋겠느냐."

장도윤이 한숨을 쉬며 말했다.

"우리 건이가 아무래도 여자에 너무 관심이 없어서 걱정이 되어 가지고 말이다."

소왕무와 대팔이 갑자기 '역시' 하고 고개를 끄덕거렸다.

속가 제자 아이들에게 있어서 장건은 부럽기 만한 존재였다. 무공도 대단하지, 강호의 전 여자들이 혼인하겠다고 달려들지……. 옆에 있다가 떡고물만 얻어먹어도 왠지 배가 터질 것 같다.

그런데 정작 아이들이 그런 얘기를 하면 장건은 시큰둥했다. 미녀들에게 둘러싸여 좋겠다는 말에 '왜?'라고 되묻고, 아이들끼리 미녀의 순번을 정할 때에도 뭐하러 그런 짓을 하나 하는 눈빛으로 가만히 듣고만 있었다.

'건이 녀석, 고자가 아니면 무공에 완전 정신이 팔려 있는 게 틀림없어.'

라는 게 아이들의 결론이었다. 궁금해서 바지라도 벗겨보고 싶었지만 그렇게 할 수 있는 아이는 한 명도 없었다.

장건에 대해 몇 가지 더 얘기를 나누다가, 마지막으로 장도윤이 소왕무와 대팔에게 부탁했다.

"혹시나 건이가 속마음을 드러낸다거나 하면 내게 알려주었으면 좋겠구나."

"걱정하지 마세요."

소왕무와 대팔은 자신 있게 고개를 끄덕였다.

"그런 문제라면 저희가 또 나서야죠."

"건이는 우리 친구니까요."

"그래그래. 그럼 너희만 믿으마."

장도윤을 만나고 난 후, 내원으로 돌아오면서 소왕무와 대팔은 의미심장한 눈초리를 주고받았다.

"건이가 여자를 모른다 이거지?"

"친구 된 도리로 가만히 두고 볼 수 없는 일이야. 안 그래?"

"당연하지."

"흐흐흐."

"내가 감춰놓은 춘화도가 몇 장 있는데, 그걸 보면……."

한데 그때 소왕무와 대팔의 앞에 여자아이가 서 있는 게 보

정체불명의 도인 287

였다. 대팔이 재빨리 입을 닫았다.

당예는 내원에서 외원으로 통하는 길목에서 기다리고 있다가 둘을 보고 걸어왔다.

"안녕하세요?"

당예가 먼저 인사를 건넸다.

"어? 안녕하세요."

소왕무와 대팔은 당예가 왜 자신들에게 인사를 하는지 의아해했다.

예쁜 여자가 말을 거니 기분은 좋지만, 굳이 그럴 이유가 있나 싶었다.

아니나 다를까.

당예가 말했다.

"부탁이 있어요."

그녀의 표정은 단호했다.

소왕무가 의심스러워 조금 망설이는데 대팔이 선뜻 나섰다.

"무엇이든 분부만 하십시오!"

*　　*　　*

젊은 도인이 소리쳤다.

"어떻게 된 거야! 왜 홍오 그 망할 놈이 날 못 알아봐!"

"소리를 낮추게."

당사등의 말에 젊은 도인은 이를 악물었다. 그러나 여전히 발을 동동 구르다가 방 안을 서성이는 둥, 안절부절못하는 모습이었다.

"전서구를 보냈는데 못 받은 모양이군?"

"아, 소림에서부터 뭐가 날아 오길래 잡고 보니까 자네가 쓴 전서구잖아. 어차피 소림으로 오던 중이었으니 만나서 들으려고 넣어 뒀다가 까먹었어."

"전서구는?"

"먹었지."

미안하긴 했는지 젊은 도인이 한마디를 덧붙였다.

"너무 좋아서 신나게 뛰어오다 보니까 배가 고파서 말야. 뭐, 물어달라면 물어주고."

당사등이 피식 웃었다.

언뜻 보기에도 도인과 당사등의 나이 차가 수십 년은 더 있어 보였다. 그러나 당사등은 별로 개의치 않는 모습이다.

"됐으니까 그거나 읽어봐. 거기에 다 쓰여 있어."

"망할. 그냥 얘기해 주면 되지."

젊은 도인은 품에서 작은 죽통(竹桶)을 꺼냈다. 당사등이 전서구에 달려 보낸 죽통이다.

죽통의 밀봉을 풀고 안에서 얇은 종이를 꺼내 읽었다.

길지 않은 내용이라 젊은 도인은 금세 서한의 내용을 다 읽을 수 있었다.

정체불명의 도인 289

"뭐, 뭐야?"

"목소리 낮추라니까."

"이게……, 이게 사실이야?"

젊은 도인의 목소리가 떨렸다.

화륵.

순식간에 젊은 도인의 손에서 서한이 불에 타 사라진다.

삼매진화.

고절한 경지에 이르러야 할 수 있다는 삼매진화가 젊은 도인의 손에서 펼쳐진 것이다.

그러나 당사등이나 도인이나 그것은 전혀 염두에 두지 않고 있었다.

젊은 도인이 물었다.

"이게 사실이야? 사실이냐고. 정말 나라밀대금침이 홍오 놈의 대갈통에 박혀 있단 말야?"

"사실이야. 자넬 알아보지 못한 것도 다 그 때문이지. 지금 홍오에게 뭐라고 해봐야 홍오는 아무것도 기억하고 있지 못해서 왜 그러냐고 할걸?"

"어이구! 어이구!"

젊은 도인은 답답한지 가슴을 거푸 쳐댔다.

당사등이 말했다.

"예전에 무당에 서장 밀교의 수법에 대한 서적이 있다 들었지. 그래서 그 침을 빼낼 방법이 있는가 하고 자네에게 전서구를 날렸네만...... 쯧, 설마 그 전에 여기로 올 줄은 몰랐군."

"가만? 그러고보니 무슨 서장 마교의 침술이 북해...... 뭐시기와도 관계가 있다고 어디선가 본 것 같은데. 그게 그건가?"

당사등이 벌떡 일어섰다.

"북해라고?"

급해진 당사등이 물었다.

"그게 새외 세력인 북해를 말하는 것인가, 아니면 말 그대로 북쪽을 말하는 것인가?"

새외삼세와 중원의 문파간은 사이가 좋지 않다. 새외삼세와 얽히는 것은 마교와 얽히는 것이나 별반 다를 바가 없으나, 그래도 마교보다는 조금 낫긴 하다.

"아, 몰라. 내가 그걸 어떻게 다 기억하고 있겠어. 심심파적으로 이것저것 뒤지다보니 얼핏 본 것이지."

거기까지 말한 도인이 '흥!' 하고 코웃음을 치더니 방문을 향해 걸어갔다.

"이 사람이? 말하다 말고 갑자기 어딜 가나?"

"홍오고 나발이고, 간만에 꽃이 가득한 소림 화원에 왔는데 이러고 있을 수만은 없잖아."

당사등이 인상을 찌푸렸다.

"아직도 옛날 버릇을 못 고쳤나?"

"고쳐? 내가 그동안 죽지 못해 산 걸 알면서 그래? 그나마 자네랑 전서구로 연락하고 살지 않았으면 벌써 목매달고 죽었을걸?"

"자네가 목매단다고 죽겠나?"

"말이 그렇다는 거지, 말이. 아무튼 홍오 놈 얘기는 나중에 하고……."

젊은 도인이 문을 열며 당사등을 보고 웃었다. 방금까지 신경질적이던 그의 눈빛은 어느새 생생하다.

"일단 지금은 간만에 세상을 나온 기념으로 꽃밭을 좀 거닐어 봐야겠네!"

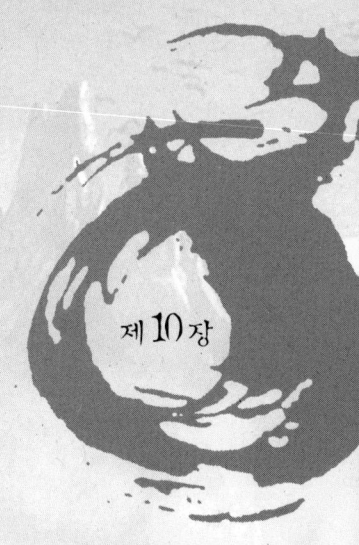

제10장

한밤의 음모

어느새 날이 저물어 갔다.

장건은 내원의 작은 법당 처마 밑에 앉아 한창 생각에 빠져 있었다.

젊은 도인이 보여준 수법을 생각하느라 부친을 찾아가는 것도 잊었다. 그 도인의 수법에 유원반배의 약점을 보완해 줄 방법이 있는 것 같았다.

그렇게 장건이 시간이 지나는 줄도 모르고 심상 수련에 빠져 있는데, 소왕무와 대팔이 찾아왔다.

"건아!"

소왕무가 장건의 이름을 부르자 장건이 고개를 들었다.

"어?"

"여기서 뭐하고 있는 거야?"

장건이 엉덩이를 툭툭 털며 일어섰다.

생각이 중단되어 아쉽지만, 벌써 시간이 많이 늦었으니 그만하는 게 좋겠다고 생각하던 차였다.

"그냥 생각 좀 하고 있었어."

"무슨 생각?"

"무공이지, 뭐."

대팔이 혀를 내둘렀다.

"또 무공 생각이야? 너도 참 어련하다. 외원 담장 밖에 너 보겠다고 저리도 많은 소저들이 찾아와 있는데 여기서 궁상맞게 쪼그리고 앉아서 그딴 생각이나 하고 있냐."

소왕무도 한마디 했다.

"어쩐지 네가 저녁 공양에 왜 빠졌나 했다. 꼭 무공 생각하고 있으면 그러더라, 너."

"아앗! 그러고 보니 밥을 못 먹었어!"

장건은 '어휴' 하고 주린 배를 움켜쥐었다. 벌써 해가 다 넘어가서 어둑해져 있었다.

"그런데 웬일이야?"

"특명을 받았다."

"응?"

"널 남자로 만들라는 특명."

소왕무는 어리둥절해하는 장건의 팔을 붙들었다.

"자, 그러니까 잔소리 말고 따라와."

"어어, 왜 그래?"

"갈 데가 좀 있어."

대팔이 말했다.

"원래 친구들끼리 맛있는 게 있으면 나눠 먹고, 좋은 일은 함께하는 거야. 그게 친구지. 안 그러냐, 왕무야?"

"당연하지."

맨날 앙숙이던 소왕무와 대팔이 갑자기 친한 사이처럼 구는 게 어색했다.

"이제 밤인데 어딜 간다는 거야? 그러다가 순라에 걸리면 혼날 텐데."

"그러니까 안 걸리게 가야지. 흐흐흐."

대팔의 웃음에 화답하듯 소왕무도 '흐흐' 하고 웃었다.

무슨 일인지 몰랐지만 장건은 소왕무와 대팔에게 끌려가다시피 따라갈 수밖에 없었다.

그래도 장건은 이런 일들이 싫지 않았다. 소왕무와 대팔은 장건에게는 무엇과도 비교할 수 없는 소중한 친구였으니까.

"잠깐!"

장건이 갑자기 걸음을 멈췄다.

"왜?"

꼬르르륵.

장건이 어색하게 웃었다.

"어딜 가는지 몰라도 그 전에 공양간에 가서 찬밥 남은 거라도 좀 얻어먹고 가면 안 될까?"

소왕무와 대팔은 그럴 줄 알았다는 얼굴 표정을 지었다.

"이상하게 건이 너 식탐은 딱히 없는데 끼니는 꼬박꼬박 챙겨 먹을라고 그러더라."

"헤헤. 끼니를 거르면 꼭 세상이 다 무너지는 거 같거든. 배고픈 걸 참는 게 세상에서 제일 싫어. 이상하게 밥을 안 먹으면 무섭더라고."

소왕무와 대팔이 크게 웃었다.

"너도 무서운 게 있긴 하구나?"

이미 소림 안팎으로 장건은 유명세를 떨칠 만큼 떨치고 있었다.

그런 장건이 사실 제일 무서워하는 게 굶는 거라는 걸 알면 사람들은 어떤 표정을 지을까?

* * *

강호제일미 백리연은 비몽사몽간에 겨우 눈을 뜰 수 있었다.

정말이지 기묘한 경험이었다.

심장이 오그라들 듯 추웠다가 옷을 훨훨 다 벗어 버리고 싶도록 더워졌다.

그런가 하면 살갗에 닿은 옷의 촉감이 미친 듯이 간지럽기도 하고 칼로 후비듯 쓰라리기도 했다. 몸을 움직일 때마다 닿는 모든 것들이 생소한 느낌을 주고 있었다.

평소에는 전혀 느끼지 못했던 것들이었다.

무엇보다도 전신에 힘이 하나도 없이 무기력해져서 눈꺼풀을 깜박이는 것도 귀찮을 지경이었다.

몽롱했다.

무기력감과 생소한 느낌들이 몸을 지배하면서 백리연은 마치 다른 세상에 있는 것 같은 착각이 들었다. 환각초를 먹은 것도 아닌데 몸이 붕 떠 있는 듯하다.

자고 있으면서도 그게 꿈인지 현실인지도 분간할 수가 없을 지경이었다.

그렇게 며칠을 헤맨 끝에야 정신이 든 것이다.

"백리 소저! 일어나셨군요!"

날카롭고 가벼운 목소리가 백리연의 귀를 울렸다. 백리연은 살짝 미간을 찡그리며 말했다.

"좀 떨어져요."

"아, 죄송합니다. 너무 기쁘다 보니……."

백리연이 누운 채로 고개를 돌려 보니 학사 출신인 이병이 눈물을 글썽거리면서 자신을 바라보고 있었다. 이병은 코를 다쳐 얼굴에 한 바퀴 붕대를 빙 둘러 감고 있었는데 이빨까지

군데군데 빠져 있어 흉측한 몰골이었다.

모처럼 깨어났는데 그 같은 얼굴을 대하니 백리연은 절로 한숨이 나왔다.

"하아……. 다른 분들은…… 어디 있죠?"

늘 그녀의 곁에는 남자들이 따랐다. 그러나 지금은 아무도 보이지 않는다. 작고 검소한 방 안에 이병과 그녀 둘뿐이다.

이병이 분해하면서 말했다.

"다들 요양하고 있습니다. 그 잔인한 소악귀(小惡鬼)가 무슨 수를 썼는지, 역병에 걸린 것처럼 일어나지도 못하고 잠만 잔다 합니다."

"뭐라구요?"

"백리 소저가 혼절하신 후에 소악귀가 협우(俠友)들을 무자비하게 폭행해 쓰러뜨렸습니다. 일부는 소림의 건달 같은 중들에게 맞아 다치기도 했구요."

백리연은 초장에 기절해 무슨 일이 벌어졌는지 잘 몰랐다.

"설마 지금 내게 거짓말을 하는 거예요?"

"제가 왜 거짓말을 하겠습니까."

이병이 억울하다는 듯 울상을 지었다.

백리연은 황당했다.

'내가 아직 꿈에서 덜 깼나?'

백리연은 혼절하기 전의 마지막 상황을 떠올리려 애썼다. 너무 갑작스러웠던 일이라 얼굴도 자세히 기억나진 않지만,

약간 왜소해 보이는 소년이었던 것 같다.

그런데 그 소년이 자신을 따르던 무인들을 모두 쓰러뜨렸다고?

그래서 자신의 주위에 이병 한 사람밖에 남지 않았다고?

이병이 손짓발짓 해가며 '협우들이 뻥뻥 소리를 내며 날아다녔다니까요!' 라고 열변을 토하는 데도 백리연은 이병이 횡설수설하는 것처럼 보였다.

"종 대협은요?"

"종 대협도 그 소악귀를 건드려 보지도 못하고 똑같은 신세가 되었죠."

백리연은 작게 코웃음을 쳤다. 무공을 모르는 학사 출신의 이병이 무언가 큰 착각을 하고 있는 게 분명했다.

무공에 깊이 파고들진 않았지만 백리연도 무인이다. 철비각 종유의 실력이 어느 정도이고, 그의 실력이 어디까지 통용되는지는 백리연이 더 잘 안다.

철비각 종유라면 소림의 원자배 무승들이 나서서 백여 합을 겨루어도 승부를 쉽게 장담할 수 없는 실력을 가지고 있다. 그런 그가 한낱 조그만 소년에 의해 쓰러질 리가 없는 것이다.

"진짜예요! 종 대협도 한 방에 나가 떨어졌다니까요. 왜 제 말을 못 믿으십니까아?"

"그걸 믿느니 차라리 제가 아직 꿈에서 안 깼다는 걸 믿겠어요."

"그 소악귀가 바로 장건이란 놈이었다니까요?"

"그러니까 소악귀고 장건이고……, 뭐, 뭐욧?"

백리연은 벌떡 상체를 일으켰다.

"뭐라고 했어요, 지금? 다시 말해 봐요. 그게 누구였다구요?"

"장건이요. 장건. 청성의 검을 받아냈다는 그 아이 말입니다."

백리연은 입을 딱 벌렸다.

이병은 백리연이 아직도 자신의 말을 믿지 않는다고 생각했는지 쉬지 않고 입을 놀렸다.

"그제 소림에서 공식적으로 그 소악귀가 백보신권을 익혔다고 발표했습니다. 아니, 뭐 저는 지금도 이해가 안 가는 게요. 대단한 무공만 다 전수받으면 그렇게 세집니까? 그러면 누가 피땀 흘려가며 수련을 하겠냐구요. 애초에 무공으로 고하가 갈린다는 것이……."

하지만 백리연의 귀에는 이병의 말이 하나도 들어오지 않았다.

'그, 그 애가 장건이었어?'

그렇게나 대단한 아이였던가?

백리연이 보아왔던 무인들은 대부분 실력만큼 남다른 풍모를 가지고 있었다.

당장에 부친인 추룡검 백리상만 해도 멋들어진 호걸의 기상을 품고 있지 않은가. 한데 깡마르고 왜소해서 볼품없는 소년의 어디에 절대 고수의 풍모가 있다는 건지, 백리연은 이해할 수가 없었다.

호랑이 같은 눈에 남자답고 당당한 모습을 상상했던 것과는 정반대였다.

'말도 안 돼……'

백리연은 이윽고 미처 자신이 생각하지 못했던 점을 깨달았다.

'그런 고수가 왜 날…… 때린 거지?'

보통 남자들은 자신과 눈도 잘 마주치지 못한다. 자신에게 관심을 보이지 않았던 건방진 상인조차 자신을 똑바로 바라보지는 않았다.

미색에 마음을 빼앗기지 않기 위해서였는지, 부끄러워서였는지 시선을 적당히 외면하고 있었다.

그런데 장건이란 소년은 자신을 빤히 보면서 주먹질을 했다. 그것도 한 번이 아니고 두 번이나.

"그 장건이…… 왜 우릴 공격한 거죠?"

"알고 보니 그 왜 자리를 양보하지 않겠다고 바락바락 우기던 상인 있잖습니까? 그 상인이 장건이란 소악귀의 생부였다는군요. 하지만 제가 볼 땐, 그냥 소저의 눈길을 끌기 위해서 그런 게 아닌가 싶습니다. 왜 괜히 마음에 드는 여자애를 남자애들이 골리듯 말이죠."

백리연은 머리가 핑 도는 느낌이었다.

이병이 옆에서 분한 목소리로 침을 튀기며 열변을 토했다.

"아무튼 우리는 그 소악귀에게 복수를 해야 합니다. 이 사실을 당장 전 강호에 알려 경각심을 일깨워야 합니다. 아니, 세상에 그런 흉악한 놈을 소림이 감싸고 있다는 게 말이나 됩니까? 제가 맞아서 그런 게 아니라……."

백리연은 이번에도 이병의 말을 하나도 듣지 않고 있었다.

'하필이면 그 애가 장건이었다니.'

부친인 추룡검의 말이 메아리처럼 귓가에서 맴돌았다.

"장건이란 소림의 속가 제자가 있다. 나이는 열여섯으로 너와 동갑내기지만, 우내십존의 일인인 풍진의 일검을 받아낼 정도로 무위가 뛰어나다 한다. 네가 할 일은 소림에 가 그 진위를 확인하는 것이다. 만일 소문이 거짓이었다거나 그에 미치지 못한다 싶으면 그냥 돌아와도 좋다. 하나 본가를 위해서든 널 위해서든, 소문이 사실이라면 반드시 그를 본가의 사람으로 만들거라."

그 얘기를 들었을 때, 백리연은 거절하지 않았다. 그녀는 자신의 외모가 얼마만큼의 가치를 지니고 있는지 잘 알고 있었다.

그러나 한편, 여인의 미모가 얼마나 위험한 것인지도 잘 알고 있었다.

양귀비는 그녀의 미모에 꽃이 부끄러워 잎을 말아올린다 하여 수화(羞花)라 불린 절대가인(絕對佳人)이었으나 안녹산의 난으로 처참한 죽음을 맞았고, 침어(侵魚) 서시는 월왕 구천의 복수를 위한 도구가 되었다.

미인박명(美人薄命)이라는 것은 단순히 명이 짧음을 말하는 것이 아니라, 그만큼 미인의 팔자가 기구하다는 뜻인 것이다.

백리연 역시 마찬가지였다.

백리연이 열 살을 넘어 미모가 서서히 빛을 발할 때 즈음, 백리가는 최고의 위기를 맞았다. 이곳저곳에서 점잖게 청혼이 들어오는 건 물론이고 대놓고 힘으로 백리가를 누르려 한 곳도 있었다.

만일 백리가가 백리연을 지킬 힘이 없었다면 지금의 백리연은 첩으로 팔려갔을지도 몰랐다. 무슨 듣도 보도 못한 문파의 문주니 종주니 하는 노인들의 노리개가 될 수도 있었던 것이다.

여인으로 태어난 이상, 대부분은 남자의 삶에 종속되는 것이 어쩔 수 없는 일이었다.

특히나 강호에서 미인은 의천검이나 어장검 같은 절세보검과도 비할 수 있었다. 힘이 없는 자가 보물을 가졌다가 목숨을 잃는 일이 비일비재했다.

그래서 백리연은 자신을 지켜줄 수 있는 강한 남자가 필요했다.

물건처럼 이리저리 휘돌다가 비참한 최후를 맞고 싶지 않았다. 차라리 아무런 감정이 없더라도 천하제일인의 곁에서 평생 사랑을 받으며 안락한 삶을 살고 싶었다.
 그리고 그만한 사람만이 자신의 반려가 될 수 있을 거라 생각했다.
 '하아……'
 절로 한숨이 나오는 백리연이다.
 장건.
 어린 나이에 혼자서 수십 명을 거침없이 상대할 수 있는 실력과 배짱, 그리고 그에 걸맞은 무공을 가졌다. 지금 이 정도의 무공을 가졌으니 앞으로 얼마나 더 강해질지는 누구도 알 수 없는 노릇이다.
 소림의 전폭적인 지지를 받으면서 머잖아 최강자의 자리에 오를 것이 분명하다.
 외모를 제외한다면 다른 것은 백리연이 원하던 바로 그 이상형인 셈이었다.
 그런데 그런 장건과 첫 만남부터 꼬여 버렸다.
 '이 일을 어쩐담?'
 혼사는 둘째치더라도 그런 인물과 갈등을 가지게 되었으니 백리가의 앞날이 걱정되지 않을 수 없었다.
 '백호의 수염을 건드렸어.'
 백리연은 고운 미간을 찡그리며 입술을 깨물었다.
 그녀로서도 난감한 상황이었다.

철비각 종유 같은 고수도 일합을 감당하지 못했다면, 앞으로 어떤 남자도 장건이란 괴물 앞에서 그녀와 그녀의 가문을 지켜줄 수 없다.

이번 일로 앙심을 품기라도 한다면 백리가는 그야말로 바람 앞의 촛불처럼 흔들리고 말 것이다.

머리가 지끈거려 온다.

백리연은 길게 한숨을 내쉬고는 침상에서 일어섰다. 맞아서 흙바닥을 굴렀는지 옷도 흙투성이에다 며칠간 악몽 속에 시달려 땀까지 끈적거렸다.

"좀 씻어야겠어요. 시비라도 불러줘요."

장건과 그 부친을 만나 직접 담판을 짓든 뭘 하든 이런 꼴로 나설 수는 없는 노릇이었다. 게다가 일단 목욕이라도 해야 복잡한 머리가 말끔해질 것 같았다.

"저, 그게요."

이병은 백리연의 말에 눈만 깜박거리면서 움직이지 않았다.

"뭘 해요? 시비를 불러달라니까."

"절에 시비가 어디 있겠습니까. 제가 그렇지 않아도 아가씨 옷을 갈아입혀 드리려고 알아봤는데 없다 하더라고요."

"그럼 씻을 수도 없단 얘기예요?"

하다못해 객잔이면 목욕통에 물이라도 받아서 씻을 수 있을 텐데, 하는 생각에 백리연은 약간 짜증이 났다.

"벌써 해가 어두워져서 마을에 내려갈 수도 없고……. 제가 알아보고 올 터이니 잠시만 쉬고 계십시오. 금방 다녀오겠습니다."

"빨리 다녀오세요. 답답해 죽을 지경이니까."

"예, 당연합죠!"

이병이 방문을 나서자 백리연은 길게 한숨을 토해냈다. 그러나 한편 의구심도 들었다.

'어떻게 날 때릴 수가 있지?'

생각하면 할수록 분하면서도 인정할 수 없는 사실이었다.

'그래. 그건 분명히 실수였을 거야. 내 잘못은 아니었지만 부친 때문이라면 잠깐 실수로 그럴 수도 있지. 앙심? 흥, 어디 제까짓 게 앙심을 품어?'

백리연은 돌연 주변을 살폈다.

그러더니 이병까지 나가고 방 안에 아무도 없다는 것을 알게 되자 갑자기 발버둥을 쳤다.

"어휴, 분해! 아우— 분해, 분해! 분해 죽겠어!"

　　　　*　　　*　　　*

"어딜 가는 거야?"

장건의 물음에 소왕무가 입에 손가락을 댔다.

"쉿. 넌 조용히 따라오기만 해."

장건은 얼떨결에 입을 다물었다.

소왕무와 대팔은 내원의 안쪽으로 조심스럽게 움직이고 있었다. 걸음도 살금살금 최대한 소리 나지 않게 걸었다.

"벽에 바싹 붙어."

대팔의 말에 소왕무와 장건은 벽에 찰싹 달라붙었다.

"때마침 달도 없고, 아주 하늘이 우릴 돕는구나. 흐흐흐."

달이 구름에 가려져 달무리가 뿌옇게 번져 있었다. 산중이라 밤이 빠르고 깊게 찾아오니 곧 더 어두워져서 바로 앞도 잘 보이지 않게 될 것 같았다.

소왕무와 대팔은 순라를 도는 경로도 미리 외워뒀는지 벽에 붙어서 숫자를 세다가 다시 움직이기 시작했다.

그렇게 조심스럽게 걷고 걸어서 도착한 곳은 내원 중에서도 가장 외딴 곳에 자리한 한 칸짜리 작은 법당이었다.

지금은 쓰지 않는 곳인데 희한하게도 불빛이 비쳐오고 있었다. 법당의 창문으로 하얀 김도 새어나오는 듯했다. 마치 밥이라도 짓는 듯했지만, 이 밤에 밥을 지을 리는 없었다.

'뭐하는 데지?'

장건이 나무 뒤에서 고개를 삐죽 내밀자 소왕무가 바짝 몸을 낮추라고 손짓을 했다. 그리곤 눈짓으로 어딘가를 가리켰다.

장건이 소왕무의 시선을 따라 보니 법당에서 약 십여 장을 넘게 멀찌감치 떨어진 곳에서 나한승 둘이 등불과 봉을 들고 서 있었다.

소왕무가 들리지도 않을 만큼 작은 소리로 말했다.

"내가 신호를 하면 최대한 은밀하고 신속하게 저 법당의 좌측으로 뛰어 가는 거야. 알았지?"

하얀 김이 새어나오는 밝은 법당의 좌측에는 장작과 목재가 잔뜩 쌓여 있었다.

"저기가 뭐하는 덴데?"

"가보면 알아."

그때 대팔이 소매에서 무언가를 꺼냈다.

"아참. 건아, 너 이거 먹어."

"응?"

작은 환단이었다.

"이건 또 뭔데?"

"먹어 둬. 다 몸에 좋은 거야."

대팔과 소왕무가 서로를 보고 히죽 웃었다. 장건은 아무 의심 없이 환단을 받아 입에 넣었다.

향긋하게 향이 퍼지며 환단은 침에 녹아 순식간에 식도를 넘어갔다.

꿀꺽.

"먹었지?"

"응. 근데 대체 이게 뭐……."

갑자기 왁자지껄한 소리가 들렸다.

"쉿. 온다!"

내원에서 사람 몇 명이 법당 쪽으로 오고 있었다.

'누구지?'

내원에는 일반인들이 출입할 수 없는데, 법당 쪽으로 오고 있는 건 일반인들이었다. 분명 스님들이 아니었다.

경계를 서던 나한승이 그쪽으로 걸어가며 등을 건네어 주는 순간, 소왕무가 낮게 소리쳤다.

"지금이다!"

소왕무가 거의 기듯이 파라락 땅을 박차고 뛰어갔다. 대팔이 그 뒤를 따르고 장건도 엉거주춤하게 몸을 숙이고 달렸다.

그러면서도 대체 이게 뭐하는 짓인지 장건은 이해할 수 없었다.

* * *

제갈영은 아까부터 내내 투덜거리고 있었다.

"우리가 왜 네 말을 따라야 하지?"

제갈영뿐 아니라 곁에는 당예와 양소은도 함께 걷고 있던 중이다.

앞서 가던 남궁지가 걸음을 멈추고 돌아섰다.

"그럼 가."

제갈영은 입을 삐죽 내밀었다.

사실 돌아가라 해도 불안해서 갈 수가 없었다. 지금 모여 있는 이들은 다 경쟁자였다. 자기를 쏙 빼놓고 무슨 얘기를 할지 몰랐다.

"싫어. 안 가."

남궁지가 제갈영을 빤히 보며 말했다.

"어리구나. 너."

"뭐야?"

제갈영이 남궁지의 곁에 바싹 섰다.

남궁지보다 제갈영이 손가락 두 마디 정도는 더 컸다.

"내가 너보다 더 큰데 누구더러 어리다는 거야?"

"키하고 정신연령이 똑같다고 생각하니까 어리다는 거지."

"이 쪼그만 게 진짜?"

제갈영은 맘 같아서야 확 한 대 쥐어박고 싶었지만, 때마침 앞에서 소림의 승려 둘이 등불을 들고 다가오고 있었다.

남궁지가 고개를 돌리고 잠시 당예를 쳐다보았다.

그 눈빛이 '너 아직도 집에 안 갔니?' 하는 것 같았으나 당예는 시선을 외면했다.

"그만들 싸워. 어차피 조그만 건 둘 다 마찬가지야."

양소은이 양손으로 제갈영과 남궁지의 머리를 쓱쓱 쓰다듬었다. 키가 머리 하나 반은 더 크니 할 수 있는 행동이었다.

제갈영이 고개를 털면서 싫은 내색을 했지만, 양소은은 그것도 귀엽다는 듯 깔깔댔다.

다가온 승려 둘이 등불을 양소은에게 건넸다.

승려들은 등불을 건네주고 반장을 하며 제자리에 섰다.
양소은이 앞장서며 말했다.
"아아, 오랜만에 푹 담글 수 있겠구나. 가자."
나머지 셋이 쪼르륵 양소은의 뒤를 따라 낡은 법당 쪽으로 향했다.

법당의 안쪽은 새하얀 김으로 가득했다.
가운데에 떡하니 커다란 나무 물통이 놓여 있었는데, 그 안에 뜨거운 물이 가득했다.
제갈영이 옷을 벗으면서 또 투덜댔다.
"할 얘기가 있으면 다른 데서 하지 왜 하필 여기서람?"
대답은 양소은이 했다.
"좋잖아? 여자들끼리 다 까놓고 얘기하는 거. 들을 사람도 없고 편하고. 게다가 간만에 따뜻한 물로 목욕도 할 수 있고."
양소은이 장난스럽게 합장을 했다.
"나무아미타불. 부처님 감사합니다."
이 법당은 여자들을 위해 소림에서 특별히 마련한 일종의 목욕탕이었다. 워낙 젊은 여자들이 많이 몰려왔고, 그들 대부분의 목적이 '불공'을 드리기 위해서가 아닌 만큼 몸치장은 필수적이었다. 그렇다고 아무 데서나 밤에 씻도록 두기엔 소림에 찾아온 남자들도 너무 많았다.
자칫 불상사가 생길 수 있는 까닭에 소림사에서는 할 수 없이 여자들을 위한 장소를 내원에 마련했다.

남궁지는 그 기회를 이용해서 대화를 하자고 제갈영과 당예, 양소은을 불렀던 것이다.

　　　　　　*　　　*　　　*

흠칫!

법당의 벽까지 무사히 도착한 소왕무와 대팔은 기겁할 정도로 놀랐다.

누군가 그곳에 웅크리고 있었던 것이다.

숨어 있던 이도 소왕무와 대팔 등을 보고 깜짝 놀랐는지 놀라는 모습이 역력했다. 얼굴에 복면을 써서 눈과 입만 내놓았는데 체격으로 보아 남자가 확실했다.

'누구야!'

'대체 여길 어떻게 들어온 거야?'

서로 입만 벙긋했을 뿐인데 의사를 전달하는 데에는 아무런 무리가 없었다.

잠시 동안 서로를 노려보던 중에 괴인이 손짓을 했다.

들킬 것 같으니 일단 숨으라는 뜻인 듯했다.

소왕무와 대팔, 장건은 법당 벽에 쌓인 장작더미 뒤로 들어와 몸을 웅크렸다.

문득 장건이 벽에서 김이 새어나오는 것을 보고 확인해 보니, 법당의 벽에는 작은 틈이 나 있었다. 나무판자로 보수한 곳을 누군가 일부러 살짝 더 벌려 놓은 것이다.

괴인이 다시 손가락으로 틈을 가리켰다가 자신을 가리키고는 입을 벙긋거렸다.

'나도 좀 끼워주라!'

그게 무슨 뜻인지 알고 소왕무가 인상을 썼으나 어쩔 수 없는 노릇이었다.

그때 틈 사이에서 여자들의 목소리가 들려왔다.

"옷은 어디에 두지?"

익숙한 목소리에 장건이 귀를 쫑긋했다.

'어? 예잖아?'

당예의 목소리였다.

장건이 호기심을 참지 못하고 틈으로 눈을 가져다댔다.

뿌연 김이 잔뜩 어려 있어서 흐릿하게 안쪽이 보였다.

'어?'

당예와 제갈영, 그리고 소림의 정문에서 보았던 작은 여자아이와 큰 키의 여자가 함께 있었다. 한데 그냥 있는 게 아니라 옷을 벗고 있는 중이었다.

왜 내원에 왔나 했더니 이곳이 목욕을 하려고 만든 곳인 모양이었다.

'어버버버!'

장건은 깜짝 놀라 벽 틈에서 눈을 뗐다.

그리고는 입모양으로 소왕무에게 말했다.

'이러면 안 되는 거 아냐?'

남이 목욕하는 모습을 훔쳐보면 안 된다는 건 장건도 기본적으로 알고 있었다.

소왕무가 역시 입모양으로 대답했다.

'나랑 대팔이가 낮에 뚫어 놓은 거야. 크크크. 잘했지?'

'이러면 안 될 거 같은데?'

'다 널 위해서야. 나중에 고마워해도 되니까 빨리 돌아가면서 보자.'

괴인이 틈과 자신을 연달아 가리키며 입을 벙긋댔다.

'나도 좀! 나도 좀!'

대팔이 눈을 부라렸다.

'이놈은 여기까지 어떻게 들어온 거야? 들킨 줄 알고 깜짝 놀랐잖아.'

괴인이 손바닥을 보이며 내저었다.

'나도 좀 보게 해달라니까?'

'뭐라는 거야? 아, 진짜 우리가 숨어 있는 입장만 아니면 확 그냥.'

대팔이 괴인에게 '꺼져'라고 입모양을 해보이며 장건에게 손짓했다.

'넌 신경 쓰지 말고 더 봐. 더.'

장건은 왠지 모를 죄책감이 들었지만, 이상하게도 자꾸 보고 싶은 마음이 들었다.
 소왕무가 손짓 발짓을 했다.
 '빨리 봐. 그래야 우리도 보지.'
 장건은 거의 억지로 다시 틈에 눈을 대야 했다.
 뿌연 김이 방해가 되긴 했지만 아주 안 보이는 건 아니었다.
 어느새 거의 옷을 벗은 여자들의 나신이 완연하게 드러나고 있었다. 그 중에서도 당예의 모습이 장건의 눈에 들어왔다.
 '아!'
 장건은 갑자기 콱 숨이 막히는 듯했다.
 예전에 대팔이 보여준 춘화도하고는 비교도 되지 않았다. 그냥 단순히 옷을 벗었을 뿐인데 마구 가슴이 뛰었다.
 두근!
 당예가 웃옷을 벗자 하얀 등이 그대로 눈에 박혔다.
 무공을 배운 탓에 군살 하나 없이 매끄러운 몸매였다.
 물기에 젖어 반짝거리는 피부가 예뻤다. 어깨에서부터 잘록한 허리까지 이어지는 곡선은 남자들에게선 볼 수 없는 아름다움을 간직하고 있었다.
 두근두근.
 장건은 호흡이 가빠지는 것도 모르고 계속해서 훔쳐보았다. 도저히 눈을 뗄 수가 없었다.
 완전히 탈의를 한 제갈영이 면포로 앞을 살짝 가린 채 물을 끼얹고 있는 모습도 보였다.

당예에 비하면 아직 덜 성숙한 제갈영이다. 젖살이 덜 빠져 그런지 약간 통통해 보였다. 아니, 군살도 별로 없이 보기 좋게 살이 붙은 편이었다.

 숨이 막혀 왔다. 괴로울 정도로 가슴이 뛰었다.

 현기증도 나고 혼란스러워져서 시야는 점점 어두워졌다. 사실은 어느 순간부터 거의 앞이 보이지 않았다. 눈은 뜨고 있는데 아무것도 보이질 않았다.

 '이상해…… 몸이……'

 단전 아래가 뜨끈해진 것이 불이 붙은 듯했다.

 소왕무와 대팔은 눈도 깜박하지 않고 있는 장건을 보며 오해하고는 서로 킥킥댔다.

 '건이 녀석, 아주 그냥 완전히 빠졌네.'

 '여자에 관심이 없긴. 남자는 다 똑같은 법이라니까?'

 괴인이 마구 손짓을 하며 소리 없는 아우성을 질러댔다.

 '얘들아! 나도 좀 보게 해달라니까아아아!'

*　　　*　　　*

 여자끼리 옷을 홀딱 벗고 목욕을 하는데 당연히 서로의 눈이 가만히 있을 리 없었다.

 제갈영은 경쟁자들의 몸을 탐색하기 위해 이리저리 눈을 굴려댔다. 면포로 살짝 가리고는 있었지만 그렇다고 목욕탕에서 몸매를 숨길 수는 없었다.

당예의 몸매는 예상대로였다.

어떻게 보면 지극히 잘 빠진 몸매다. 들어갈 데 들어가고 나올 데 나온, 그런 몸이다. 무공 수련을 게을리 하지 않았는지 엉덩이나 가슴, 허벅지가 모두 탱탱하다. 손가락으로 튕기면 '팅' 소리가 날 것 같다.

가슴도 복숭아 두 개를 얹어 놓은 것처럼 흠잡을 데 없이 예쁘다.

보통 남자들이 본다면 눈이 뒤집어질 만했다.

'흥. 나보다 가슴 쪼오금 큰 것밖에 없네, 뭐.'

제갈영은 괜히 가슴을 가리며 남궁지를 살폈다.

경쟁자 중에서 그나마 제일 만만한 것은 자신보다 키가 작은 남궁지다.

남궁지는 목간통에 들어가기 전에 등을 돌리고 가볍게 물로 몸을 씻고 있었다.

'큭큭. 그럼 그렇지.'

당예나 자신과 비교해 보아도 정말 아이라는 생각이 들 정도로 남궁지의 뒤태는 조금 밋밋하다. 엉덩이가 작아서 그런지 어깨와 허리 곡선이 완만하다.

심지어 말라서 옆구리에는 갈비뼈가 그대로 드러나 보이기까지 했다. 앙상한 정도는 아니지만.

'하긴 쪼매난 인형처럼 귀여운 애가 몸매까지 좋으면 좀 이

상하긴 하겠지.'

 속살도 새하얘서 허리까지 흘러내린 새까만 머리카락과 비견되어 이질적이기까지 하다. 뒤태도 앞모습처럼 인형 같지만 성숙해 보이는 맛은 없다.

 '일단 한 명 제꼈고.'

 제갈영이 쾌재를 부르며 마지막 경쟁자인 양소은에게 막 눈을 돌리려 하는데, 남궁지가 돌아섰다.

 그 순간 제갈영의 얼굴이 확 일그러졌다.

 '뭐, 뭐야!'

 전면에 보이는 남궁지의 가슴은 마른 몸에 어울리지 않을 정도로 탱글거렸다. 얼굴도 자그마하고 체구도 작은데 가슴은 당예에 비견될 만큼 봉긋했다. 아니, 오히려 당예보다도 더 컸다.

 '지금 장난해? 저렇게 말라서 무슨 가슴만 커!'

 가슴만 딱 떼어놓고 보면 몸매가 풍만하니 절정에 달하는 20대 후반의 여인이라 할 만 했다.

 제갈영은 까드득 이를 갈았다.

 '졌다.'

 남궁지가 제갈영의 시선을 깨닫고 눈을 마주했다.

 남궁지의 눈동자가 제갈영의 위아래를 빠르게 훑었다. 제갈영은 몸을 가리려 했지만 면포 외에는 가릴 게 없었다.

 슬쩍, 남궁지의 입꼬리가 올라갔다.

제갈영은 참담한 기분을 느끼며 고개를 떨궜다. 분하지만 가슴에서 참패다.

"깔깔."

무엇을 눈치챘는지 양소은이 제갈영의 머리를 쓰다듬으며 웃었다.

"하지 마요!"

제갈영이 머리를 세차게 흔들면서 고개를 들어 양소은을 노려보았다.

그러나 키 차이 때문에 제갈영의 눈에 들어온 것은 양소은의 가슴이었다.

양소은은 면포를 허리에만 두르고 당당하게 서 있었는데, 드러난 팔뚝과 다리가 근육으로 단단했다. 외가 무공을 익힐 수밖에 없어서 그런지 여자임에도 불구하고 전신 근육이 고루 발달해 있었다.

그렇다고 남자처럼 우락부락한 근육이 아니었다. 당예와 비교해 보자면 당예는 군살이 없이 매끈한데 비해 조금 더 근육의 모양이 잡혀 있을 뿐이다.

심지어 배에는 왕(王)자 비슷한 천(川)자가 그려져 있었다. 징그럽다기보다 감탄이 나올 정도의 몸매였다.

워낙에 팔다리가 길고 늘씬한 체형인데 피부도 약간 갈색에 근육질이기까지 하니 건강미가 넘쳐 보였다.

단지 여자답지 않게 온몸 여기저기에 크고 작은 상처들이 흉터가 되어 남아 있어서 그게 별로 보기가 좋지 않았다. 하지만 그것은 무인으로서는 큰 흉이 아니었다.

어쨌거나 그런 근육질임에도 불구하고 양소은의 가슴도 보기 좋게 솟아 있었다. 아주 크지는 않아도 탄력 있어 보이는 것이 잘 익은 사과 같다.

"에이 씨!"

제갈영은 면포를 홀렁 벗어 들고는 목간통으로 풍덩 몸을 담궜다.

하나같이 미인인데다 몸매까지 훌륭하니 제갈영으로서는 비참한 패배를 당한 기분이다.

양소은이 웃으면서 말했다.

"걱정 마. 넌 아직 덜 자라서 그래. 더 크면 남자들이 좋아할만한 풍만한 몸매가 될 거야."

"지금도 다 자랐거든요?"

제갈영이 말해 놓고 보니 이게 아니다 싶어 다시 말했다.

"아니, 아직 덜 자란 거 맞아요. 그러니까 나중에 두고 보자구요."

양소은과 당예, 그리고 남궁지가 차례로 목간통에 몸을 담궜다.

양소은이 '아아, 따뜻해. 좋다!'고 한차례 탄성을 냈다가 당예에게 물었다.

"아, 그러고 보니 너 설마 물에 독을 풀거나 하는 건 아니겠지?"

당예가 약간 날이 선 투로 대답했다.

"설마요. 하지만 원한다면 그렇게 해줄 수도 있죠."

"사양할게."

당예는 낮게 코웃음을 치고는 남궁지를 보았다.

"자. 이제 할 말을 해봐. 대체 무슨 목적으로 우릴 부른 건지."

남궁지는 김이 모락모락 나는 목간통 안의 물속을 신기한 듯 내려다보고 있다가 고개를 들었다.

"……다들 뻔히 아는 얘기. 그러니까 장건에 대해서……."

그때 밖에서 인기척이 났다.

"아, 이게 뭐야. 이런 허름한 데서 어떻게 씻으라는 거야? 게다가 혼자도 아니고 다른 사람들하고 같이."

다행스럽게도 남자 목소리는 아니었다.

그러나 목소리의 주인공이 문을 열고 들어왔을 때, 네 사람 모두가 눈을 휘둥그레 뜨고 말았다.

목소리의 주인공은 네 사람을 모르지만, 네 사람은 그녀를 알고 있었다.

"백리연?"

놀라는 일이 없는 남궁지조차 조금은 놀란 듯한 표정이었다.

             *   *   *

 목욕탕으로 임시 사용되고 있는 법당 안의 네 소녀도 놀란 만큼이나 법당 밖에 있던 넷도 크게 놀랐다.
 '백리연!'
 '강호제일미!'
 엄청난 대어였다.
 대팔이 합장을 하며 몽롱한 눈으로 입을 크게 벌렸다.
 '오! 부처님, 정말 감사드립니다!'
 순식간에 난리가 났다.
 '건이 너 좀 나와봐!'
 '나부터야. 이 새끼야!'
 '아, 이놈들아! 찬물도 위아래가 있어!'
 소리 없는 전쟁이었다.
 왠지 불쌍한 표정을 짓고 있던 괴인도 소리가 나지 않도록 몸싸움을 하며 벽 틈을 장악하기 위해 전쟁을 벌였다.
 하지만 장건은 비켜주지 않았다.
 그리고 안을 더 이상 들여다보지도 않았다.
 '안 돼.'
 소왕무와 대팔, 괴인이 한마음이 되어 이구동성으로 말없이 외쳤다.
 '니가 뭔데 우릴 막아!'

다른 사람도 아니고 강호제일미인 백리연의 알몸을 훔쳐볼 수 있는 기회였다.

그런 기회가 평생에 몇 번이나 올 수 있을까?

아마 백 번쯤 윤회를 거듭하고 다시 삼생(三生)을 해도 찾아오기 힘든 기회일 것이다.

그런데 장건이라는 걸림돌이 그 앞을 가로막고 있었다.

'왜 안 돼!'

'못 보게 할 거면 차라리 날 죽여!'

'너 임마. 사람 한 번 살려주는 셈 치고 좀 나와 봐!'

셋은 안달이 났다.

하지만 장건은 고개를 저었다. 속이 답답하고 메스꺼우면서 기분이 이상하다. 빨리 돌아가고 싶다.

'안 돼. 이건 나쁜 짓이야. 그냥 가자.'

소왕무가 장건의 멱살을 잡았다. 평소라면 절대 할 수 없는 일인데 이런 순간에도 백리연이 안에서 옷을 벗고 있다 생각하니 앞뒤를 잴 겨를이 없었다.

'너 이러는 거 아니다. 진짜 이렇게 뒤통수치기냐?'

장건은 미안한 얼굴을 했지만 끝까지 비키지 않았다.

그도 그런 것이 안쪽의 여자애들이 하고 있는 이야기가 다름 아닌 자신의 이야기였던 것이다.

다른 사람도 아니고 하필 당예나 제갈영이 안에 있는 것도 꺼림칙했다. 차라리 모르는 여자였다면 장건도 이렇게 죄책감이 들지 않았을 테고, 소왕무나 대팔이 훔쳐보든 말든 큰 상관을 하지 않았을 것이다.

더구나 백리연은 장건에게 아주 껄끄러운 여자였다.

지금도 딱히 잘못했다는 생각은 들지 않지만 어쨌든 서로 안 좋은 상태인데 알몸까지 훔쳐본다는 게 영 내키지 않았다.

우연이라면 우연이되, 아주 안 좋은 우연이었다.

'이제 그만 가자.'

백리연이 들어와서 못 보게 하는 게 아니라 장건은 그 전에 이미 돌아갈 생각을 하고 있었다.

장건이 최대한 설득하는 표정으로 말했지만, 소왕무와 대팔은 이미 눈이 돌아갈 지경이었다.

그러던 중에 괴인이 폭발했다.

'이런 천재일우(千載一遇)의 기회를! 나도 강호제일미의 눈부시고 신비로운 나신을 보고 싶단 말이다!'

괴인은 참지 못하고 손을 뻗었다.

'누구도 내게서 강호제일미를 뺏어갈 순 없어!'

소왕무와 대팔은 경악했다.

'안 돼!'

'지금 싸우면 다 들킨다고, 이 씹새야!'

소리를 내서는 안 된다!

적어도 그것은 모두가 공통적으로 생각하고 있는 부분이었다.

그래서인지 괴인이 손을 뻗기는 뻗었으되 전혀 소리가 나지 않았다. 옷소매가 펄럭이는 소리도 나지 않을 정도로 느렸다.
 안에서 도저히 낌새를 채지 못할 만큼 은밀했다.
 그럼에도 불구하고 장건은 오싹해질 정도의 위기감을 느꼈다.
 공격하는 수법에 담긴 묘리가 참으로 교묘했다. 장건이 자리에서 비키지 않으면 괴인의 검지와 중지 손가락에 쇄골이 찍힐 터였다.
 단순히 상체를 피한다고 피할 수 있는 게 아니었다. 완전히 자리에서 비켜서야 괴인의 손을 피할 수 있었다.
 소왕무와 대팔이 놀라서 말리려 했는데 괴인은 가볍게 발을 뻗어서 소왕무와 대팔을 밀어냈다. 그러면서도 여전히 장건을 향해서는 손을 뻗어가고 있는 중이었다.
 소왕무와 대팔은 말리지도 못하고 엉거주춤하니 물러섰다. 단순히 발로 민 것뿐인데 머리칼이 쭈뼛 설 정도의 경력이 느껴졌다.
 '으윽! 고수였어!'
 '이런 변태가……!'
 속가 제자 중에서는 일, 이 위로 꼽힐 실력의 소왕무와 대팔이었다. 아무리 소리를 내지 않으려고 조심했다 하더라도 한 수에 밀려난 것은 자존심이 크게 상하는 일이었다.
 '안 돼!'

'건아!'

소왕무와 대팔은 눈동자만 굴리면서 서로 다른 마음으로 장건을 응원했다.

장건이 괴인을 대적하지 못할 거라고는 생각하지 않았다. 하지만 소리를 내서는 안 되었다. 걸리는 날에는 괴인에게 당하는 것보다 더 큰 낭패를 당할 테니 말이다.

『일보신권』 7권에서 계속

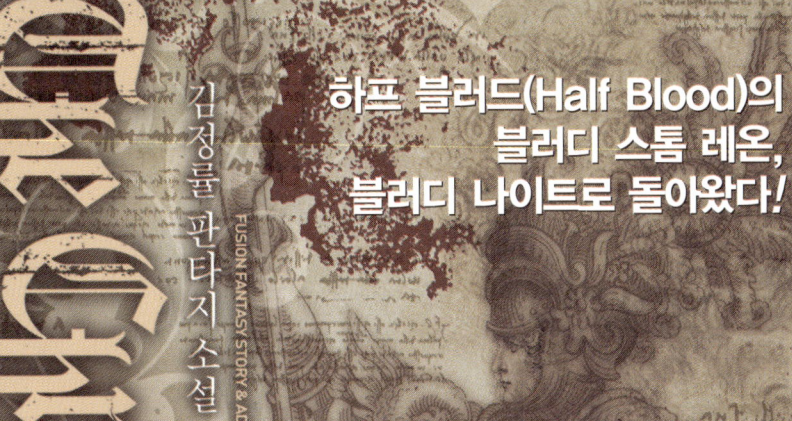

김정률 판타지 소설

FUSION FANTASY STORY & ADVENTURE

하프 블러드(Half Blood)의
블러디 스톰 레온,
블러디 나이트로 돌아왔다!

트루베니아 연대기

판타지의 신화를 창조해가는
최고의 작가 김정률!
『소드 엠페러』 그 신화의 시작.

『다크메이지』, 『하프블러드』,
『데이몬』에 이은 또 하나의 대작!

dream books
드림북스

마법군주

인 칼리스타

발렌 판타지 장편소설
FANTASYSTORY & ADVENTURE

『리턴』,『얼음군주』의 작가 발렌!
자유롭고 유쾌한 상상력이 돋보이는 판타지 장편소설.

미천한 하인에게 죽음과 함께 찾아온 영혼의 부활.
기적처럼 뒤바뀐 한 남자의 운명이 대륙의 역사를 새로 쓴다!

귀족의 폭정에 고통 받는 모든 이들을 구하기 위해
칼리스타 백작, 마침내 그의 의지가 세상을 변혁시킨다!

더스크 하울러

태선 게임 판타지 소설
GAME FANTASY STORY

『다이너마이트』,『타나토스』의 작가 태선의 신작!
소심한 성격을 극복하기 위해 밸런스 막장으로
소문난 게임 '트리키아'에 뛰어들었다!

마법사라면 쳐맞아도 주문은 외워야 산다!

어떤 상황에서도 주문을 외는 강철 주둥이.
인간 종족의 이단아가 되어 암흑 진영을 지배한다!

dream books
드림북스

역천의 황제

Rebirth the Great

태제 판타지 장편소설
FANTASYSTORY & ADVENTURE

문피아 판타지 베스트 1위, 골든 베스트 1위!
「리버스 담덕」의 작가 태제의 신작 판타지 장편소설!

신들의 꼭두각시가 되기를 거부한 황제의 마지막 선택
이 미를란 대륙의 역사를 송두리째 뒤흔든다!

베헬린 대전과 함께 정복황제 샤르엔의 시대는 끝이 났다.
그러나 새로운 철혈군주의 시대는 이제부터 시작이다!

dream books
드림북스